土漠の花

月 村 了 衛

幻冬舎文庫

土漠の花

目次

第一章　ソマリア

1

アフリカの残光が一面の土漠と佇立《ちょりつ》する岩山を赤く染める中、頭上で大きな声がした。

「駄目です、乗員は完全に死んでます。三人ともです」

梶谷《かじや》士長の声だった。

岩山の頂上部からザイルを使って巨岩の合間に降下した梶谷伸次郎《しんじろう》士長と津久田宗一《つくだそういち》2曹が、薄く潰《つぶ》れたヘリの機体を覗《のぞ》き込んでいる。

「間違いないか。よく確かめろ」

岩山の基部に立った友永芳彦《ともながよしひこ》曹長は、流れ落ちる汗を掌《てのひら》で拭《ぬぐ》いながら大声で梶谷に質《ただ》した。

暑い――

とっくに慣れたつもりではいても、ジブチの暑さは体の芯《しん》を際限なく溶融させる。乾燥し切った空気に、鼻の穴から肺の奥まで干涸《ひから》びてしまったような気さえする。

巨岩に挟まれて全貌はよく見えないが、それでも岩の合間から突き出たSH-60シーホークのローターや機体の一部が、炎のような夕陽を受けて赤くきらめくのが目に沁《し》みた。

「間違いありません」

「脈か鼓動を確認できないか」

「無理です。手が届きません」

「ではまだ生きている可能性もあるんじゃないのか」

「ないですね。全員頭が潰れてます」

友永は思わず傍《かたわ》らに立つ吉松勘太郎《よしまつかんたろう》3尉と新開譲《しんかいゆずる》曹長を振り返った。

捜索救助隊の隊長でもある吉松が痛ましそうな顔で頷《うなず》く。

「遺体の回収は可能か」

再び二人に向かって声を張り上げる。
一、二分の間をおいて、梶谷の声が返ってきた。
「すぐには無理です。相当手こずりますよ、こりゃ」

整備でも腕利きで知られる梶谷の見立てに間違いはないだろう。友永は吉松隊長、それに同格の補佐役である新開曹長と顔を見合わせる。

「日没が迫っています。遺体の回収は明朝から始めるしかないでしょう」

新開が上官に進言した。

「やむを得んな。もともと想定されていた事態でもある」

吉松の決断を受けて、友永は梶谷と津久田に声を投げかけた。

「回収は明日だ。写真を撮れるだけ撮って二人とも降りてこい」

岩の合間からフラッシュの光が断続的に漏れてくる。

新開は周囲の隊員達に向かい、よく通る独特の乾いた低音できびきびと指示を与える。

「野営準備。市ノ瀬《いちのせ》1士と戸川《とがわ》1士は警戒に当たれ」

白っぽい砂漠迷彩の制服に88式鉄帽を被《かぶ》った隊員達が即座に動き出す。

吉松隊長は軽装甲機動車に搭載された無線機で活動拠点に報告を送る。限りなく原色の赤に近い落日は目に見えて陰翳《いんえい》を深め、夜の近いことを示していた。


ソマリアでの海賊対処行動に従事するジブチの自衛隊活動拠点に、墜落したCMF（有志連合海上部隊）連絡ヘリの捜索救助要請が入ったのはその日、六月二十一日の午後三時近い時刻であった。

墜落地点はアリ・サビエ州の南端で、活動拠点からは約七〇キロの距離だが、ジブチ、ソマリア、エチオピアの三国が間近に接する国境地帯である。墜落原因は不明。状況から整備不良によるエンジントラブルと推測された。

本来ならアメリカ海兵隊のTRAP《トラップ》（タクティカル・リカバリー・オブ・エアクラフト・

アンド・パーソネル）が出動すべきところだが、折から米軍はイスラム武装勢力アル・シャバブ掃討作戦の真っ最中であり、加えて海上での海賊対処任務で予期せぬ事故が複数発生し、到底人員を割ける状況にないことから、自衛隊に話が回ってきたものであった。

こうした拠点外での活動は極めて異例であるが、各国の部隊指揮官との話し合いと調整の上、自衛隊は人道上の見地から捜索救助任務に当たることを決めた。

海上自衛隊とともに派遣海賊対処行動航空隊を構成する陸上自衛隊第1空挺団では、ただちに捜索救助隊を編成。乗員生存の可能性を考慮して時をおかずに出発した。七〇キロという比較的近い距離だが、状況によっては救助の難航も予想されるため、各種装備の他に念のため野営装備を用意しての行動である。

隊長に任命された吉松3尉以下、緊急救命陸曹一名を含む計十二名の警衛隊（活動拠点における陸上自衛隊の呼称）隊員は軽装甲機動車二台、高機動車一台に分乗し、急ぎ墜落地点を目指した。

ジブチにはソマリアの海賊に対処するための各国の基地が設けられている。日本の派遣部隊は米軍基地キャンプ・レモニエに〝間借り〟する状態であったが、二〇一一年以降はジブチ空港北西地区に初の本格的海外基地となる『活動拠点』を設置した。〈アフリカの角〉と呼ばれるソマリア半島の中でも、アデン湾の西端に面するジブチ共和国は、海賊対策の拠点として絶好の位置にある。

盛大に砂埃《すなぼこり》を巻き上げて、緑のない〈アフリカの角〉の乾いた土漠を進んだ一行は、やがて巨大な奇岩の連なる岩稜《がんりょう》地帯の基部に到達した。捜索目標の連絡ヘリはどうやらこの岩山のどこかに激突したらしい。持参したザイルやハーネスを駆使して岩壁に取り付いた隊員達は、間もなく岩の合間に挟まったシーホークの残骸を発見した。頂上部に激突の痕跡が残っていたため、発見はそう難しいものではなかった。しかし、急な角度のついた岩肌をバウンドしながら滑り落ちた機体は、狭い岩の合間に嵌《は》まってほぼ垂直に落下し、宙吊りの状態で止まっていた。

梶谷士長の言った通り、遺体の回収は困難なものとなりそうだった。口にする者は誰もいないが、明日からの作業が思いやられた。

野営といってもテント等を設営するわけではない。簡易加熱剤で温めたレトルト飯を食べ、ペットボトルの水を飲んだりした後は、三台の車輛《しゃりょう》内での仮眠である。また一名は立哨《りっしょう》、二名は海外派遣仕様の軽装甲機動車上部ハッチに搭載された5・56㎜機関銃MＩＮＩＭＩ《ミニミ》を構え警戒に当たる。

それでなくても無政府状態が続き、氏族間の抗争の絶えないソマリアとの国境地帯である。厳密にはソマリア連邦共和国ではなく、一九九一年に独立宣言した旧イギリス領のソマリランド共和国だ。比較的治安がよいとされるソマリランドだが、国際的には今日に至るも未承認国家のままで、いつ何が起こってもおかしくはない。

　各国の船舶を脅かす海賊は地元の漁師である場合が多いが、彼らに海賊行為の実行を指示する武装集団の本拠は海岸部ではなく内陸部にある。単に困窮した漁民が海賊となったと言えるほど事態は単純ではなかった。無政府状態となったソマリアには国境を管理する行政組織も海賊を取り締まる法執行機関もない。そのためソマリアはアフガニスタンから流入する麻薬や武器を他のアフリカ諸国やイエメンに密輸する窓口となっている。こうした組織や有力軍閥が海賊ビジネスに参入したほか、イスラム過激派組織アル・シャバブが国境を越えて活動している。それらの背景には、冷戦時代に東西両陣営から流入した大量の武器がソマリアの至る所にあふれているという現実がある。いずれにしても野営中は充分に警戒する必要があった。

　他の隊員も全員が寝ているわけではない。ハンドライトの照明下、高機動車のボンネット上に広げられた写真を囲んで、友永をはじめ半数近くの者が翌朝からの段取りについて検討を続けていた。

　与えられた任務はあくまで墜落機体の発見と生存者の救助である。従って段取りの検討といっても、ジブチ基地のアメリカ軍やフランス軍にどのような作業を指示するかが主たる議題となっている。

「まあ、機体をチェーンソーで解体して遺体を引っ張り出すしかないと思いますが、なにしろヘリはクラック（岩の割れ目）に引っ掛かってるだけですから、下手したら作業中にまるごと落下してしまう可能性が充分にあります」

写真を指差しながら梶谷士長が解説する。自動車工場の倅《せがれ》だという梶谷は、機械類や技術全般に精通している。二十五歳という年齢にしては落ち着いた風貌で、彼の分析は充分に信頼できた。

「自然落下のおそれすらありますので、今夜のうちにもザイルで機体を固定しといた方がいいかもしれません」

「ザイル程度じゃ機体を支え切れんだろう。ワイヤーが要るな」

「そうですねえ」

友永の意見に梶谷も頷く。

「それにしてもややこしい所に挟まってくれたもんだな。いい迷惑だ」

新開が吐き捨てるように呟《つぶや》いた。友永は横目でこの同僚を見る。有能で切れる男ではあるが、ときに冷酷にも差別的にも聞こえる彼の言い方は、どうしても好きになれなかった。

オフでジブチ市街に繰り出したとき、寄ってきた物売りの少年に対して、新開が「貧乏人が」と吐き捨てるように呟いたのを友永は耳にしている。その一言に、新開という人間の本質が表われているように思った。

新開とは曹長という階級も同じ、三十五という年齢も同じであるだけに、日頃から――ジブチに派遣される前から――よけいに反感を覚えていた。

高卒で入隊し2士から叩き上げてきた自分と比べ、新開は少年工科学校（現高等工科学校）卒である。優れた曹（下士官）を養成するための教育機関たる工科学校をトップに近い成績で卒業したという新開に対し、僻《ひが》みのような感情がないと言えば嘘《うそ》になる。しかし友永は己のコンプレックスを自覚しつつも、新開の無機的な冷酷さを鼻持ちならないものと感じていた。

拠点ではそれぞれ別の班に属しているので、正面からぶつかることもなかったが、捜索救助隊自体が急遽《きゅうきょ》編成されたものであるため、曹長が二人いるという変則的な体制となった。当然常に顔を突き合わせていなければならない。

「まあ、明日からは大変な作業になりますが、死人の悪口みたいなことはよしましょうよ。連中だって家族がいただろうし、こんな所で死にたくはなかったでしょう」

友永の内心を察したのか、最年長の朝比奈《あさひな》満雄《みつお》1曹が穏やかに言う。最年長といっても三十七歳の男盛りだ。既婚者で小学生の息子と娘がいるという。合気道を嗜《たしな》む豪傑で、隊内での信頼も厚い。人間味あふれる彼の言葉には新開も素直に頷いている。

午前〇時。吉松3尉が定時の連絡を行なった。

日中は嫌になるほど蒸し暑かったが、夜になるとさすがにしのぎやすくなっている。用を足しに車外に出た隊員は、ほとんど例外なく惚《ほう》けたように口を開けて空を見上げる。日本では考えられない星々の煌《きら》めき。見る者を射るかのような無数の銀光の鋭さが、その圧倒的な広がりが、アフリカの夜の深さを感じさせる。原始の迫力がもたらす理屈を超えた幻惑と畏《い》怖《ふ》だ。

〇時一一分。遺体搬出作業の手順について依然検討を続けていた友永達は、闇《やみ》の奥から接近してくる複数の足音に気づき、怪訝《けげん》な思いで振り返った。

なんだ、こんな所に――こんな時間に――

立哨の原田《はらだ》琢郎《たくろう》1士が規則通り英語で誰何《すいか》する声が聞こえる。

「Halt! Who is there!」

『誰か』――それに対して、若い女の声が英語で答えた。切迫した口調だった。

「助けて下さい」

夜の向こうから三つの人影が走り寄ってくる。黒人の女達だ。

「止まれ！」

やはり英語で制止しつつ、軽装甲機動車の上部ハッチから由利和馬《ゆりかずま》１曹が女達に機関銃を向ける。警務隊からわざわざ普通科を経て空挺団に入った男だけあって、普段は寡黙だが声も眼光も人一倍鋭い。

足を止めた三人は、いずれも怯《おび》え切った様子で、大きく息を弾ませている。ここまで駆けに駆けてきたようだ。

強力なライトの光が三人に向けられる。女達は眩《まぶ》しそうに目をすがめた。

中年の女二人が震えながらも中央の若い女を守るように左右から身を寄せる。

「私はビヨマール・カダン小氏族のスルタン（氏族長）の娘アスキラ・エルミ。この二人は私の縁者でビキタとダンジュマです。私達は追われています、どうか助けて下さい」

若い女が再び答えた。ソマリア北部のかつての宗主国はイギリスだ。先祖に白人の血が入っているのか、肌の色は黒と言うより褐色に近い。真っ白なシルクのワンピースに巻きスカート。裾のあたりにはカラフルな紋様の刺繡《ししゅう》が入っている。ブブと呼ばれるソマリアのディル氏族系イッサ族の民族衣装だ。左右の二人も同じくブブを着ているが、色は赤茶で素材は綿のようだった。

友永達は言うまでもなく、仮眠中だった隊員達も飛び起きて三人に89式小銃を向けている。相手が女であっても油断はできない。自爆テロの可能性もある。自衛隊の海外派遣部隊は現地の人々の信頼を得ることを身上としているが、なにしろここは世界有数の危険地帯だ。隊員達の緊張が友永にはひりひりと感じられた。彼自身も同様に緊張している。

「武器は持っていません。お願いです、助けて下さい」

アスキラと名乗る女は悲痛な声で繰り返した。訛《なま》りの少ないきれいな発音。英語はソマリ語、アラビア語と並ぶソマリアの公用語だが、彼女には洗練された教養が感じられた。

だが——ここはソマリアではなくジブチだ。

友永が口を開こうとしたとき、背後から現われた吉松隊長が女達に向かって一歩踏み出した。

「本官は日本の派遣海賊対処行動航空隊に所属する吉松3尉です。事情によっては保護しますので落ち着いて話して下さい」

吉松隊長はゆっくりと英語で話しかけた。その温厚な物腰に女達は安心したようだったが、同時にまた驚いてもいるようだった。

「日本……あなた方は日本軍なのですか」

「正確には軍ではなく自衛隊と呼称します。あなた方は我々が日本の自衛隊だと知らずに来たのですか」

「はい」

「追われていると言いましたね。誰に追われているのですか」

「ワーズデーンです」

「ダロッド氏族系のワーズデーン小氏族ですか」

「はい」

ソマリアには六つの大きな氏族があり、それぞれが無数の小氏族に細かく枝分かれしている。それらの小氏族が際限ない内紛に明け暮れているのがソマリアの現状だ。

ジブチへの派遣が決まったとき、友永も人並みにソマリア事情について勉強したが、氏族の関係は複雑すぎて容易に理解できるものではなかった。しかし吉松隊長はさすがにある程度は押さえているようだった。

「原田1士」

「はっ」

吉松の呼びかけに応じ、原田が前に出る。

「周辺の動哨《どうしょう》を命じる。接近する者があればただちに報告せよ」

「はっ」

闇の奥に駆け去る原田を心配そうに見送り、アスキラは吉松に向き直った。

「私達ビヨマール・カダン小氏族とワーズデーン小氏族とは昔から争いを繰り返してきまし

た。それでも今まではディル氏族とダロッド氏族の長老達の調停でなんとか事を収めてきたのですが……」

アスキラの言わんとしていることは友永にも察しがついた。海賊のもたらす莫大な金の流れは、伝統的な氏族の権威と、長老による合議という、かつては絶対的な強制力を有していたシステムをも破壊しつつあるのだ。

「ワーズデーンがいきなり私達の街に攻め込んできて、一方的な虐殺を開始しました。民族浄化です。老人も子供も片端から撃ち殺されました」

二人の中年女性は、今まで張り詰めていた気持ちが緩んだせいか、声を上げて泣いている。

「私達は国境を越えて走り続けました。それでも奴らは追ってきました。私はスルタン直系の血を引く最後の生き残りです。ワーズデーンは何があっても私を殺してビヨマール・カダンを根絶やしにするつもりなのです。お願いです、助けて下さい。奴らはすぐにやってきます」

隊員達は皆小銃を構えたままアスキラの訴えに聞き入っている。全員が一応は英語教育を受けているが、当然ながら語学力には相当な個人差がある。それでも、必死の面持ちでアスキラが語る内容の大方は理解できたようだった。

新開曹長が吉松隊長の横に進み出て、

「我々の任務は海賊対処行動であり、遭難機の捜索救助です。未承認国家の小氏族とは言え、他国の紛争に介入することは許されていないはずです」

　まただ――

　友永は新開に対するいつもの反感を覚える。まったくその通りではあるが、あまりに情を欠いた言いざまだ。

　隊員達もさすがに顔を見合わせている。

　新開の発言は日本語だったが、アスキラ達もその意味を察したらしく、不安に顔色を変える。

　だが吉松は冷静な口調ではっきりと明言した。

「安心して下さい。あなた方を避難民として保護します」

　三人の顔に安堵《あんど》の色が広がった。

　日頃隊員達から絶大な信頼を寄せられる吉松3尉が、滋味あふれる笑顔を見せて、

「日本では諺《ことわざ》にこう言います。窮鳥懐に入れば……」

　そう言いかけたとき――

　四方から銃声が轟《とどろ》き、隊員二人が鮮血を噴いて倒れた。戸川1士と佐々木《ささき》1士だ。

　女達が悲鳴を上げる。

「車内へ待避！」

吉松の指示を待つまでもなく、恐慌をきたした各員が我先に高機動車や軽装甲機動車に駆け込もうとする。

「こっちだ！」

横殴りに叩きつけられる豪雨のような銃撃の中、友永は無我夢中でアスキラ達を高機動車に誘導する。だがアスキラと一緒に走っていた二人の女性が被弾した。

「ビキタ！　ダンジュマ！」

喚《わめ》きながら引き返そうとするアスキラを無理矢理抱えるようにして、装甲兵員室になっている高機動車の後部スペースに放り込んだ。

無駄だ、もう死んでる——そう言おうとしたがちゃんとした言葉にならなかった。瞬時に乾き切った喉《のど》の奥からは、自分でも意味の分からない叫び声が出ただけだった。

俯《うつぶ》せに倒れた二人の体がさらなる着弾に引き裂かれるのをまのあたりにしたアスキラは、両手で顔を覆い泣き崩れた。友永は構わず観音開きのハッチを閉める。間一髪だった。閉ざされたハッチを銃弾が乱打する甲高い金属音が車内全体に響き渡った。

幌《ほろ》の掛かった高機動車の後部は、一見ただの荷台のように見えるが、内側に装甲板が施されていて、銃撃にも耐えられるようになっている。運転席部も同様で、一般に使用されている輸送車と同じように見えながら、前面ガラス部分の内側に桟《さん》が組み込まれており、防弾ガラスが追加されている。

内部には友永とアスキラの他に、津久田2曹がいた。

猛烈な銃撃に三方の装甲板がけたたましい音を上げる。巨大なドラム缶の中に閉じ込められ、外からバットで乱打されているようだ。途轍《とてつ》もない恐怖と混乱。狂おしい騒音に鼓膜が今にも破れそうだった。

津久田がアスキラよりも大きな悲鳴を上げて頭を抱える。友永は中腰のままで凝固していた。

なんだ——何が起こっているんだ——

痺《しび》れ果てた脳髄はまるで動こうとはしなかった。

誰か——誰かこの音を止めてくれ——

もう耐えられない。意識が混濁する。朦朧《もうろう》として感覚を失う。泣き叫ぶアスキラと津久田の声も、際限なく続く打撃音にかき消され、いつの間にか聞こえなくなっていた。

俺は——俺は一体どうなったんだ——

固まった全身に力が入らない。手足が錆《さ》びついたようになってまるで動こうともしない。悲鳴を上げずにいられたのは、動転するあまり声さえ失われていたからだ。そうでなければ、津久田と同じく喉が張り裂けるまで悲鳴を上げていただろう。

自分達は攻撃されている——なぜだ、一体誰に——

停止していた頭がほんのわずか動き出した。

襲ってきたのはおそらくワーズデーン小氏族だ。アスキラを狙って。だとしても、一国の部隊をこうも無造作に襲撃するものだろうか。

分からない——だが、このままでは全員が死ぬ——

海賊対処という任務を命じられたときから、いや、そもそも自衛隊に入隊したときから、危険は覚悟していたつもりだった。それでも、問答無用でこれほどまでの攻撃を受けることが実際にあろうとは。自衛隊全体にとっても間違いなく初めての経験だ。

応戦しなくては——待て、自分達が応戦していいのか——許可は、吉松3尉は——

ようやく我に返った友永は運転席に面した小窓から、おびただしい着弾の跡のある防弾フロントガラスを通して外を見た。二台の軽装甲機動車にはMINIMI機関銃が装備されている。あれで応戦すれば——

外の光景に思わず呻《うめ》き声が漏れた。吉松隊長らが武装した黒人の民兵に取り囲まれている。音もなく接近した敵は機関銃を搭載した軽装甲機動車をすでに押さえていたのだ。抵抗する間もなく武装解除された隊員達がＡＫ‐47の銃口で小突かれたり台尻で殴られたりしている。

　吉松隊長にトカレフを突きつけた民兵の一人が、こちらに気づいて片手で差し招いた。躊《ちゅう》躇《ちょ》していると、トカレフを隊長のこめかみに強く押し当てた。走り寄ってきた兵士達が高機動車の運転席に乗り込んでくる。

　どうしようもなかった。友永はやむなく後部のドアを開けた。雪崩《なだ》れ込んできた兵士達が銃口を突きつけ、荒々しく友永とアスキラを引き立てる。サイ・ホルスターに収めていた9㎜拳銃は真っ先に奪われた。

　二人は吉松達と同じく敵兵の輪の中央に押し出された。兵士達は興奮して口々に喚き、罵《のの》っている。何を言っているのかはまったく分からない。野戦服を着ている者もいれば、原色のシャツに短パンの者も数多くいる。上半身裸の者さえも。服装はまるでバラバラだったが、全員が銃器で武装しているのは共通していた。

　立ち騒ぐ兵士達をかき分け、指揮官の小隊長らしい迷彩の略帽を被った男が歩み出る。彼はアスキラを指差して大声で叫んだ。おそらくはソマリ語だろうが、女を渡せと言っているのは容易に推察できた。やはりワーズデーン小氏族の兵だ。泣きながら友永の腕にしがみついているアスキラの腕に力がこもった。

　吉松3尉と新開曹長はわずかながらもソマリ語を解すると聞いている。

「ビヨマール・カダン……石油……？」

隊長が首を傾《かし》げながらそう呟くのが耳に入ったような気がしたが、大声で喚き散らす相手の話を正確に聞き取るのはやはり難しそうだった。

「英語は分かるか」

吉松は毅然《きぜん》として言った。

威嚇《いかく》の表情を変えずに相手が頷く。

「我々は日本国の自衛官であり、海賊対処任務に派遣されている部隊である。貴官らは一方的に我々を攻撃し、複数の兵士を殺害した。これは国際的に――」

吉松が英語でそこまで話したとき、指揮官は背後に向かって顎《あご》をしゃくった。西瓜《すいか》のような丸い物をぶら下げた兵士が前に進み出て、それを吉松の足許《あしもと》に投げ出した。

「あっ」

鈍い音とともに土の上に転がった物。動哨に出ていた原田1士の首であった。

開かれたままの両眼はぼんやりと白く濁って、ただ夜更けの夢に寝惚《ねぼ》けているようにも見えた。

津久田2曹と梶谷士長、そしてアスキラが悲鳴を上げる。残る隊員はそれこそ悪い夢でも見ているかのように茫然《ぼうぜん》自失している。

海外派遣部隊で殉職者が……いや、海外であろうと国内であろうと、自衛隊創設以来、初めての戦死者が一晩に三名も……

友永は漠然とそんなことを考えていた。衝撃が強すぎて他に何も考えられなかった。

「貴様――」

怒りの日本語を発しながら顔を上げた吉松の額を、指揮官が無造作にトカレフで撃ち抜いた。

吉松の体が呆気《あっけ》なくその場にくたりと崩れ落ちる。

その頭部から広がった黒い液体が、見る見るうちに乾き切った土漠に染み込んでいく。

えっ……？

誠実で、信頼に足る吉松3尉。それが今は、ただの物体と化して転がっている。

駄目押しであった。友永はすべての気力が失われるのを自覚した。他の隊員も同じであったろう。

指揮官の指示で兵士達が捕虜となった自衛官全員を横一列に並ばせる。従うしかなかった。

友永とアスキラは右の端。十名の兵士が向かい合うような隊形でやはり横一列に並び銃を構える。この場で全員を処刑しようとしているのは明らかだ。

なにしろここはアフリカの土漠だ。死体や装備を地中に埋められてしまえば自分達は謎の

〈消滅〉を遂げることになる。何が起こったか、知る者はいない。あるいは死体の始末などしなくても、そのまま放置するだけでいいかもしれない。通信手段はすべて奪われている。

敵の急襲に連絡する暇さえなかった。真相は闇の中だ。相手は全部計算の上でこの国際的暴挙を実行したのだ。

現地の専門家の中には時同じくして勃発《ぼっぱつ》した氏族間の抗争と結びつける者もいるかもしれないが、ワーズデーン小氏族に追われたビヨマール・カダン小氏族の姫君が自衛隊の野営地に逃げ込んできたことまでは想像もできないだろう。何もかも偶然だった。お姫様が逃げてきたのも。ここで自分達が野営していたのも。

指揮官が声を張り上げた。兵士達が銃の照準を合わせる。

悪寒と言うにはあまりにおぞましい感覚が全身を走り抜けた。銃を向けられるというのはこういう感覚なのか。訓練時は言うまでもなく、紛争地帯で武器は日常的に目にしていたが、圧倒的な死が間近に在《あ》るという実感は、実際に己の身で体験するまで分からなかった。違う。分かったつもりになっていて、その実まるで分かっていなかったのだ。

抵抗するすべは何もない。すべてが突然の出来事だった。活動拠点に連絡するどころか、何かを考える暇さえなかった。気がつくと原田の生首が転がり、吉松3尉が射殺されていた。実感としてはそんなところだ。国際貢献のための海外派遣。やりがいのある仕事であると上からも周囲からも言われてきた。様々な危険の対処法についても日々訓練を積んできたが、こういう死に方は予想もしていなかった。陸上幕僚監部にとっても防衛省にとってもまったくの想定外だろう――

激しい銃声がした。対面に並んだ十人の兵士がばたばたと倒れる。右側方の岩陰から銃火。89式小銃の銃声。味方だ。

友永は横にいるアスキラの手をつかみ、火線を遮《さえぎ》らぬように注意しながら味方の方に向かって走り出した。他の者も一斉に後に続く。

不意を衝かれた敵は端から次々と倒れていく。地に伏した指揮官が何か喚いている。態勢を立て直した敵がこちらに向かって銃撃を浴びせてくる。

四〇メートルほどの距離を夢中で走り抜けた友永はアスキラとともに岩陰に飛び込んだ。続けて新開ら生き残った隊員達が次々と飛び込んでくる。岩に辿《たど》り着く前に一人が腰を撃たれて倒れた。徳本《とくもと》1曹だ。助けに飛び出せる距離ではなかった。激しい銃撃が岩を抉《えぐ》る。一同は岩陰で身を縮める。

89式を撃っていたのは市ノ瀬浩太《こうた》1士であった。

「市ノ瀬、おまえか」

驚いた友永らの声も市ノ瀬には聞こえていないようだった。憑《つ》かれたような目で引き金を引き続けている。撃ち尽くした弾倉を交換しようとして、タクティカルベストから引き抜いた弾倉を取り落とす。

慌てて拾おうとする市ノ瀬の肩をつかんで前後に揺さぶる。

「後退だ、市ノ瀬」

しかし彼は奇声を上げて友永の手を振り払おうとする。ショックによるヒステリー症状だ。

「市ノ瀬！」

その頰を思い切りひっぱたく。市ノ瀬は奇声を発するのを止《や》め、こちらをまじまじと見る。

「友永曹長……」

ようやく我に返ったようだった。

「自分は、自分は」

「話は後だ、そいつを貸せ」

89式を市ノ瀬からもぎ取り、後方を見回す。星明かりに岩の合間の隙間《すきま》が見えた。天然の側溝とも言える地形だが、足場は相当に悪い。

痺れていた頭がようやくまともに動き出す。自分でも驚くほどはっきりした声が出た。

「いいか、あそこから離脱する。しんがりは俺が務める。弾倉の残りを全部出せ」

そう言われて自分のタクティカルベストをまさぐった市ノ瀬が、今にも泣き出しそうな表

情で、

「ありません。それで最後です」

「他に武器は」

「持ってません。それだけです」

周囲に集まった隊員の中に、朝比奈と新開の顔があった。

「朝比奈1曹は先頭へ」

「はっ」

朝比奈がすぐさま中腰で移動を開始する。他の隊員が一人ずつ後に続く。

「新開曹長、アスキラを頼む」

新開は不満そうだったが、何も言わずアスキラを連れて列に並んだ。

友永は市ノ瀬に代わって接近する敵を狙撃する。弾倉は入れ替えたばかりだが装弾数は全部で三十。景気よく弾をばらまくわけにはいかない。一人ずつ確実に仕留める。三人を倒したところで振り返ると、市ノ瀬が呆《ほう》けたようにうずくまっていた。

「市ノ瀬、何をやってる。早く行け」

「撃っちゃいました……」

「なに？」

「自分、何人も人を……ほんと夢中で……だって、やらねえとみんなが……」

最年少の市ノ瀬は、氷塊でも抱いているかのような顔で震えていた。歯の根が合わず、呂《ろ》律《れつ》もよく回っていない。

「いいから早く行け。おまえが行かないと俺も動けない」

尻を蹴《け》飛《と》ばすようにして市ノ瀬を列の後ろにつかせる。市ノ瀬は蹌踉《そうろう》とした足取りで、それでも皆の後を追って歩き出した。

歩哨《ほしょう》でもなかった市ノ瀬がなぜ小銃だけを持ってこんな所にいたのか。まるで見当もつかなかったが、それこそ後の話でいい。友永は三発撃ってから隊員達を追って後退した。

アスキラを追ってきた敵は何人いたのか不明であったが、市ノ瀬による不意打ちの効果は大きかった。合わせて二十人以上は倒しただろう。相当な数だ。しかし指揮官をはじめ生き残っている者もいる。

徳本の悲鳴、そして断末魔が聞こえた。倒れていた徳本の位置まで到達した民兵達がなぶり殺しにしているのだ。断腸の思いだった。

許してくれ――

耳許を銃弾がかすめた。発砲しながら後退する。

残弾数を頭の中で必死に計算する。十発撃った。残り十四発。

必死で走り、さらに五発撃つ。残り九発。

〈未《いま》だかつて戦ったことのない軍隊〉である自衛隊が、こんな成り行きで戦うことになろうとは——

敵の銃声はいつの間にか止んでいた。岩の合間を進みながら、友永は時折背後を振り返ったが、追撃の気配はなかった。

2

天然の側溝を抜けると岩山の裏に出た。奇岩の連なる迷宮のような地形で、歩けそうな踏み跡はそのまま登りとなっていた。険阻な岩場であったが、星明かりのおかげで足を踏み外すこともなく、一行は急峻《きゅうしゅん》な斜面を登っていった。だが天の光があるということは、追手に発見されやすいということでもある。今のところ敵の気配は感じられないが、油断はできない。一行は黙々と先へ進んだ。

この道は一体どこへ続いているのか。自分達はどこに逃げようとしているのか。

何もかも分からない。ただ少しでもワーズデーン小氏族の追手から離れようと、全員がひたすらに足を運ぶ。

「新開曹長、友永曹長」

先頭を往く朝比奈1曹の後ろを歩いていた由利1曹が背後を振り返って小さく声を上げた。

「どうした」

アスキラの背後にいた新開が小走りに前へ出る。友永も市ノ瀬らを追い越してけもの道同然の登り坂を急ぎ駆け上がった。

由利の指差す方を見ると、山側の巨岩の合間に黒々とした四角い坑《あな》が口を開けているのが見えた。明らかに人の手によるものである。

新開と友永は坑に近寄って中を覗き込んだ。縦横一・五メートルほどの正方形の入口で、岩を削って作られた小さな階段が奥へと下っている。星明かりの届かないその先は真っ暗で何も見えない。

「鉱山でもないな。何かの遺跡か」

新開の意見に、友永も頷いた。東アフリカの山岳部には未知の大規模遺跡が埋もれている例が想像以上に多いと聞いたことがある。一部の学者の間では存在自体は知られているらしいが、なにしろ世界有数の危険地帯であるから、調査不可能のまま放置されているのだ。

「ちょうどいいじゃないですか、とりあえずこの中に隠れましょう」

津久田2曹が切迫した口調で提案した。ほぼ半数の者が同意の頷きを示し、残りの者が懐疑と不安に首を傾げた。

極度の緊張と恐怖でここまで歩き通したが、全員疲労の極に達していることは間違いない。休憩が必要だった。一旦そのことに気づくと、このまま歩き続ける気力を誰もが半ば喪失した。かと言って、暗黒の深淵とも思える未知の遺跡へと不用意に踏み込むのはどうにもためらわれた。また毒蛇や毒虫の巣窟《そうくつ》となっている可能性もある。

友永は新開と顔を見合わせた。

「駄目だ、どっちにしても明かりがなければこんな所に入れるものか」

そう新開が言ったとき、梶谷が前に進み出て、

「明かりならあります」

「なに」

「えっと、これです」

梶谷が制服の胸ポケットから取り出したのは、ＬＥＤライト付きのライターだった。

全員が見覚えのある品。活動拠点のＰＸ（購買部）レジ横で売られているが、買う者はほとんどいない。煙草《たばこ》を吸う隊員自体がめっきり減っているからだ。梶谷は数少ない喫煙者の一人だった。

梶谷からライターを受け取った新開は、ＬＥＤの光で坑の奥を照らしてみた。奥へと続く階段の先がはっきりと見える。大都会の市街地では頼りない光だが、アフリカの奥地では充分に使える。

思わぬアイテムに、全員の肚《はら》は図らずも決まったようだった。

新開の視線に、友永も頷くしかなかった。

ライトを持つ新開を先頭に、全員が洞窟《どうくつ》のような遺跡へと入っていく。89式を構えた友永はやはり最後尾についた。背後に敵の気配がないのを確認してから、坑内へと身を躍らせる。

狭い階段はすぐに終わって、なだらかな勾配《こうばい》の下り斜面となった。進むにつれて通路の幅が上下左右に広がり、やがて身長一八〇センチの友永が普通に立って歩けるようになった。

星の光さえ差し込まぬ地中ではあったが、目はじきに闇に慣れ、ＬＥＤライトのか細い光だけで周囲の様子が分かるようになってきた。

左右の岩肌には、篝火《かがりび》か何かを置くためらしい窪《くぼ》みが彫り込まれていた。やはり全体が人工物であることに間違いない。住居のような生活の場であったのか、それとも宗教儀礼の場であったのか、そこまでは分からなかった。いずれにしても、現在の隊員達にとって格好の隠れ場所であることは確かであった。

一行の進む通路は、まるで天然の鍾乳洞《しょうにゅうどう》のように、時折左右からの分岐と合流していた。

新開はそのつど立ち止まって奥を覗き込んでいたが、同じような通路が続いているだけのようだった。

「いいか、絶対に脇道《わきみち》に入り込むなよ」

新開の指示に全員が頷く。さながら地下迷宮の様相を呈するこんな場所ではぐれたらどんなことになるか。想像しただけでも恐ろしかった。

十分以上は歩いたろうか。通路の勾配は失われ、ほとんど平坦《へいたん》になった。さらに進むと、今度は登り斜面となっていた。

先頭の新開が振り返り、憔悴《しょうすい》し切った声で一言、「休め」と呟いた。

皆ものも言わず、その場で岩壁に寄りかかる格好でしゃがみ込む。一様に放心状態に陥っているようだった。

同じく座り込んだ友永は、銃口をもと来た方に向けたまま、首だけを巡らせてアスキラ以外の生存者を確認する。

新開譲曹長。

朝比奈満雄1曹。

由利和馬1曹。

津久田宗一2曹。

梶谷伸次郎士長。

市ノ瀬浩太1士。

それに自分を入れて全部で七人。

改めて愕然《がくぜん》とする。生き残ったのはたった七人だ。五人も死んだ。つい一時間ほど前には十二人いた捜索救助隊員が。隊長の吉松3尉を含め五人も。

吉松3尉——

あまりに突発的な事態で自分達にはどうしようもなかったとは言え、この指揮官を失ったのは最大の痛手だ。いかなるときも沈着冷静で、何事に対しても誠実に対処する。リーダーに最も必要とされる決断力もある。そしてすべての人に対する寛大さと包容力。

自分はこれまでどれほど吉松3尉の優しさに助けられ、励まされてきたことか。この人を手本にやってきたとさえ言っていい。

そうだ、家族との縁の薄かった自分にとって、吉松3尉はまさに父とも呼べる人だった。

そんなことに、今になって気がつくなんて——

LEDライト付きライターを唯一の光源とする洞窟の中で、全員が無言でうなだれている。

衝撃と混乱。疲労、そして哀悼。皆思いは同じなのだろう。

戸川1士と佐々木1士は最初の銃撃で死んだ。動哨に出ていた原田1士は生首となった。

最後に死んだ徳本1曹は唯一の緊急救命陸曹だった。遭難ヘリに生存者がいた場合を考慮して捜索隊に加えられたのだ。この状況下では、どう考えても先々絶対に必要となるはずの人材である。しかし徳本は、市ノ瀬が陣取った岩陰まで到達できずに……

そこまで考えたとき、友永は思わず目の前の市ノ瀬に向かって訊《き》いていた。

「おい市ノ瀬、おまえ、そもそもなんであんなところにいたんだ。おまえは歩哨の当番でもなかったはずじゃないか」

全員がこちらを見る。膝《ひざ》を抱えてうずくまっていた市ノ瀬は、人知れず泣いていたのか、潤んだ鼻声で切れ切れに答えた。

「自分、小便に出たんです」

「小便？」

「はい、夜中に目が覚めて、外へ小便に……そしたら、えらく星がきれいで……ジブチの拠点から見る星ともまた違ってて……昼間の暑さに比べたら、夜の風がすげえ気持ちよくて……岩にもたれて眺めてるうちにいつの間にか眠ってて……」

「89式を持って小便に行ったってのか」

「はい、だって、内陸部は危険だってみんな言うし、用心に越したことはないかなって……」

「分かった、それで」

「それで、もの凄《すご》い銃声で目が覚めて、見たら大変なことになってて、でももう飛び出すわけにもいかなくて、どうしよう、どうしようって思ってたら吉松3尉が……」

鼻声が明らかな啜《すす》り泣きに変わった。

「そしたら今度はみんなが一列に並ばされて……やるしかないと思ったんです、もうやるしかないって……それで撃ちました。命令、ありませんでしたけど、撃ちました。自分、殺しちゃいました。何人も、何人も……」

市ノ瀬は泣いていた。幼子のように。

責める者はいなかった。彼は望まずして、自衛隊設立以来、初めて敵兵を殺害した自衛官となったのだ。

そして何より、彼はまだ二十三歳だ。普通なら社会に出たばかりか、人によっては学生生活を謳歌《おうか》している年代だ。だが彼は入隊し、ソマリアに派遣され、本来の任務でもなんでもないことで人を殺した。

この青年が、インターハイの出場経験もある元水泳選手であることを友永は知っている。一時はオリンピック出場も夢ではないと将来を嘱望《しょくぼう》されながら、何かの理由——ちょっとした故障だったかつまらない不祥事だったか——で挫折し、就職活動にも失敗してやむなく入隊したことも。

「命令、なかったです。撃てって命令」

市ノ瀬は繰り返した。

「自分、懲罰かなんか、あるんでしょうか」

「あるわけないだろう。発砲の時点ですでに四人も殺されていた。あのときおまえが撃たなかったら、俺達全員が死んでいた。懲罰どころか勲章ものだ」

友永に続き、梶谷も声をかける。

「そうだ、おまえの小便と居眠りのおかげで俺達は命拾いだ」

元水泳選手の若者は声を上げて泣いた。

「俺が、俺がもっと早く撃ってれば、吉松3尉も……」

「そんなことは考えるな」

朝比奈1曹が一喝した。

「それはただの思い上がりだ。吉松3尉が日頃最も戒められていたことだ」

古武士の風格を持つ朝比奈の言葉は、厳しいながらも思いやりの感じられる説得力に満ちていた。

泣きながら市ノ瀬が頷く。

再び全員が黙り込んだ。

実際に海に出て海賊とやり合うのは海自の仕事だ、自分達空挺は活動拠点の警護と管理のため派遣されているにすぎない、それがこんなことになろうとは——そうした思いが皆の顔にありありと浮かんでいる。

友永は深い疲労と感傷の入り混じる溜《た》め息をついた。幼い頃に事故で親と死に別れた自分は天涯孤独と言っていい身の上で、自衛隊が言わば家か故郷のようなものだが、他の面々には当然家族がいる。特に津久田と朝比奈は既婚者で、各々子供もいる。皆遠く日本に残してきた家族や友人のことを想っているのだろう。

自分達は確かに自衛官だ。だがその前に——普通の日本人なのだ。

武器は残弾数九の89式小銃一挺《ちょう》のみ。ナイフの一本もない。通信機も携帯端末もすべて取り上げられた。しかもいつまた敵が襲ってくるか分からない。空挺団の精鋭が、一様に見る影もなくうなだれているのも無理はなかった。

「それより、どうする」

新開だった。

「なんとか拠点まで帰投するしかないだろう」

友永が応じると、

「当たり前だ。俺はその女をどうするのかと言ってるんだ」

新開はアスキラを指差した。

アスキラははっとして後ずさるように岩肌に背を押しつける。

「あれだけの先制攻撃を受けたんだ。市ノ瀬の発砲は部隊行動基準に照らしても認められる正当なものだ。しかし他国の氏族間抗争に我々がこれ以上関与すべきではない」

常の如《ごと》くに冷徹な新開の論理であった。

驚いて言い返す。

「彼女を置いていけと言うのか」

「そうだ」

「殺されるのが分かっているのにか」

「場合によってはこちらからワーズデーンに引き渡してもいい。交渉のしようによっては生き延びるチャンスが増えるかもしれない」

「馬鹿言うな」

思わず怒鳴っていた。いつもの新開の不人情が出たと思った。それに対する反感が己の内側から噴出するのを、友永はどうしても止められなかった。

「奴らは俺達を皆殺しにするという前提で攻撃してきたんだ。そうしなければ自分達の蛮行が国際社会に知られることになるからな。交渉の余地なんかあるものか」

「じゃあ貴様はこの女をジブチの拠点まで連れ帰るつもりか」

一瞬、返答に窮した。

アスキラがじっと自分を見ている。こちらを試すような視線であった。

「ああ、そのつもりだ」

そう答えると、新開は呆《あき》れたように、

「とんでもない足手まといだ。いや、それどころか、その女が一緒にいる限りワーズデーンはどこまでも追ってくるぞ」

「国際的にも人道的にも、彼女を見殺しにするわけにはいかない」

「きれい事を抜かすな。生きるか死ぬかの瀬戸際なんだぞ」

全員が息を詰めて自分達のやり取りを見つめている。きっかけとなった事情を知らないはずの市ノ瀬も。

吉松3尉亡き今、隊の指揮を執《と》るのは曹長である自分か新開だ。

本来は指揮の順位である先任ナンバーが厳密に決められているので混乱はないはずなのだが、それはあくまで班ごとのナンバリングである。自分と新開はもともと違う班であったため、ナンバリングは無効となり、どちらが先任であるかは一概には決められない。

「そもそもその女が飛び込んできたせいで吉松3尉や他の仲間が死んだんだ。そんな女を連れて行けるものか」

「彼女に責任はない。吉松3尉を殺したのはワーズデーンだ。奴らの喜ぶ顔が見たいのか。彼女は奴らの国際犯罪の生き証人でもある。俺はなんとしても吉松隊長やみんなの無念を晴らしたい。そのためにも彼女を保護する必要がある」

「本末転倒だ。吉松3尉の仇《かたき》を取りたいのは俺だって同じだが、今は生き残った者全員で拠点に帰投するのが俺達の責任じゃないのか。それ以上のことは上層部の判断に任せればいい」

どこまで行っても平行線だった。指揮権の在処《ありか》が判然としない今、議論に決着のつけようはない。

「あのう……」

梶谷士長が遠慮がちに手を挙げた。

「我々からの定時連絡がなければ大騒ぎになるはずです。すぐに捜索隊が出るに違いありません。それまでここに隠れてるというのはどうでしょうか」

「そうだ、それがいい。わざわざ出ていくことなんてないじゃないですか」

津久田2曹がすぐさま賛同する。かりそめの安寧を捨てて外に出ていくのが怖くて堪《たま》らないといった顔。

友永は首を振り、

「フタヨンマルマル（午前〇時）に吉松3尉が定時連絡を入れたばかりだ。次の定時連絡は行動再開時の予定だった。連絡が多少遅れても、拠点では作業の再開に手間取っていると思うかもしれない。拠点が騒ぎ出すまでまだまだ時間がかかるってことだ。すぐに移動した方がいい」

「ですが曹長」

なおも食い下がろうとする津久田に、

「それに考えてみろ、総数六十六名の警衛隊員のうち、十二名が遭難機の捜索救助に虎の子のケイソウコウ（軽装甲機動車）二台、コウキ（高機動車）一台で出動したんだ。活動拠点の運営には常時二十名が要る。とても捜索隊を出す余裕はないはずだ」

「だとしても米軍に捜索を依頼するのでは」

「アル・シャバブ掃討作戦が片付いていればな。そもそも米軍に余裕がないから俺達に回ってきた話だ。根拠もなく状況を楽観視するのは避けた方がいい」

「それについては友永の言う通りだ」

新開が口を挟んだ。

「一刻も早く移動すべきだ。だからこそ女は置いていくべきだ。今は俺達こそ余力がない。現状を客観的に見ろ」

「分かった。俺達七人は生きるか死ぬかの運命共同体だってことだな」

「そうだ」

「だったら、いっそのこと多数決を採ろう」

「多数決だと？」

新開が聞き返したのも無理はなかった。およそ軍隊の意思決定に民主主義は相容《あいい》れない。

「俺とおまえのどちらに指揮権があるか、決められる状態でないのも確かだ。そうなると多数決しかないだろう。それとも他にいい手でもあるって言うのか」

不承不承といった顔で新開が頷く。

友永は一同に向かい、

「女を同行させることに賛成の者は」

真っ先に挙手したのは朝比奈だった。続けて梶谷が手を挙げた。

それだけだった。

「他には。他にいないのか」

焦る友永の様子を見て、アスキラも怯えと不安の色を滲《にじ》ませる。おそらくは哀願なのだろう、ソマリ語らしき言葉を呟いたが、多少なりとも分かる者は新開以外にはいない。

しかしすぐに自制心を取り戻したように、アスキラは毅然として背筋を伸ばし、英語で言った。

「『土漠では夜明けを待つ勇気のある者だけが明日を迎える』」

一同の視線に、彼女は落ち着いた口調で付け加えた。

「ソマリアの格言です。私達はそうした古い教えに従って生きてきました。私も最後までそうありたいと思います」

誇りを失うまいとする彼女の決意も、隊員達の心を動かすまでには至らなかったのか、新たに挙手する者はいなかった。

「決まったな」

新開がぼそりと告げた。アスキラは覚悟を決めたように静かに息を吸って目を伏せる。

友永は焦燥の思いで再度一同を見回した。

一人、おそるおそる手を挙げる者がいた。

市ノ瀬1士だった。埃で汚れた頬に涙の跡が残っている。

「市ノ瀬、おまえ、事情も知らないくせにどうして」

津久田がヒステリックに食ってかかる。

「友永曹長と新開曹長のお話を聞いてて、大体分かりました。自分も、この人を見殺しにはできません」

「おまえな、そんなこと言ってられる場合かよ」

市ノ瀬の胸倉をつかんだ津久田を、朝比奈が制止する。

「見苦しいぞ、津久田。そもそも彼女の保護は吉松3尉の決められたことだ。言わば隊長の遺志だ」

隊長の遺志。朝比奈のその一言で、我に返ったように津久田が市ノ瀬にかけた手を放す。

そのとき——

由利1曹が声を上げた。

「おい、なんだあれは」

由利の指差す方に新開がLEDライトの光を向ける。

もと来た斜面の上から、数条の液体が音もなく流れてくる。その薄い流れは見る見るうちに合わさって一つになり、こちらに向かって広がりながら押し寄せる。

地下水か——違う、この臭《にお》いは——

「ガソリンだ！」

友永は叫んでいた。

全員が一斉に立ち上がり、反対方向の登り斜面に向かって走り出す。ほぼ同時に背後の闇に橙色《だいだいいろ》の光が灯《とも》った。燃え盛る劫火《ごうか》はたちまち通路を滑り渡って何もかもを呑《の》み込まんと猛《たけ》り狂う。闇に慣れた目に突然の朱《あか》い眩《まばゆ》さが刺すように痛かった。

ワーズデーン小氏族の民兵はやはり追ってきていたのだ。

登り斜面を駆け上がる列の先頭にいた新開が急に立ち止まる。

「どうしたんですか、早く！」

口々にそんなことを叫びながら前方を見た隊員達が恐怖に凍りつく。

細い通路の先からこちらに向かってガソリンが流れてくる。そして瞬《また》く間に眼前に広がる灼熱《しゃくねつ》の輝き。

「こっちだ！」

新開は右側に口を開けていた横穴へと走り込んだ。全員が彼に続く。炎の先端が最後尾にいた友永の防暑靴の底を舐《な》める。

硫黄島《いおうとう》だ——

太平洋戦争末期、米軍は硫黄島の戦いで日本軍の立て籠《こ》もる摺鉢《すりばち》山の坑道にガソリンを流し込んで火を放ったと云う。日本の自衛官である自分達が、アフリカでまったく同じ戦法にやられようとは。迂闊《うかつ》に地下に入り込んだ自分達の愚かさが悔やまれた。

一行の走る通路の左右にはいくつもの分岐があった。

「全員俺の後に続け！　絶対に分散するな！」

走りながら新開が怒鳴る。こんな所で誰かがはぐれたらおしまいだ。二度と巡り会うことはできない。

全員が必死に斜面を駆け上がったが、すぐに左右の分岐からも炎が吹き上がり始めた。敵は複数ある遺跡の出入口に分散し、一斉にガソリンを流し込んだのだ。

新開が足を速める。急がなければ、炎で焼死する前に酸欠で脳がやられてしまう。また煙を吸い込むのも恐ろしかった。

いくつかの分岐をやり過ごしつつ進む。敵もすべての出入口を把握しているわけではないらしい。あるいはそこまでの人員がいないのか。

前方からまたも炎。この道はもう進めない。新開が振り返って叫んだ。

「友永、さっき右に曲がる分岐があったろう、引き返してそっちへ行け！」

「分かった！」

今度は自分が先頭になってもと来た道を駆け降りる。一〇メートルほど手前の分岐に飛び込んで上り勾配を駆け上がった。夜の空気が勢いよく流入してくるのが感じられる。熱に晒《さら》されていた全身が楽になった。出口が近いのだ。

案の定、天井が次第に低くなり、やがて前方に丸い出口が見えた。友永は、しかしその手前で踏みとどまる。

「どうしたんですか、早く、早く出ないと」

飛び出そうとする津久田の襟首《えりくび》をつかみ、後方へと引き戻す。手早く砂漠迷彩の制服を脱ぎ、小銃の先に引っ掛けた。そして片手をそろそろと伸ばし、制服を出口の端から外に突き出す。

途端に闇の奥から掃射を食らい、制服は孔《あな》だらけになった。

津久田が目を見開いて悲鳴を上げる。

待ち伏せの罠《わな》であった。一つだけ逃げ場を空けておき、炎に追われて飛び出してきたところを狙い撃ちにしようという手だ。

弾痕《だんこん》の開いた迷彩服を羽織りながら振り返って叫ぶ。

「別の出口を探すんだ」

新開がすかさず身を翻《ひるがえ》す。煙の中を引き返すのは容易なことではなかったが、全員涙を流して咳《せ》き込みながらも、手で口と鼻を覆って必死に新開の後に続いた。

「絶対にはぐれるなよ。何があっても前の奴を見失うな」

後ろから皆に声をかける。今や炎は四方から迫っていた。

考えている余裕はない。炎の噴き出していない分岐を見つけては先へと進む。

しかし――たとえ別の出口を見つけたとしても、そこにも待ち伏せの兵が配置されている可能性は極めて高い。かと言って、このまま地下迷宮を走り続けていては十分も経《た》たないうちに全滅は免れないだろう。

前を走っていた津久田がいきなり「あっ」と短い悲鳴を上げ、視界から消えた。何が起こったのか分からぬうちに、友永も前につんのめって倒れそうになった。足許をよく見ると、津久田が俯せに倒れて呻いていた。岩か何かに足を取られて転んだのだ。

友永は慌てて津久田を助け起こす。

「馬鹿、立て、早く！」

顔面を強打したのか、津久田は鼻血を盛大に振りまきながらも立ち上がって走り出した。しかし、五、六メートルも進んだところでなぜか急に立ち止まった。そのまま凝固したように立ち尽くしている。

「どうした、早く行け！」

背後から急《せ》かすと、津久田は泣きそうな声で叫んだ。

「どっちへ行ったらいいか分かりません！」

「なに？」

「今、右側に分岐が見えました。ほんの一瞬でしたが、確かに分岐でした」

愕然とした。周囲はすでに煙に覆われて何も見えない。

はぐれてしまった――自分達だけが――

炎はすぐ後ろまで迫っている。

友永は両手で右側の岩肌を探ってみた。確かに分岐がある。だが、幅が狭い。通れないことはないが、体をかなり横向きに傾けねばならないだろう。

「この分岐を行ったとするなら、全員が通り抜けるまで時間がかかるはずだ。皆はたぶんまっすぐ行ったに違いない」

勘であり、賭《か》けであった。それでも今は己の勘に賭けるしかない。

「とりあえず次の分岐まで進もう」

「その先はどうするんですか」

「着いてから考える」

友永は津久田の前に出て両手を左右に広げた。左手の指先と、右手につかんだ89式の銃口が岩肌に触れた。

「いいか、俺の後ろから絶対に離れるな」

「はいっ」

　左右の手で岩肌の感触を慎重に確認しながら、できるだけ速く進む。うっかり分岐を通り過ぎてしまったら最後だ。

　しばらく行くと、左手の指先が岩から離れた。立ち止まり、左手で周囲を探る。指先は何もない虚空《こくう》を泳ぐだけだった。

　分岐だ——だが、どうする——

　必死になって気配を探るが、仲間のいる方向は分からない。ただ一面の煙があるだけだ。

「曹長！」

　咳き込みながら津久田が叫ぶ。

　前に進むか、それとも分岐を曲がるか。生死に直結する恐るべき賭けだ。しかもこの先、同じ賭けを強いられる分岐が何か所あるか分からない。またその賭けに勝ち続けられる可能性がどれほどのものか、考えるまでもなかった。

　前か、左か。

　駄目だ——恐ろしくて決断できない——

　そのとき、左の分岐の奥から声がした。

「曹長！」「友永曹長！」「おおい、津久田！」「こっちだ！」「早く！」

　隊員達の声だった。

自分達がいないことに気づいて、その場で待ってくれていたのだ。

「左だ！」

津久田とともに急いで分岐を曲がる。

やはり左手の指先と右手の89式の先端で岩の感触を確認しながら先へと進む。やがて、煙の間に市ノ瀬の顔が見えた。

「曹長、こっちです！」

「すまない、行ってくれ」

すぐに列が動き出す。津久田を前に出し、友永は再び最後尾についた。

焦りと恐怖に追われ、ひたすらに先を目指す。

自分達がはぐれたことによる全体の停止が致命的なロスとなったのではないか——考えるだけでも恐ろしかった。

どれだけ地底を走ってきたのか、すでに分からなくなっている。炎の渦巻く迷宮で、時間と距離の感覚は失われていた。

「Look !」

突然アスキラが立ち止まって叫んだ。天井部近くの一角を指差している。

「Look that !」

見ると、煙が一条、吸い込まれるように壁に消えている。

「何をしてるんだ、早く来い」

苛立《いらだ》たしげに振り返った新開に構わず、友永は煙が細く流れる方に走り寄って壁面を確かめる。

そこは岩ではなく土となっており、一〇センチ四方の孔が開いていた。煙はその孔に吸い込まれるように流れている。

友永は89式の台尻を何度も叩きつけるようにして孔を広げる。清冽《せいれつ》な星空が目に飛び込んできた。足許の岩の上に乗り、外を見回す。見通しのいい急峻な斜面だが、足掛かりになりそうな窪みや出っ張りもある。

「ここから脱出する。誰か手伝え」

台尻で孔の上部を崩しながら叫ぶ。一番近くにいた由利がすぐさま両手で孔の下部を広げ始めた。津久田も飛びつくようにして由利にならう。

大きく咳き込みながら、三人で懸命に孔を広げる。

「早く、火がもうそこまで！」

梶谷が叫んだ。それに市ノ瀬の悲鳴。言われなくても分かっている。押し寄せた炎の熱波が背中を炙《あぶ》る。

やっと人一人が通り抜けられるくらいの大きさになった。

「大丈夫か、伏兵はいないか」

心配そうな新開に、

「急斜面だ、隠れるところはない。だが念のために俺から出る」

小銃を肩に背負い、両手を孔の縁にかけて全身を引き上げる。滑り落ちないように注意しながら外に出て、小さく突き出た岩の上に足を下ろす。斜面に背を預けるような格好で銃口を周囲に巡らすが、星明かりの夜に変化はなかった。

「大丈夫だ。一人ずつ来い」

声をかけるや否《いな》やまず津久田が這《は》い出てきた。断崖《だんがい》と言ってもいいような急斜面に驚いて小さく息を呑んでいる。続けて由利。その次にアスキラが出てきた。落ちないように由利が手を貸しているが、アスキラは思った以上に身が軽いようだった。

その間友永は、89式を構えて周囲に目を走らせる。見渡す限りにおいては敵兵の姿はないが、もしこちらを見上げる者がいれば、この星明かりの下では容易に発見されてしまうだろう。

「急げ、早く」

小声で仲間を急かす。市ノ瀬、梶谷、朝比奈、そして最後に新開が出てきた。皆生き返ったような顔で夜の空気を吸っている。

断崖に身を寄せるようにして移動を開始する。拡張された孔からは煙が勢いよく立ち昇っている。一刻も早く身を隠せる場所を探す必要があった。

しかしなんと言っても足場が悪い。気が焦るばかりで移動は遅々としてはかどらなかった。時間が経てば経つほど発見される可能性は高まる。身の隠しようもないこの場所では、横並びに移動している自分達は格好の標的でしかない。

訓練を積んだ第1空挺団であっても、ハーネスなどの確保器具もない状態でこの断崖を移動するのは難しい。アスキラは並の女性よりははるかに身体能力が高いらしく、隊員達以上の敏捷《びんしょう》さで足を運んでいる。また生来気丈な質《たち》のようだった。それだけが唯一の安心材料と言えた。

突然、岩の崩れる音がした。そして津久田の悲鳴。足許の岩を津久田が落としてしまったのだ。バランスを崩した津久田の体を咄嗟《とっさ》に由利が支えている。落石は乾いた音を立てて斜面を転がり落ちていった。

友永は小銃を構えて神経を研ぎ澄ます。夜。星。雲。全身を撫《な》でる生《なま》ぬるい風。どこか遠方で獣が鳴く。気づかれた様子はなかった。由利が小声で「馬鹿野郎」と呟くのが聞こえた。息を吐いて再び移動を開始する。

七、八〇メートルも移動したところで、斜面の角度は急に緩くなり、巨石が複雑に入り組む裾野《すその》となった。

素早く巨石の合間に走り込んだ友永は、周囲の安全を確認してから仲間を手招く。津久田、由利、アスキラと、順番に到着する。発見される可能性は少なくなったが、まだまだ安全とは言えない。全員が揃《そろ》うのを待って、巨石の合間を抜けるようにして下っていく。敵が地下遺跡の出入口に気を取られている間に、一刻も早く岩山から離れるのだ。

巨大なキノコのようでもあり、シュールなオブジェのようでもあり、且《か》つまた土着伝承の妖怪のようでもある。世界遺産に登録されてもおかしくないような奇石の森を二十分ばかり下ったとき、突如視界が開けた。そこは峠《とうげ》のような地形で、高度はさほどでもないが、岩の合間から眼下が見晴らせるようになっていた。

一同は身を隠しながら薄蒼《あお》い夜を見渡す。

「この地形は見覚えがあります」

星明かりの陰翳で黒い線のように見える涸《か》れ川を指差して、由利が言った。

「自分も覚えています。来る途中で見ました。あの蛇行している川筋の盛り上がった部分、間違いありません」

朝比奈も断言する。

どうやら自分達は岩山を一回りしてずいぶんと元の場所に近い所に出たらしい。野営地までは見えないが、乗ってきた軽装甲機動車と高機動車はどうせワーズデーンが証拠隠滅のために動かしているだろう。

「あっ、あれを見て下さい」

梶谷が興奮した声を上げた。

岩山の基部に当たる平地に、荷台に幌の掛かった軍用トラックが四台停《と》まっているのが見えた。

「ワーズデーンの兵員輸送車だな」

新開が呟く。

ワーズデーンの追手はあの場所にトラックを停め、自分達の野営地に忍び寄ったのだ。

全員が遺跡の出入口に貼り付いているのか、周辺に兵士の姿は見られない。足場は悪くなるが、岩を伝って真下に降りられそうだった。

友永は新開と顔を見合わせ、互いに頷く。考えていることは同じのようだ。

「あの車を奪取する」

友永の提案に、津久田が怯えた顔を上げる。

「無謀じゃないですか。我々の武器はその89式だけなんですよ。もし近くに敵がいたら

「……」

「七〇キロは確かに歩けない距離じゃない。さすがに酷暑のソマリアでは一日じゃ無理だろうがな。だがこの先ジブチの拠点までは見渡す限りの土漠が続くんだぞ。隠れるところも何もない。すぐに追いつかれて簡単に見つけられてしまう」

黙り込んだ津久田に代わり、新開が一同に具体的な指示を下す。

「ここを下るとしても見通しが悪すぎてどうルートを取るべきか判断できない。途中で行き詰まる可能性がある。念のため二手に分かれよう。友永、おまえは89式を持って市ノ瀬、梶谷、それに女を連れ、このすぐ下にある一際《ひときわ》でかい岩を右から回り込んで行け。そうだ、あそこに見える丘みたいなあの岩だ。朝比奈、由利、津久田は俺と左側から回り込んで下る。先に到達した方が走行できる車輛を確保して待つ。それでいいな、友永」

「分かった」

一同は即座に行動に移った。友永は右へ、新開は左へ。アスキラ、市ノ瀬、梶谷が友永に続く。

断崖と言ってもいいような急斜面の下りだが、地下遺跡から逃れた直後のような吹きさらしの地形と違って、岩の合間を降りていく形になるため遠くからは発見されにくい。それは逆に、こちらからも目的地周辺の様子がしばらくは見えなくなるということでもある。

足音を立てぬよう注意しながら、時には両手をも使って斜面を下る。陸自の訓練では散々に野山を駆け回らされたものだ。岩登りも嫌になるほどやらされた。サバイバル技術や登攀《とうはん》技術は一通り身につけている。しかし、こんな奇妙な岩を伝い降りる羽目になろうとは、日本にいる頃には想像したこともなかった。

時々振り返っては続く三人の様子を確かめる。アスキラも、市ノ瀬も、梶谷も、皆黙々と足を運んでいる。唯一の武器を持つ自分の班に女性のアスキラ、最年少の市ノ瀬、技術畑の梶谷を配した新開の判断は正しいものであったと思う。

特に梶谷は、どこかほっとしているようだった。愛嬌《あいきょう》があって誰にでも好かれる好人物の梶谷は、なぜか警務隊出身の由利を酷《ひど》く嫌っている。由利の方でも梶谷の感情を察していることは明らかで、任務を離れたプライベートで二人が互いに口をきくことは決してなかった。梶谷が由利を避ける理由について、本人に訊いたことはない。自分と新開のように、単に反《そ》りが合わないということでもないようだった。それでなくても毎日同じ顔を突き合わせねばならないジブチの拠点暮らしだ。折を見てそれとなく質してみようと思っていた矢先にこんなことになってしまった。

また、市ノ瀬も梶谷も、アスキラを同行させることに賛成した側だ。彼女も新開や津久田らと行くよりは安心だろう。

そうだ——アスキラ・エルミ。

すべては彼女が発端だ。敵対するワーズデーン小氏族に追われた彼女がたまたま遭難ヘリ捜索隊の野営地に飛び込んできた。そのため自分達は、自衛隊にとって歴史的とも言える事件の当事者となってしまった。とんでもない悪夢だが、新開らのように、彼女を責める気にはなれなかった。

アスキラの言ったことが事実なら、彼女は大虐殺をまのあたりにし、奇跡的に逃げ延びてきたことになる。現に、彼女とともに逃げてきた二人の女が自分達の目の前で命を落としている。身も世もなく取り乱していてもおかしくはない。だが彼女は、歯を食いしばってその運命に耐えている。今は逃げ延びることに必死で、単に考える余裕がないだけかもしれないが、それでも友永の目には、強靭《きょうじん》な精神の持ち主と映った。少なくとも、日本にはこんな女はいない。

ソマリア派遣を命じられた日の夜、友永は私物のパソコンでソマリアについてあれこれ検索してみたものだ。驚いたのは、ソマリア出身のスーパーモデルが意外に多いことだった。そのほとんどは元難民か亡命者、もしくは早くに他国へ移住した人達の子女である。美人の多い土地柄なのだろうとは思っていたが、アスキラはそうしたモデル達に劣らぬどころか、野にある分だけ、一際鮮烈な個性が感じられた。

しかし、とさらに考える。想像し得る最悪の悲劇を経験したはずの彼女が、絶望に陥らずにいられるのはなぜだろう。ソマリア、いやアフリカの人々に固有の生命力ゆえか。それとも、この道の先に、何か希望のようなもの——あるいは幻想——を見ているのか。

友永は頭を振って小銃を構え直す。今はそんなことを考えている場合ではなかった。どこに敵兵が潜んでいるか分からない。目の前の岩陰から、強力な火器で武装した敵が飛び出してきてもおかしくない状況だ。注意力と集中力を途切れさせてはならない。

星明かりが薄らぎ、夜の底がほの白さを増す。夜明けが近づいていた。日の出を過ぎても連絡がなければ、活動拠点でも異変に気づくはずだ。すぐに捜索隊を出せないにしても、なんらかの手を打ってくれればいいのだが。

傾斜が急に緩くなって、ほとんど水平となった。岩山の基部に到達したのだ。奇岩群が尽きる手前の岩陰に身を隠し、様子を窺《うかが》う。峠から見下ろした位置にトラックがそのまま停まっていた。

「キーがなくても簡単に動かせます」

梶谷が自信ありげに囁《ささや》いた。自動車工場の倅だ。それくらいは易々《やすやす》とやってのけるだろう。

「待て」

友永は慎重に周囲を確認する。誰か見張りでもいれば、そして銃撃戦にでもなれば、たちまちこちらの居場所を知られてしまう――

新開曹長の後について奇岩の合間を下っていた朝比奈1曹は、前方に人の気配を感じたように思った。確証はない。鼓動が急速に高まる。必死に耳を澄ませ、集中する。聞こえてくるのは岩を吹き抜ける甲高い笛のような風の音ばかりだった。

しかし――確信する。

前を行く上官の肩をそっと叩く。振り返った新開はすぐに察したように周辺に目を走らせる。

束《つか》の間、風がほんの少しだけ弱まった。こちらに近づいてくる複数の足音が微《かす》かに聞こえた。

新開が指で各員に岩を指し示す。朝比奈は真っ先に指示された岩陰に身を隠した。一番下側の岩だ。新開曹長の目と指は攻撃のタイミングを自分に任せると告げている。こちらも目で了解の意を示す。

息を殺して敵の接近を待つ。ソマリ語らしい話し声も聞こえてきた。

やがてＡＫ‐47を構えた敵兵の姿が見えた。全部で四人。朝比奈、そして新開の隠れている岩の前を通り過ぎ、津久田、由利の潜む方へと向かう。

大丈夫だ――全員が自衛隊格闘徒手技術の訓練を充分に積んでいる。

音を立てずに岩陰で呼吸を整える。朝比奈はあえて合気道で戦うと肚を決めた。平常心。無の境地。散々学んできたはずの古武道だが、命のかかった〈実戦〉で使うのは初めてだ。しかも足許は畳ではない。道場のように広くもなければ平坦でもない。稽古《けいこ》の通りにやれるかどうか。全身に汗が滲むのを実感する。どうやら自分はまだまだ修行が足りていないらしい。

最後尾の男が目の前を通過する寸前を見計らって岩陰から躍り出る。同時に他の三人も動く。

朝比奈は驚いて銃口を向けてきた眼前の男の側面に入身《いりみ》する。体が自然と動いていた。当て身を入れると同時に銃身をつかみ、転換しつつ体を開いて相手を投げ飛ばす。

できた――

銃はごく自然に朝比奈の手の中に移っていた。合気道『太刀取り小手返し』の応用である。文字通り敵の太刀を奪って投げる技だが、その技でＡＫ-47を奪うことに成功した。「入身」とは相手の体の中心または側面へ己を進める体さばき、「転換」とは相手の力を流す体さばきの意で、ともに合気道の最も基本となる動きであり、この両方を組み合わせて使うことが多い。だが今の場合、銃を相手に平常心を保ち得るかどうか、まさに己自身との戦いであった。

そんな技など見たこともないであろう大男のソマリ人は、当然受け身の取り方など知るはずもなく、したたかに岩の上に叩きつけられ悶絶《もんぜつ》している。

急いで振り返ると、敵と同じ向きになった新開が、相手のＡＫ－47を左脇に挟み込み、右の掌底で相手の顔面を背後の岩に押しつけたところだった。後頭部を岩で強打した男は銃を放して崩れ落ちる。足場の悪い状況下で新開曹長が訓練通りに動けたところはさすがと言えた。それでも初めての実戦に曹長の顔色は蒼白《そうはく》を通り越したものとなっている。

一方、津久田と由利はそれぞれの敵と格闘していた。

由利はつかんだ相手の手をすぐ横の岩に何度も叩きつける。敵はＡＫ－47を取り落としたが、猛然と由利につかみかかってきた。今度は由利の全身が背後の岩に叩きつけられる。獣のように咆《ほ》えながら由利を押しまくるソマリ人に駆け寄った朝比奈は、背後から腕を回し数秒で絞め落とした。

津久田は敵兵とＡＫ－47を取り合うように全力で揉《も》み合っていた。二人の体は岩の狭間《はざま》のあちこちにぶつかり、ともに傷だらけとなっている。相手の体格は小柄な津久田よりもさらに小さく痩《や》せていたが、筋力と気迫は津久田を凌駕《りょうが》しているようだった。銃口が次第に津久田の方に向けられる。津久田はあらん限りの力を振り絞って必死にそれを押しとどめようとしている。

朝比奈が応援に向かおうと動いたとき、ＡＫ－47が暴発した。

四台並んだトラックに駆け寄った友永は、周辺にも車内にも敵がいないことを確認し、もと来た方に向かって合図した。岩陰から出てきたアスキラ達が素早く移動してくる。

梶谷が手前の車輌の運転席を一瞥《いちべつ》し、

「キーがついたままになってます」

「よし、すぐに乗り込め。運転はおまえに任せる。アスキラと市ノ瀬は後ろに乗れ」

「はいっ」

市ノ瀬がアスキラとともに後部に回ろうとしたとき、斜面の上部で銃声が轟いた。

新開達のルートの方だ。

彼らは銃を持っていない。敵と遭遇したに違いないが、岩の森に遮られてここからは何も見えない。確実に言えることは、今の銃声はすべての敵の注意を惹《ひ》いたに違いないということだ。

友永は棒立ちになって斜面を見上げる三人を叱咤《しった》するように促した。

「早く乗れ。新開達が来たらすぐに出発できるようにしておくんだ」

「今のでみんなやられてたら……」

泣きそうな顔で言う市ノ瀬に、

「銃声は一発だった。誰かに当たったとしても全員じゃない」

「でも」

「いいから乗れ。ギリギリまで待つ」

発射された銃弾が岩を抉るのとほぼ同時に、AK－47を手にした民兵のみぞおちに朝比奈が突きを叩き込む。

すぐ間近で轟いた銃声に津久田は蒼白になっている。

「行くぞ。各員銃を取って続け」

新開はそう言いながら奪ったAK－47を手に斜面を駆け降りる。

由利と津久田は慌てて倒れている民兵からそれぞれ自動小銃を奪い、新開に続く。

その間AK－47を手に周囲を警戒していた朝比奈は、足許に倒れている民兵の腰に大きなアーミーナイフがぶら下げられていることに気づいた。素早くナイフを奪って自分のベルトに挟み、急ぎ最後尾について斜面を下る。予備の弾倉まで奪う余裕はなかった。

早く友永曹長らと合流せねば。今の銃声で敵兵がすぐに駆けつけてくるに違いない――

払暁《ふつぎょう》の白々とした光の中、トラックの横で友永は祈るような気持ちで待った。後部荷台からは市ノ瀬とアスキラが心配そうに顔を出している。

様子を見に行こうかとも考えた。だがもし新開達が敵と遭遇したのだとしたら、残弾数たった九発の89式しか持たない自分が駆けつけたところでどうなるものでもない。それにいつ敵がやってくるか分からない状況だ。

突然、頭上で激しい銃声がした。足許に着弾。慌ててトラックの陰に身を伏せる。岩山の中腹で銃火が閃《ひらめ》く。やはり敵はこちらに気づいた。奇岩の上によじ登って狙撃しているのだ。到底当たるものではないと知りつつ応射する。三発撃った。残弾数六。

「友永曹長！」

運転席から梶谷が叫ぶ。車を出すかどうか、判断を求めているのだ。

すぐには決断できなかった。このまま新開達を置いて逃げるか。それとももう少し待つか。待つとしても一体どれくらい待てばいいのか。

決断力。自分にはそれがない。こんなときに吉松隊長がいてくれれば。あの人ならどういう決断を下したろうか。新開なら。奴ならすぐに発進するだろう。奴は自分よりもはるかに強い。そうだ。奴は自分にはない能力を山のように持っている。吉松隊長も常々奴を高く評価していた。だから自分は腹立たしくてならないのだ。よけいに反感を覚えるのだ――

山腹の銃火は増える一方だった。

さらに、右側面の水平方向から新たな銃撃。身を伏せたまま顔を向けると、どこから下りてきたのか、岩山の基部の向こうから十数人の兵が怒号を上げながら押し寄せてくるのが見えた。彼らだけが知る正しい山道があったに違いない。

もう間に合わない——

「車を出します！　早く乗って下さい」

梶谷が叫ぶ。その声は聞こえている。だが決断できない。体が動かない。

自分でも意味不明の絶叫を上げて89式を乱射する。たちまち弾倉が空になった。小銃を捨てて立ち上がり、助手席に向かう。

梶谷がすぐにアクセルを踏み込んだ。ドアを閉めようとしたとき、押し寄せてきた敵のうち、先頭を走っていた数人の兵が血を噴いて倒れるのが見えた。

はっとして山側を見る。奇岩の合間から新開達が飛び出してくるところだった。ＡＫ－47を乱射しながらまっすぐにこちらへと走ってくる。

「待て梶谷！」

「分かってます！」

梶谷がハンドルを切り、トラックを新開達の方に向けた。

新開と朝比奈が立ち止まって応戦する。その間に由利と津久田が後部に乗り込み、新開と朝比奈も身を翻して素早く飛び乗った。

「全員乗った！　行け！」

新開が叫ぶ前に梶谷は車を急発進させている。間一髪で合流した四人は、追ってくる敵に向かって車の後部から銃撃を続ける。数人が倒れたところで弾を撃ち尽くした新開が、横にいる津久田を見て驚いたように叫んだ。

「おい、貴様、何をやってるんだ」

津久田は銃をただ構えているだけで、まったく発砲していなかった。その体が小刻みに震えている。

「撃てないんです」

「なんだって？」

「撃てません……どうしても……」

泣きながら津久田が答える。全員が唖然とした。

「馬鹿、早く撃て。貴様それでも習志野《ならしの》の最精鋭か」

新開の叱咤に、津久田は顔を伏せた。

「駄目なんです……駄目なんです……」

「貸せっ」

津久田の手からＡＫ－47をもぎ取った新開が、追いすがる敵に向けて掃射する。一瞬で弾倉は空になった。

「奴ら、あっちの車に向かってます！」

市ノ瀬が叫んだ。

敵は残る三台のトラックで追ってくるつもりだ。

「友永、おまえ、あの三台をそのままにしといたのか」

振り向いた新開が怒鳴る。

友永は絶句した。迂闊だった。考えもしなかった。残る弾で無意味な応戦などせず、他の三台のタイヤでも撃って追跡不能にしておくべきだったのだ。

「おい、どうなんだ友永」

弁解のしようもなかった。

朝比奈が新開の怒りを逸《そ》らすかのように、梶谷に向かって言った。

「腕の見せ所だぞ、梶谷。あんな奴ら、ぶっちぎってやれ」

三台のトラックに分乗した敵は、ＡＫ－47を派手に撃ちまくりながら猛然と追ってきた。

こちらにはもう対抗する火器は何もない。朝比奈の言を待たずとも、梶谷の運転技術だけが頼りだった。しかし、相手の方がこの一帯の地形や環境での走行にはるかに慣れていることもまた確かである。

ハンドルを握る梶谷は、今はもう無言でひたすら前方を睨《にら》んでいる。横に座っている友永にも凄《すさ》まじい気迫が伝わってきた。それだけ運転に集中しているのだ。

後部に乗った六人は全員低く身を伏せている。敵は依然発砲を続けていた。相当量の弾薬を保有しているらしい。ソマリアには武器があふれ返っているという事実を改めて思い知る。

やがて前方に昨夜の野営地が見えてきた。案の定、乗ってきた軽装甲機動車と高機動車、それに野営用の装備の数々は一つ残らず消えている。ワーズデーンはあくまでこちらを完全に〈消滅〉させる気だ。その邪悪な意図に友永は今さらながらに戦慄《せんりつ》する。

「急げ、梶谷！　敵はもうそこまで来てるぞ」

言わずもがなのことを津久田がヒステリックに叫んだ。

銃弾が音を立てて車体をかすめる。アスキラと市ノ瀬も悲鳴を上げている。

追手の車はどんどん追い上げてくる。このまま逃げ切れるとは到底思えなかった。

駄目か――

追撃してくる敵車輛の走行音。止むことのない銃声。ソマリ語の怒声。それらが刻々と、そして確実に大きく迫ってくる。

野営地の跡を通過したとき、不意に地鳴りのような音が聞こえた。

なんだ——？

地震ではない。音は頭上からのものであった。

「見ろ！」

由利が岩山に走るクラックを指差した。音はその間から発していた。

遭難機だ——友永は瞬時に理解した——岩に引っ掛かっていた遭難機が昨夜懸念した通りにずり落ちているのだ。

金属の軋《きし》み擦《こす》れる音を立てて落下したヘリの機体が、途中で岩に当たってクラックから飛び出した。

全員が絶望の呻きを漏らす。薄くひしゃげたヘリの残骸《ざんがい》は、大音響を上げて岩にぶつかりながら、こちらの行手を塞《ふさ》ぐように転がり落ちてくる。

「ぶつかる！」

津久田が悲鳴を上げた。

このまま行けばヘリの残骸と正面衝突する。しかし急停止すれば追手に捕捉《ほそく》されてしまう。

万事休すとはこのことだった。

「行きます！」

そう叫んだ梶谷がアクセルを踏み込んだ。反射的に全員が車体にしがみつく。

最大限に加速しながら、トラックは落下してくる残骸に向かって突っ込んでいく。

津久田のみならず、今やほとんどの隊員が悲鳴を上げていた。

一人、梶谷は歯を食いしばって眼前に大きく迫る残骸を見つめている。

激突するかと思われた瞬間、トラックは紙一重で鉄の塊《かたまり》をかわし、前に出た。

手練のハンドルさばきであった。

ヘリの残骸は地響きを立てて道の真ん中に倒れる。

先頭を走っていた追手の車輛が慌ててハンドルを切り、続く仲間の車輛と接触した。

巨大な鉄塊の向こうで玉突き衝突のような轟音が次々と起こった。そして立ち昇る爆炎。

皆声もなく遠ざかる惨劇の炎を見つめている。

敵車輛はもう追っては来なかった。

3

夜は完全に明けていたが土漠は朝とも夕ともつかぬ灰色の光に閉ざされていた。

悪路に激しく揺れるトラックの助手席で、友永は胸を撫で下ろしつつも、前途の困難さを想っていた。

日の出の正確な時刻は確認する余裕もなかったが、すでに一時間以上が過ぎていることは間違いない。こちらからの連絡がなかったことは活動拠点でもすでに把握しているはずだ。果たして部隊がどう対処してくれるのか。あるいは最悪の予想通り、身動きの取れない状態が続いているのか。

「見て下さい、これ」

出口のない堂々巡りを続けていた友永の思考を遮るように、不意に市ノ瀬がトラックの後部で大きな声を上げた。次いで全員の歓声。

「どうした」

振り返ると、市ノ瀬が興奮した様子で手にしたＡＫ－47を掲げて見せた。

「奥にシートが積んであったんで、どけてみたらその下に……全部で六挺あります。弾薬も、ほら、こんなに」

「なに、見せてみろ」

一挺を受け取って各部を確かめる。陸自ではＡＫ－47の使用法の訓練も受けている。不良品ではないようだ。予備の武器を輸送車に積んだままにしていたのだろう。

「俺達が奪い取った四挺にこの六挺で計十挺か。人数分以上の武器が手に入ったってわけだ」

新開もさすがに喜色を浮かべている。

一度に十挺もの小銃が手に入ったのは、徒手空拳であったこれまでを思えばまさに僥倖《ぎょうこう》と言えた。

各員が急いで小銃を点検し、弾を装塡《そうてん》する。

アスキラもまた他の面々にならってＡＫ－47を手に取った。氏族間の抗争が続くソマリアの人間だからなのか、隊員達の見よう見まねながら、銃を扱うアスキラの手付きはなかなか堂に入ったものだった。

皆が慌ただしく装弾している中で、一人、津久田のみがなぜか銃を持ったままぼんやりとしていた。

「おい、津久田」

その様子を見て、思い出したように新開が問う。

「貴様、さっきはどうして撃たなかった」

「分かりません」

津久田は今にも消え入りそうな細い声で、

「怖かったんです、自分が人殺しになってしまうのが、どうしても怖くて……」

「人殺しになるのが怖かった？」

信じられないといった新開に、津久田は意を決したように抗弁した。

「だって、人なんて殺したくないです。自分は人を殺すために入隊したわけじゃありませんから。海外派兵だって国際貢献の一環だし、海賊対処も実際は海自の担当で自分達は拠点の警衛任務だけだって話だったし」

「馬鹿か貴様は。俺達は殺されるところだったんだぞ」

由利が冷笑を浮かべ、

「おまえ、一体何を考えて入隊したんだ。有事も何もないまま定年まで保障されてるとでも思ったのか」

「それくらい分かってるつもりでした、頭では……でも、実際に自分が人殺しになるんだと思ったら、どうしても……」

「いいかげんにしろ！」

とうとう堪《こら》えかねたのか、新開が津久田を殴りつける。

狭い荷台の中で倒れ込んだ津久田は、嗚咽《おえつ》しながらくどくどと続けた。

「自分には娘がいます。小学二年生で、自分の帰りを待ってくれてます。あの子を人殺しの娘にするなんて、自分は、自分は……」

それを聞いて、市ノ瀬が悄然《しょうぜん》とうなだれる。

友永は新開以上に怒りを覚えた。

あまりに無神経にすぎる発言だった。真っ先に人殺しとなったのは最年少の市ノ瀬だ。それに子供がいるのは朝比奈も同じである。なのに津久田は自分のことしか頭にない。小心者だとは思っていたが、自己の脆《もろ》い内面を守ることのみにここまで拘泥《こうでい》しようとは。

「しっかりしろ、津久田。おまえ、射撃の上級検定で準特級だったんじゃないのか」

朝比奈が諭《さと》すように言う。

そうなのだ。津久田は警衛隊の中でもトップクラスの射撃の名手として知られていた。毎年行なわれる射撃大会でも常に上位で入賞している。皮肉にも、この状況下で最も戦力になりそうな津久田の腕前が期待できないとは。

だが今は津久田に何を言っても逆効果だろう。そう考えた友永は、意気消沈した空気を変えようと、後部の面々に声をかけた。

「他に何か積んでないか。装備や食料は」

「ロープの束がありました。食料はないです」

市ノ瀬が答える。

食料はなしか。だが拠点までは七〇キロだ。喉は猛烈に渇いていたが、一日くらい飲まず食わずでもなんとかなる——

頭の中で不安が急速に形を成した。本能的な直感と言ってもいい。

「停めろ」

運転席の梶谷に向かって叫んでいた。

「えっ、しかし」

「いいから停めろ。早く」

首を傾げつつ梶谷がブレーキを踏む。

急停車したトラックの荷台で新開が怒鳴る。

「どういうわけだ、友永」

「このまま進めばジブチまで直行する街道に出るな」

「そうだ、なのにどうしてこんな所で停めるんだ」

「いいか、追手のワーズデーンは通信機を持っている。別の部隊を先回りさせることだって簡単にできるはずだ。俺ならまずそうする」

新開は黙り込んだ。他の面々も。

「なにしろ奴らにはとっては、すでに俺達の口封じ自体が目的になっているんだからな。このまま街道に出れば今度こそおしまいだ」

「じゃあどうすればいいんだ。ジブチに向かうにはあの道を使うしかないぞ。道とも言えないような酷い道だが、あの街道を外れたら4WDでも進めるかどうか分からない土漠のまっただ中だ。このポンコツでは一〇〇メートルも走れるものか」

今度は友永が黙り込む番だった。

焦燥の沈黙が車内を押し包む。こうしている間にも、街道での待ち伏せの準備が進んでいるかもしれないし、背後から追手が追いついてくるかもしれない。

アスキラが不安そうに顔を上げ、こちらを見る。

友永は英語で今のやり取りをかいつまんで話した。

「少し回り道になりますが、国境を越えてソマリア側に入れば抜け道があります。私が案内します」

じっと聞いていたアスキラが、思い切ったように英語で言った。

「ただし、途中で険しい岩山に入りますから車は捨てねばなりません。それでもワーズデーンにつかまるよりはいいと思います」

ジブチとソマリアの国境は、海岸に面した北東の端から内陸部の南西に一直線に引かれた線状を成している。海に近いジブチ市街の拠点と自分達の今いる地点は、ともにこの線のすぐ間近にある。国境を越えてもこの線に沿って進めば、ほとんど平行移動のようなもので回り道と言うほどでもない。その距離、約七〇キロ。途中まででも車で行けるのなら、負担は相当に軽減される。またジブチ側の街道で待ち受けるワーズデーンの裏をかくには確かに最上の策と思えた。

だが新開は、憤然として友永に食ってかかった。

「我々に許されているのはジブチ国内の拠点警衛任務のみだ。それは海賊対処法でも明記されている。勝手に国境を越えるなど問題外だ」

「生きるか死ぬかの局面だぞ。そんな建前に縛られて死んでもいいのか」

「建前だけじゃない、もしソマリア側に越境したとすると、我々を捜しに捜索隊がやってきたとしても捜索の範囲外となる。発見される可能性がゼロになるんだ」

「捜索隊が来る前に敵に見つかったらそれこそ生き残る可能性はゼロだ」

「だから一刻も早く離脱しなければならんと言ってるんだ」

「じゃあおまえは敵が待ち構えている可能性の高い所へのこのこ飛び込んでいけとでも言うのか」

「後で大問題になるぞ。貴様が責任を取ってくれるのか」

「緊急避難だ。名目はそれで充分だろう」

またも平行線だった。隊員達の誰も口の挟みようがないようだった。どちらを支持すべきなのか。まるで判断できずにいるのだ。

二人が黙り込んだタイミングを見て、アスキラが英語で言った。

「雨が迫っています。行くなら早くしないと、道がなくなってしまいます」

今度は多数決の必要はなかった。新開は、渋々ながらアスキラの案に同意した。


街道に合流する三キロほど手前に、東側に抜ける分岐があった。その入口は小山のような丘を回り込む形になっていて、それこそ現地人でもなければ到底分岐点とは分からないだろう。

丘を完全に回り込み、ようやく道らしくなってきた道を進む。そこはすでにソマリア領であるとのことだった。

全員が理解した上での決断であったが、一行の誰もが最早《もはや》自分達が引き返せない地点に在ることをひしひしと感じていた。

アスキラはしきりと空を見上げては雲の様子を気にしている。

「早く、急いで」

厚い雲が重苦しく垂れ込め、周囲から光が失われるに従い、アスキラは傍目《はため》にもはっきりと分かるほどに焦り出した。わけを訊いても「道がなくなってしまう」とうわ言のように繰り返すばかりである。よほどの事情があるのだろうか、言葉で説明する余裕さえ失っているかのようだった。

「早く、もっと急いで」

英語で急かすアスキラに対し、梶谷は憮然《ぶぜん》として応じる。

「これで精一杯なんだよ」

実際に梶谷は巧妙な運転で悪路を乗り切っている。彼が機械に精通した技術者であるというだけでなく、優秀なドライバーであるのは明らかだ。トラックには替えのタイヤが積まれていなかった。アフリカでは予備のタイヤは必需品である。それだけ頻繁にパンクする。梶谷はタイヤの負担まで計算して運転しているのだ。

祈るような目で天を仰いでいたアスキラの願いは、しかしどうやら神には通じなかった。天の底が破れたような勢いで突然猛烈な雨が降り出した。スコールによる豪雨だ。未舗装の道の上を滑るように水が流れていく。たちまち周囲は一面の湖のようになった。アスキラはこれを心配していたのだろうか。だが車が走れないほどの深さではない。梶谷はさすがに焦りつつもなんとかハンドルを操作しているが、アスキラはすでに絶望の色を浮かべている。

幌の裂け目から激しい勢いで雨水が流入する。隊員達は慌てて避けるが、荷台のどこに移動しても大して変わりはなかった。

「まるで滝の中を走ってるようですね」

台風に心浮かれる子供のように、市ノ瀬が目を見張りながら言う。

凄まじい雨の水圧に、後部の幌どころか、一時は車体全体がバラバラになるかとさえ思われた。

その恐怖も束の間で、降り始めたときと同じく、豪雨は突然に止んだ。道を流れていた水が引き、たちまち周囲に光が戻ってくる。

「なんだ、心配するほどの雨でもなかったじゃないか」

友永はアスキラを励ますつもりで声をかけたが、彼女の表情は天と同じには晴れなかった。

その意味は、間もなく分かった。

梶谷が急ブレーキを踏んで車を停める。

目の前に、轟々《ごうごう》たる唸《うな》りを上げる濁流が横たわっていた。向こう岸までたっぷり五〇メートルはあるだろうか。到底泳いで渡れるような流れではない。また上流にも下流にも橋らしき物は架かっていない。

全員が車を降りて呆然《ぼうぜん》と川岸に立つ。

一同の目の前を大きな岩がいくつも押し流されていく。恐ろしいまでの激流だ。

「貴様、道を知っていると言っていたじゃないか。ここにこんな川があると知らなかったのか」

新開が英語でアスキラを詰問する。

アスキラはゆっくりと首を振った。

「普段はここに川はありません」

「なに？」

「ソマリアでは雨は滅多に降ることがありません。ここには窪んだ長い溝があるだけなのです。でも、一旦雨が降ると……」

アスキラはこれを心配していたのだ。もう二十分、いや、十分出発が早ければ、この川が現出する前に難なく通過することができたはずだった。

今ではもう、この川を渡ることなど想像もできない。

「この水が引くまでどれくらいかかるんだ」

新開の質問に、アスキラが答える。

「早くとも一日」

絶望的な回答であった。

「そうだ、ロープだ」

　市ノ瀬が声を上げる。

「ロープを渡すってのはどうでしょう？」

　第1空挺団所属の面々である。空中に張り渡されたロープを渡るような訓練は日頃から全員が体験している。

　由利が冷ややかな口調で、

「どうやってロープを向こう岸に固定するんだ。第一、こっちにもあっちにも、ロープを固定できるような木一本生えてないぞ」

「あ……」

「たとえロープを張れたとしても、俺達はいいが、あの女はどうするんだ」

　その通りだった。市ノ瀬が黙り込む。

「引き返すしかないだろう」

　苦々しげに言う新開に、全員が溜め息を漏らした。

　ここまで来た時間が無駄になるだけでなく、万一ワーズデーンがこちらのルートに気づいて追ってきていた場合、途中で鉢合わせすることになる。そうなったらもう最後だ。

「自分に考えがあります」

梶谷士長だった。

「車にあったロープの端を細かく切って、人数分の取手を作り、ロープに結びつけます。そうですね、一五、六メートル間隔くらいがいいでしょうか。そのロープの端をトラックに結びつけ、自分が運転して渡河します。さっき岩が押し流されるのを見ましたが、全体に見かけほど深くはないようです。なんとか行けるでしょう。無事渡り切れたら、後輪のタイヤを外してロープの端をホイールに結び直します。つまりウインチのように使ってロープを巻き取ろうってわけです。みんなは取手を握って待機していて下さい。それで全員を向こう岸まで引っ張ります。予備のタイヤがないんで車はもう使えなくなりますが、どのみちこの先で捨てねばならんのですから、ここで捨てても変わりはないでしょう」

友永は少し考えてから、質問を発した。

「このポンコツでは、到底無理に思えるが」

「普通なら無理ですね、車輛の性能から言うと。でも今は普通の状況じゃありません。性能は気合いでカバーします」

「梶谷士長、おまえが無事に渡河できるという保証は」

「そんなもの、ありゃしません」

二十五歳の梶谷が、どこかぎこちなさを残しつつも精一杯の余裕を見せて笑った。

「自分に腕がなければ、もしくは運がなければ、川の真ん中で立ち往生するか横転するかしてそれまでですよ」

「危険すぎる」

友永は即座に言った。

「おまえもトラックもここで失うわけにはいかない。やはり引き返すしかないだろう」

「それがですね、実を言うと、無理なんです」

「なに？」

「燃料がないんです。街道に出るくらいまでは保《も》つかもしれませんが、そこから隠れるところのない街道を歩くのはもっと危険です。すぐに敵にとっ捕まるでしょう。多少無理をしてでもここを渡るべきと考えます」

梶谷の意見は筋が通っている。反論がどうしても思いつかない。

不承不承に応じる。

「認めたくはないが、他に手はないようだ」

梶谷が笑った。今度は夏休みの冒険を許された少年のような笑顔だった。

すぐさま全員で手分けして作業に当たった。

積んであったロープの長さは充分にある。朝比奈1曹が敵兵から奪取したナイフで端から目分量で六〇センチずつくらいの長さのものを七本切り分ける。そしてそれぞれを一五メートル間隔で握りの輪を形成するように長いロープに固く結びつける。最後にできあがったロープの端をトラックのリヤバンパーに固定した。

十挺のAK‐47と弾薬はすべてトラックの助手席に移した。各人が所持すべきとも思われたが、携帯するための負紐《スリング》は付属していなかった。

ちょっとそこまで煙草でも買いに行くような風情で、梶谷はナイフを持って運転席に乗り込んだ。

エンジンを吹かし、濁流へと乗り入れる。上流側となる車体の側面に水流が当たり、大きな水飛沫《みずしぶき》が上がる。車体が少し真横に流されたように移動したが、そのまま前方へと進んでいる。

ロープの反対の端をつかんだ一同は、固唾《かたず》を呑んでそれを見守る。

水面のあちこちには、元の地形の複雑さを示す岩の頭が突き出ている。トラックはそうした岩を避けるように、ゆっくり慎重に進む。確かに水深は見た目ほどではないようだったが、それでも車高の半分近くはある。いつ流れに呑まれても不思議ではない。何より、泥に濁る水の下の地形がまったく分からないのが恐ろしかった。

「あっ」

突然津久田が声を上げた。上流からまた大きな岩が転がってきたのだ。悪いことにちょうどトラックの進む先に向かっている。このままではもろにぶつかってしまう。だが今ブレーキを踏むと、トラックは水流の勢いに負けてしまうだろう。

「梶谷士長！　岩だ、岩が！」

皆が喉も裂けんばかりに叫ぶが、濁流の轟音《ごうおん》にかき消され、梶谷の耳に届いているかどうかも分からない。

「ぶつかる！」

市ノ瀬が叫ぶと同時に、トラックは絶妙にハンドルを切った。車体側面をわずかに擦っただけで、岩はそのまま転がり去った。

全員が大きく息をつく。

次の瞬間、トラックの後輪が大きく沈み込んだ。穴にでも嵌まり込んだのか、車の動きが一瞬止まった。その車体を水流が直撃する。まるで自分が乗っているかのように、誰もが悲鳴を上げていた。しかしその水流を巧みに利用して、梶谷は車の体勢を立て直し、再び前進を始めた。

寿命が縮まるどころではない。汗の滲んだ掌で友永はつかんだロープを握り直す。

その後も何度か車体を傾かせつつも、梶谷はなんとか対岸へトラックを乗り上げた。

歓声が上がった。

「馬鹿、ロープから手を放すな」

我を忘れて拍手しようとした市ノ瀬を新開が叱咤する。

梶谷は対岸の手頃な位置で後輪駆動のトラックを停めた。次にジャッキがない代わりとして、後輪の周囲にあらかじめ手頃な石をいくつも積み上げた。そしてナイフを取り出し、それを使って慣れた手つきで後輪のタイヤを二つとも切り裂くようにして素早く外す。積まれた石が支えとなって車体は沈み込まない。リヤバンパーに結んであったロープをほどき、右の後輪のホイールにしっかりと固定する。

運転席に戻った梶谷は、こちらに手を振って合図をしてから、エンジンを吹かした。

トラックは前に進まず停止したまま、後輪を虚《むな》しく回転させる。ホイールに結びつけられたロープがたちまち巻き取られていく。

「よし、急げ」

友永の号令で、手筈《てはず》通り朝比奈、津久田の順に、握りの輪に手首を通し、ロープをしっかり握って水の中へ入る。二人の体は、水を切って見る見るうちに対岸へと引っ張られていく。

まず朝比奈が対岸に這い上がった。成功だ。

不安そうに見守っていた一同の顔が安堵にほころぶ。

続けてアスキラが握りを取った。

「いいか、絶対に手を放すな」

うっかり日本語で言ってしまったが、アスキラは友永を見上げてこくりと頷いた。

人魚のように濁流を横切るアスキラの様子を確認し、友永もその後に続く。

泥水を飲んでしまわないように注意しながら、ロープに引かれるに任せる。水流の激しさは想像以上だったが、顔の前で盛大に上がる水飛沫を通してアスキラが順調に引かれていくのを確認する。

流れの中ほどまで到達したときだった。小さな悲鳴が聞こえたかと思うと、アスキラの体がロープを離れ、あっという間に流されていくのが見えた。

手が滑ったのだ――

環状の握りは全員で同じ大きさに作った。特にアスキラのための握りは意識しなかった。細いアスキラの手首が、握りの輪から抜けてしまったに違いない。

次の瞬間、友永は自分でも思いもしなかった行動に出ていた。

自らロープを手放し、濁流に身を任せる。前方を流されているアスキラの体は、途中の岩角にぶつかり、流れの中央に寄せられた。友永はアスキラに近寄ろうと必死に水を掻《か》く。急流で思うように体が動かない。左足が泥水に隠れた岩に当たった。激痛が走るが、咄嗟に強く蹴って前方に出る。流されるアスキラにだいぶ近づいた。

あと少し――あと少しだ――

伸ばした手がアスキラの民族衣装をつかむ。二人一緒に揉みくちゃにされながら流される。このまま押し流されたらそれこそもう命はない。

目の前に水面から突き出た大きな岩が迫っていた。意を決してアスキラをかばうように抱き締め、体ごと岩にぶつかっていく。全身に衝撃。息が止まりそうだった。体が滑り、再び流されそうになるが、なんとか岩の前にとどまる。

「大丈夫か」

大声を上げると、アスキラが何事か叫んだ。意識ははっきりしているようだ。

「何があっても俺につかまってろ」

英語で言ってからもと来た岸の方を振り返ると、由利、市ノ瀬、新開の三人が、川に沿って走ってくるのが見えた。対岸のトラックに固定されたロープを斜めに移動させ、友永とアスキラの方に近づける。梶谷はすでにエンジンを止めていた。

心理的に相当流されたように思ったが、それほどではないようだった。しかしロープは、自分達のつかまっている岩までは届かなかった。

新開達はトラックのホイールに巻き取られていたロープを引き戻してギリギリまで引っ張ったが、それでもわずかに届かない。

友永は懸命に手を伸ばす。押し寄せる濁流が口や鼻に流れ込み、目をふさぐ。そんなことに構ってはいられなかった。アスキラをかばいつつ、胸を開き、腕を伸ばし、指でまさぐる。上半身を限界まで伸ばしきる。

あと一〇センチ——だがその一〇センチがどうしても縮まらない。

首だけを回して背後の岩を振り仰ぐが、手掛かりになりそうな部分はなく、アスキラを抱えた状態で這い上がるのは不可能だった。

自分にしがみついているアスキラの力が徐々に弱まっていく。意識を失いかけているのだ。

友永はアスキラを片手で強く抱え直し、覚悟を決めて背後の岩を思い切り蹴った。ロープを目指して流れに逆らい、前へ飛び出す。

激流に体が押し戻される寸前、指先がロープに触れた。それを固く握り締め、声を限りに叫ぶ。

「引いてくれ！」

すぐさまエンジンを吹かす音がして、ロープが強く引かれ始めた。濁流の中でじりじりと手が滑る。だが今はロープにつかまっていられさえすればそれでいい。

やがてぐったりしたアスキラの体とともに対岸へと着いた。待ち構えていた朝比奈と津久田が急いで引っ張り上げてくれる。

「大丈夫ですか、曹長！」「しっかりして下さい！」

口々に叫ぶ二人の手を借りて、なんとか岸に這い上がる。

「なんて無茶なことを」

朝比奈の口調は、呆れるというより怒っているように聞こえた。叱《しか》られて当然だ。自分でも咄嗟にどうしてこんなことをしたのかよく分からない。

アスキラは辛うじて意識を保っていた。岸辺にうずくまった友永の首にしがみつき、英語で何事かを叫んでいる。「勇敢」「感謝」「恩人」といった単語は分かったが、それ以外ははっきりとは聞き取れなかった。それでも、彼女の言葉に込められた率直な感情は伝わってきた。

「いいんだ、気にするな」

そう言って立ち上がり、口中に溜まった泥や砂をひとしきり吐き出してから、対岸に向かって腕を振りながら叫んだ。

「再開だ、ぐずぐずするな」

対岸で新開が頷くのが見えた。

ロープの端をつかんでいた由利と市ノ瀬が元の位置まで走って移動する。ロープは再びトラックとの間で川と垂直になる位置に戻された。

由利、市ノ瀬、新開の順にロープの握り部分に手首を通す。それを確認した梶谷が、運転席に戻ってエンジンを吹かす。

ロープが巻き取られるに従い、先頭の由利、次いで市ノ瀬の体が飛沫を上げて濁流を横切っていく。

ちょうど由利が対岸に着いたとき、背後で銃声がした。全員が驚いて振り返る。

廃車と見紛う錆だらけの中古のトヨタが二台、こちらに向かってくるのが見えた。ＡＫＭ自動小銃を手にしたソマリ人が窓から身を乗り出している。

「追手だ！」

川岸で由利に手を貸していた津久田が叫んだ。

最悪だ――街道で張っていたワーズデーンは、いつまで経っても自分達が現われないことから、ソマリア側へ逃げたと勘づいたのだ。そして一番近くにいた手勢を差し向けた――

市ノ瀬と新開は川を横断している真っ最中である。

助手席に駆け寄った友永は、ＡＫ‐47をつかみ取りながら梶谷に向かい、

「急げ、スピードを上げろ」

「これ以上はヤバイです！」

梶谷が運転席から怒鳴り返す。実際に、巻き取られるロープはすでに大きな団子状となっていて今にも外れそうになっていた。

川岸でトヨタから飛び降りた兵達は、こちらに向かって一斉に銃撃を開始した。全部で八人。

岩陰に身を隠し、友永は梶谷を除く全員にＡＫ‐47を投げ渡す。

「トモナガ！」

つい今しがたまで息も絶え絶えだったアスキラが、岩陰から手を伸ばして叫んでいる。自分にも銃をよこせと言っているのだ。

一瞬躊躇してから、友永は彼女にもＡＫ‐47を放り投げた。

友永は朝比奈、由利とともに岩陰に身を伏せて応戦する。

アスキラも懸命に撃っている。まず当たりはしないだろうが、充分に掩護《えんご》になる。

しかし津久田は、銃を構えてはいるものの、やはり発砲できずにいる。それが分かっていながら、今は彼を叱咤する余裕すらない。

こちらの応射に、敵もすぐさま散開して岩陰に伏せる。

互いに身を隠しての撃ち合いとなった。

濁流を横断中だった市ノ瀬と新開の動きが止まった。トラックの後輪を見ると、おそれていた通り、巻き取られたロープがホイールから外れている。巻き直そうにも、今トラックの後ろに出ていけば敵に狙い撃ちされるだけだ。

川の中で身動きの取れなくなった市ノ瀬と新開を見て、敵は二人に狙いを定めたようだ。川面《かわも》に向けて次々と銃弾を撃ち込んでいる。

しかし、濁流の波間に激しく揺れる二人にはなかなか当たらない。激しい流れが今はこちらに幸いしていた。また敵も、訓練が不充分で銃の扱いに慣れた兵ではないようだった。充分な装備を用意する間もなく駆けつけてきたらしい男達は、ついに業を煮やしたようだった。中の一人がシャツを脱ぎ、ナイフを咥《くわ》えてまだ少しだけ岸に残っていたロープの端をつかんで強引に川を渡り始めた。無謀とも思える試みであるが、よほど腕の筋力に自信があるのだろう。胸板の厚い、見るからに屈強そうな大男だった。

握りの輪につかまっているだけでも精一杯の激流を、男は大きな両手を使い、両足をロープに絡めてじりじりと接近してくる。

友永達は目を見張った。自衛隊のレンジャー部隊の中にもこれほどの腕力の持ち主はいないだろう。

ロープをつかんだまま動けずにいる市ノ瀬と新開が、背後を振り返って恐怖に表情を凍らせる。二人の体力はそろそろ限界に近づいているはずだ。

友永達はナイフを咥えた男を狙って撃つが、こちらも激流に揺れる男に当てることはできなかった。またそれよりも、岩陰に伏したこの位置と角度からでは、新開に当たるおそれの方が大きかった。

「津久田！」

由利が叫んだ。

「あの男に命中させられるのはおまえだけだ！　撃て、津久田！」

しかし津久田は、岩陰で銃を手にしたまま俯《うつむ》いて震えている。

「やれ、津久田！　撃て、撃つんだ！」

同じく朝比奈も叫ぶ。友永も。

「早くしないと新開が奴の餌食《えじき》になってしまうぞ！」

「駄目です、どうしてもできません」

津久田が目の前の現実から目を背《そむ》けるように頭を抱えてうずくまる。

「仲間を見殺しにする気か、津久田！」

友永の叫びに、津久田が弾《はじ》かれたように顔を上げる。そして異様な呻き声を上げながらAK－47を構えて引き金を引いた。

しかしその指は瘧《おこり》を発したように震えている。弾はいたずらに水を穿《うが》つ。彼本来の実力とはほど遠いぶざまな射撃であった。

焦燥の色を浮かべ、津久田は何事か喚きながら連射した。撃てば撃つほど狙いが逸れていく。本人もそれが分かっていながら、どうしようもないようだった。


川の中で進むことも退くこともできなくなった市ノ瀬は、頭上を飛び交う銃弾に生きた心地もしなかった。

手が痺れる。今にも力が抜けそうだった。ロープをつかんでじっとしているだけでも、激烈な水流が際限なく体力を奪っていく。

怖い――怖くて堪らない――

思い出す。自分はいつも怖がっていた。将来の懸かった大事な試合から自分は逃げた。膝の故障をいいわけにして。怖かったのだ。途轍もなく怖かった。あれくらいの故障ならいくらでも立ち直れるはずだった。現に多くの選手が克服し、大舞台に羽ばたいていった。しかし自分にはそれができなかった。

水泳から逃げた自分には、しかしもう何も残っていなかった。人並みに就職活動もやってみた。こんな自分に、目をかけてくれた会社もあったのに、そのどれもがうまくいかなかった。いつも土壇場で恐怖を感じた。またしくじるのではないかと。その恐怖は、どこに行ってもついて回った。まるで影のように執拗《しつよう》に。

轟く銃声。烈《はげ》しい水音。長いホイッスル。〝Take your mark!〟そしてブザーが鳴る。強豪選手達が一斉にプールに飛び込む。

何もかもが恐ろしい。

意味不明の怒声。手前勝手な観客だろうか。無理ばかり押しつけるコーチだろうか。ロープをつかんだまま背後を振り返る。

自分の後ろについた新開曹長に、ナイフを咥えたソマリ人が迫っている。

急速に頭がはっきりした。

危ない、曹長が――だけどもう力が入らない――でもこのままじゃ――このままじゃ――

ソマリ人の民兵は今や新開のすぐ後ろに迫っていた。振り返った新開の顔が恐怖に、そして獲物を間近に捕らえたソマリ人の顔が獰猛《どうもう》な笑みに歪《ゆが》む。

そのとき、ついに力尽きたのか、市ノ瀬の体が水中に没して見えなくなった。

「市ノ瀬ーっ」

全員が愕然として叫ぶ。絶望感と無力感が込み上げる。

ナイフを咥えた男は、とうとう新開の真後ろに到達した。新開は両足で男を必死に蹴りつけようとするが、もとより身動きもままならない状態での抵抗はほとんどなんの効果もなかった。

信じ難い腕力を発揮してロープから片手を放した男は、咥えていたナイフをつかみ、新開に向かってソマリ語で何事か叫んだ。

男の手にしたナイフが新開に振り下ろされようとしたとき、突如水中から飛び出した何かが黒人に組みついた。

一同が声を上げる。

「市ノ瀬！」

それは市ノ瀬1士であった。

元水泳選手であった二十三歳の若者は、新開曹長を救うべく、自らロープを放し泥流の底を泳いで移動したのだ。

市ノ瀬に組みつかれた男は堪らずロープを放す。二人の体は揉み合いながら流されていった。

「市ノ瀬ーっ」

予想だにせぬ死闘であった。これが地上であったなら、市ノ瀬は圧倒的な体格差のあるソマリ人兵士の敵ではなかったろう。しかし市ノ瀬は挫折したとは言え未来のオリンピック選手と言われたほどの水泳選手だ。

市ノ瀬――昨夜は人を殺したと言って泣いていたおまえがどうして――

友永は最早応援することさえ忘れて二人の死闘に見入っている。

大男は片手で市ノ瀬の首を絞め上げ、執拗にナイフを突き立てようとする。市ノ瀬は苦悶《くもん》しながらも巧みに水を蹴って抵抗し、ナイフを奪おうと相手にむしゃぶりつく。だが急流に抗《あらが》って水中を移動した彼は、すでに相当の体力を消耗しているはずだ。

二人の前方にはあの水面に突き出た大きな岩があった。それに気づいた男は、全力で市ノ瀬を突き放そうとするが、今度は市ノ瀬が男を放さなかった。

岩は急速に二人に迫っている。男のナイフがついに市ノ瀬の胸を貫いた瞬間、二人は頭から岩に激突した。

鈍い音がして男の首は異様な角度に折れ曲がり、その体は石のように水中に没した。

胸に深々とナイフが突き立った市ノ瀬の体は、そのまま仰向《あおむ》けに流されていき、すぐに見えなくなった。

一同は声もなかった。すべてはあっという間の出来事だった。

呆然とする彼らの耳に、トラックのエンジン音が響いてきた。

敵も味方も、市ノ瀬とナイフの男との死闘に気を取られている隙に、梶谷がロープをホイールに巻き直したのだ。

再びロープが引かれ始め、新開は間もなく岸に到着した。梶谷がすかさずナイフでロープを切断する。

由利と友永が走り寄って新開を引っ張り上げ、その間、アスキラと朝比奈がＡＫ－47で敵を牽制《けんせい》する。

新開を助け起こした一同は、後方に向かって銃撃を続けながら急ぎ川を離れた。

後ろのタイヤのないトラックと、濁流に消えた市ノ瀬の遺体を残して。

第二章　土漠

4

一行はアスキラの案内に従って細い間道を通り、ようやく岩稜地帯を抜けた。

その先は、ソマリアというより東アフリカ独特の風景が広がっていた。何年も前に枯れ果てたような赤茶けた灌木《かんぼく》。どういう自然現象の結果なのか見当もつかない白っぽい岩の波。そして岩盤の上に薄く積もる砂礫《されき》。

あれほどの雨が降った直後なのに、すべてが乾き切っている。もしかしたら雨はごく局地的なもので、このあたりには一滴も降らなかったのかもしれない。

「おい」

先頭を行くアスキラに、新開は前方の大きな岩陰を指し示した。あそこで休もうということだろう。

頷いたアスキラは先に立って岩陰に向かう。一同は後方を振り返りつつ身を寄せ合うようにして力なく座り込んだ。

新開は朝比奈に岩陰からの周辺警戒を命じる。朝比奈は頷いて配置に就いた。

誰もが打ちひしがれ、黙ったままでいる。当然だ。市ノ瀬の壮絶な最期をまのあたりにした直後である。友永もなんと言っていいのか分からなかった。何か言おうとしても、胸の奥から出てくるのは自らの無力に対する罵倒《ばとう》ばかりである。

せっかく生き残った七人の隊員のうち、早くも一人が命を失った。それも最年少の若者が。他に方策はなかったのか。前途ある若い隊員を失わずに済むような方策は。

自らを殴りつけたいような気持ちであった。だが最早取り返しはつかない。市ノ瀬は二度と帰ってはこないのだ。吉松3尉らと同様に。

怒りを押し殺したような形相で、新開がアスキラに向き直った。

殺気にも似たその気配に隊員達が振り返る。

市ノ瀬の犠牲によって、新開は九死に一生を得た。ジブチ側の街道を避けてソマリアを抜けるルートを提案したアスキラに対し、彼が怒りを爆発させたとしても不思議ではない。

しかし彼は、予想よりはるかに静謐《せいひつ》な口調の英語で、予想とはまったく異なることをアスキラに質した。

「石油とは一体どういうことだ」

一瞬、アスキラがはっとしたような表情を浮かべる。

「俺はな、こう見えても少しはソマリ語が分かるんだ。さっき泥の川で追いすがってきた大男が、ナイフを振り上げながら叫んでたよ。『強欲な亡者どもめ、そんなに石油が欲しいのか』ってな」

隊員達は驚きの表情で耳を傾ける。

「そもそも、最初にあんたを追ってワーズデーンの部隊がやってきたとき、指揮官が言っていた。『石油は渡さん』とな。あのときは前後のつながりがよく聞き取れなかったが、さっきの男の言葉ではっきりした」

「…………」

「あんた、何を隠している」

アスキラは凍りついたようになって黙っている。

「どうした、なぜ答えない。俺達に知られたくないことでもあるのか」

背後を振り返った新開は、自分達のやり取りに聞き入る一同に向かって言った。

「見ての通りだ。こいつは俺達に隠し事をしている」

隠し事――？

友永は思わず視線をアスキラに向ける。彼女の面上には明確な煩悶《はんもん》と葛藤《かっとう》とが浮かんでいた。

「つまりな、俺達はこいつにだまされてたんだ」

「本当ですか」

思わず聞き返した由利に、

「本当かどうか、今それを訊いてるところだ」

再びアスキラに向き直った新開が、ついに声を荒らげる。

「言え！」

アスキラは依然として口を閉ざしたままである。

「俺達は何人も仲間を殺されてるんだぞ。吉松隊長や、佐々木、戸川、原田、徳本、それに市ノ瀬だ。あいつは俺を助けようとして死んだ。あんたがこのルートを主張したのはいい。豪雨で道がなくなったのは不可抗力だ。難民の保護は確かに吉松隊長の遺志でもある。それもいいだろう。だがな、俺達に隠し事をしているのは許せない。わけも分からずに死ぬのだけは御免だ。ましてや、いいように利用されて死んでたまるか」

新開は銃口をアスキラに向ける。

「さあ言え」

制止する者はいなかった。今や全員がアスキラを見つめている。不信と疑惑に満ちた目で。

友永もまた例外ではなかった。もし新開の言っていることが事実なら、率先して彼女の保護を主張し、支持してきた自分の責任は――

「アスキラ」

　思わず前に出ていた。

「新開の言っていることは本当か。もし君が俺達をただの捨て駒として利用する肚だったとしたら、俺は絶対に君を許せない。隊長や市ノ瀬、それに死んでいった他の仲間に、俺はなんと言って詫《わ》びればいいんだ」

「ごめんなさい」

　俯いたままアスキラが涙声で、

「私はあなた達が信用できなかったのです」

「信用できなかっただと」

　新開が聞きとがめる。

「いえ、厳密には、信用すべきではないと思い込んでいたのです」

「助けてくれと逃げ込んできておきながら、その言いぐさはなんだ。あんたのせいで俺達は――」

「待て新開」

　激昂《げっこう》する新開を制してアスキラに向かい、

「最初から順番に話してくれ。今度こそ隠し事はなしで頼む」

アスキラは大きく息を吸ってから、背筋を伸ばすようにして語り出した。心なしか、顔つきが変わったように見えた。

「私達ビヨマール・カダン小氏族は、アメリカの民間企業に依頼して昨年から領内で地下資源の調査を続けていました。ご存知の通り、ソマリアは世界の最貧国として知られています。挙げ句の果てに、海賊の跋扈《ばっこ》する無法地帯とまで言われるようになりました。そんな状態からなんとか脱しようと頑張ってきましたが、遊牧民が大半を占めるソマリアには産業と呼べるようなものはありません。かと言って内戦の続く現状では昔ながらの生活にも戻れず、地下資源の存在に希望を託すしかなかったのです。結果は散々でした。ビヨマール・カダンの領有地には、特筆すべき資源は確認されず——表向きの報告書ではそうなっています」

「それが、実はあったんだな」

アスキラは頷いて、

「石油です。しかも埋蔵量は相当なものだということでした。私達はその結果が外部に漏れないよう万全の手を尽くしました。石油があれば、諸外国との交渉が可能となります。疲弊し切った国を立て直すことができるのです。少しでも有利な条件を引き出すために、切り札である石油の存在を隠したまま、なんとかアメリカと接触しようとした矢先に——」

「ワーズデーンに知られたのか」

「はい」

故郷の惨劇を思い出したのか、アスキラは黒い瞳に大粒の涙を浮かべた。泣き崩れることなく話を続けようと、精一杯の自制心を働かせているのが見て取れた。

ビヨマール・カダン小氏族の虐殺は、まだほんの昨夜のことなのだ。

「彼らは、私達を一人残らず根絶やしにし、領地の支配権を奪い取るつもりなのです。そうすれば石油の所有権は完全に彼らのものとなってしまいます。今現在、石油の存在を知る者は、守秘義務のある調査会社を別にすれば、私達ビヨマール・カダンとワーズデーン、この二つの小氏族に属する者以外には誰もいません。特にスルタンの娘である私は、これまでの経緯を熟知し、アメリカ側と交渉できる唯一の窓口でもあるのです」

「だからワーズデーンは何がなんでもあんたを殺そうとしてるんだな」

「はい」

新開が苛立たしげに、

「ワーズデーンのように俺達まで石油を狙っているとでも思ったのか。ふざけるのも大概にしろ。助けてくれと言ってきたのはそっちだろうが」

もっともだという表情で津久田や由利達が頷く。

「ごめんなさい。お怒りになるのは当然です。皆さんに黙っていたことは心からお詫びします。でも、石油をはじめとする地下資源は人の心を狂わせます。アフリカではこれまでに多くの国が他国に踏みにじられてきました。それで、こちらから助けを求めながら、あなた方に石油のことまでは打ち明けられなかったのです」

「馬鹿にするなっ」

堪えかねたような勢いで由利が怒鳴った。

「俺達が盗人《ぬすっと》にでも見えたのか。市ノ瀬はそんな相手のために死んだって言うのか」

「殺された一族のためにも、迂闊に話すわけにはいきませんでした。石油は私達に残された唯一の希望なんです」

普段は無口な由利が、今まで見たこともないくらい激しい感情を噴出させている。

「馬鹿馬鹿しい、やってられるか」

そう吐き捨てた由利に、それまで黙っていた梶谷がぽつりと言った。

「由利１曹、あなたにそんなことが言えるんですか」

「なんだと」

虚を衝かれたように由利が梶谷を振り返る。

普段は温厚な梶谷が、今は嫌悪を露《あら》わにして由利を見つめていた。

梶谷が由利をなんとなく避けていることは以前より隊の全員が薄々察してはいた。それでも階級や年齢の違いを考えれば、梶谷が口にできるような言葉ではなかった。極限状況であると言ってもいい今だからこそ、穏健派の梶谷の口から本音が漏れ出てしまったのだろう。だがそれほどまでの感情を梶谷が心に押し隠していようとは、想像もしていなかった。

この二人の間には一体何があったのか。

由利は仲間達の視線に気づき、横を向いて黙り込む。梶谷もまた、自分の不用意な発言に俯いてしまった。

二人の思わぬやり取りで、アスキラへの追及の空気がなんとなく緩んだ。

友永は考える。自分達が命を懸けて守ってきた相手から、完全に信用されていたわけではなかったというのは心理的に大きなダメージだ。しかし、アスキラの立場に立って考えてみると、その言い分にも一理はある。

シエラレオネはダイヤモンドとボーキサイト。アンゴラはダイヤモンドと石油。コンゴはダイヤモンド、銅、コバルト。リベリアは鉄鉱石。なまじ資源があったばかりに、国中が回復不能なほどの悲惨な状況に陥った例はアフリカでは枚挙に暇《いとま》がない。それに関してはまったくアスキラの言う通りで、特にシエラレオネのダイヤモンドを巡る紛争は有名だ。

「君はどこかに留学でもしていたのか」

改めてアスキラに話しかける。

「イギリスに三年いました」

「道理でね。その間、さぞかし一生懸命勉強したんだろうな。英語も上手《うま》いし、教養もありそうだ」

アスキラは無言だった。

「日本について知っているか」

「はい……いいえ、あの、知っているというほどでは……」

「欧米諸国の子分くらいに思っていたのか」

「…………」

相手の表情を見て、友永は自己嫌悪に駆られた。

「すまない。嫌味や皮肉を言うつもりはなかった。君達にとって、日本は遠すぎる。そう言いたかったんだ」

話を戻そうとするかのように新開が口を挟む。

「だから俺達を信用しなくて当然だとでも言うのか」

「俺だって納得してるわけじゃない。当たり前だろう」

「だったら……」

「だったらどうするって言うんだ。ここで彼女を放り出して、俺達だけでタクシーでも拾って帰るか」

「何が言いたい」

「別に。どっちにしろ俺達はもう引き返せない。この先は彼女の案内なしではどうしようもない。運命共同体の〈運命〉ってやつが、一層緊密になったってわけだ」

新開は一言もない様子だったが、それでもアスキラに向かい、静かな、しかし強烈な怒気の感じられる声で言った。

「最後に一つだけ訊いておきたいことがある」

「どうぞ」

「もし俺に訊かれなかったら、あんたは石油のことを最後まで俺達に隠し通すつもりだったんじゃないか」

「それは……」

アスキラが一瞬言い淀《よど》んだ。

「折を見て、お話しするつもりでした。トモナガに助けられたばかりか、イチノセの自己犠牲を見たら、黙っていることなんてとても……」

「本当か」

新開が畳みかける。

さすがに友永も新開と同じ疑惑を抱いていた。もし新開がまったくソマリ語を解さなかったら、石油について知られることはなかった。彼女が最後まで秘密にしておくつもりだった可能性は否定できない。もしそうなら、命懸けで彼女を助けた自分はとんだ道化だ。また市ノ瀬の死について「自己犠牲」などと軽々しく口にされるのも許せない。

「どうなんだ」

「本当です。ちゃんとお話しする決意でした」

新開の追及にアスキラが応《こた》える。その目は決然とした意志を示しているようでもあり、したたかな計算を巡らせているようでもあった。友永は、すでに彼女を信じ切れずにいる己を自覚した。

由利、津久田、梶谷はいずれもうなだれ、互いに視線を逸らしたままでいる。気まずい空気が、乾燥した熱気と一緒になって増幅する。

「さて、休憩はこの辺にしてそろそろ行くとしましょうか」

落ち着いた声で言ったのは朝比奈1曹だった。

「選択肢が一つしかないなら、話は早い。善は急げですよ。それに少しでも進んでおかないと、すぐに昼になってしまいます」

その言葉に、全員が今さらのように顔を強張《こわば》らせる。この時期、ソマリアでは午後になると猛烈に気温が上昇する。摂氏四十度に達することも珍しくない。最悪の場合、日陰から一歩も進めなくなることが予想された。

一斉に立ち上がり、アスキラを先頭に一列になって歩き出す。猶予はない。ソマリアの猛暑は、ワーズデーンの追手と同じくらいに恐ろしかった。

5

正午が近づくにつれ、気温は急激に上がり出した。周囲はからからに干上がっていて、もう何年も雨など降っていないかのようだった。やはり朝方の豪雨は局地的な現象であったに違いない。

微かな踏み跡を辿り、列はのろのろと前進する。手にしたＡＫ－47がやけに重く、そして熱い。

乾燥した高温下での行軍は想像以上に体力を消耗する。日本国内での厳しい訓練を潜《くぐ》り抜けてきた第1空挺団の面々も、これほど過酷な条件下での行軍は当然ながら未経験だ。しかも補給すべき水も食料もない。精神的打撃も大きかった。

善意で保護したアスキラが、自分達に隠し事をしていた。

その理由についての彼女の説明は、頭では分かる。しかし、所詮《しょせん》理屈と感情は別物だ。

列の最後尾で黙々と足を運びながら、友永は混乱する思いを持て余した。肉体的な過酷さが、今はかえってありがたい。歯を食いしばって疲労に耐えているだけで、よけいなことを考えずに済むからだ。それはおそらく、他の面々も同じだろう。

ただでさえ困難な状況下で、考え出すときりのないことが多すぎた。

アスキラへの不信感。

――『土漠では夜明けを待つ勇気のある者だけが明日を迎える』

一度は彼女の気高さ、気丈さに打たれたが、今となっては明け方に見た夢であったような気さえする。

それに、死んでいった者達への哀悼と埋めようのない喪失感。

明らかに精神面の不調を示している津久田は言うまでもなく、由利1曹と梶谷士長の確執も気になる。ジブチの活動拠点にいる間はさほど問題であるとも思えなかったが、今の状況下では話が違う。下手《へた》をすると生死を分ける致命的な要因ともなりかねない。

また、活動拠点の動き。隊は自分達の救出のために動いてくれているのだろうか。なんらかの行動を起こしていないはずはないのだが、情報を入手するすべがないため気にかかってならない。それは迅速且つ万全の態勢なのか。それとも自分達がここまで追いつめられているとは知らないためまだまだ呑気《のんき》な気分でいるのだろうか。

いや、常識的に考えればもっと大々的な捜索が行なわれていて然るべきだ。自分達がソマリア側にいるため、まだ捜索が及んでいないだけなのかもしれないが、それでも事態の重大性に鑑《かんが》みれば、捜索範囲を周辺に拡大してもいい頃だ。

さらに、より悪い考えも脳裏をよぎる。

もしや——もしや自衛隊は自分達を見捨てたのではないだろうか。もしくは、見捨てざるを得ない理由があるのか。

自分達の知る由《よし》もないどこかで、そんな決定が下されている——想像するだに恐ろしかった。

掌で顔の汗を拭う。我ながらどうかしている。質《たち》の悪い妄想だった。そんなことなど、あるわけがない。

友永は頭を振って無理矢理に思考を切り換え、ワーズデーンの動向について考える。

対岸に残された連中はすぐさま無線機で本隊に連絡したはずだ。となると、この先のどこで敵が待ち受けていてもおかしくはない。それはアスキラも承知のはずであるから、極力敵に知られていなそうな道を選んでいるものと思うが、一旦芽生えた不信感は恐ろしいまでに根強かった。

本当に信じていいのだろうか、この女性を。

新開をはじめとする一同の視線が、常に自分を責めているようで、友永にとっては強烈な喉の渇き以上に耐え難いものとなっていた。

新開に比べ、やはり自分は指揮官としての思慮に欠けているのではないか。そんなふうにも思われた。

年齢で言うと、確かに自分と新開は同年だ。しかし一月生まれの新開に対し、自分は四月生まれだ。相手の方が約三か月早い。つまり学年で言うと一学年上だ。そんなことを考えるのは無意味であると分かっていても、アフリカの太陽の下では思考が自《おの》ずと迷走する。

両親が事故で死んだのは友永が十歳のときだった。二人は同じ染料工場に勤めていた。ともに派遣扱いで給料は安く、共働きでなければ到底自分を養えなかったのだ。労働基準法すれすれの残業と超過勤務の連続で、二人とも疲弊し切っていた。ある朝、父の運転する車で工場に出かけた両親は、センターラインをはみ出て対向車にぶつかるという大事故を起こして死んだ。完全に父の運転ミスだった。日頃の疲れが原因と推測された。

孤児となった友永の面倒を見ようという親戚は一人もいなかった。それまでは同年代の従兄弟《いとこ》達を連れて頻繁に遊びに来ていた叔父叔母達も、形ばかりの葬式に顔を出したきりで、間もなく電話にも出なくなった。

両親の死後、施設で育った友永は、苦学の末に奨学金を得て、なんとか地元の公立高校を卒業した。その後の進路は自ずと限られていたが、それでもいくつかの選択肢はあった。ただ両親と同じような工場勤めだけは避けたかった。考えた末、友永は自衛隊に入隊した。

その選択が間違っていたと後悔したことは一度もない。それどころか、十歳の頃に失った我が家を再び得たようにさえ思った。よほど自衛隊の水が合っていたのだろう。先輩後輩を問わず、大概の男達とはうまくやれたが、どういうわけか新開とだけは最初から性が合わなかった。

奴にだけは負けたくない――侮《あなど》られてたまるものか――

目の前の光景が、徐々に蜃気楼《しんきろう》の如くゆらめき始めた。

吉松3尉と両親が、なぜかアパートの前で並んでいる。自分の生まれ育った安アパートだ。吉松3尉と両親の間に面識などあるはずもない。だが三人一緒に笑顔で並んで、自分の帰りを待っている。

――貧乏人が。

新開が吐き捨てるように呟いた。

──貧乏人が。

新開と一緒になって、叔父や叔母、従兄弟達が嘲笑《あざわら》う。

自分のことを言っているのか。それとも世界で最も貧しいソマリアのことか──

我に返る。頭を左右に大きく振って朦朧とした意識を無理矢理にはっきりさせる。

「どうしてこんなことに……」

最後尾を歩く友永の耳に、誰かの呟きが聞こえてきた。津久田か、それとも梶谷か。

誰のものであったにせよ、それは全員の気持ちを代弁しているように聞こえた。


地面に鼻先をこすりつけて植物の根を探す数頭のイボイノシシが遠くに見えた。名前すら知らない小動物が岩陰に消えるのも。

平原を進んだ後、乾いた土の間に自然と刻まれた側溝のような小径に入り込む。左右はどちらも三メートルほど盛り上がった土手のようになっていた。直射日光が少しは遮られ、また、遠目にも発見されにくいので自分達には好都合だった。それでも一同の疲労は限界に達しつつあった。

水……

誰かが呻いた。自分だったかもしれない。すっかり水気を失った舌は乾いたヘチマのようになって口の中の異物と化している。到底自分のものとは思えない。あの濁流の泥水が恋しく思われるほどだった。

左手首の腕時計に視線を向ける。正午を二十五分過ぎていた。これからソマリアの土漠は焼けたフライパンのような世界と化すだろう。

真夜中の、しかも突然の襲撃であったため、ブッシュハットやサングラスなどの装備を身に付けていた者は一人もいない。防暑装備なしでのこの時間帯の行軍は、死にも勝る苦痛であった。

小さな岩の上に足を載せたとき、不意に視界が大きく揺れた。浮き石だった。バランスを崩して前のめりに派手に倒れる。

どうしようもなくぶざまだった。普段の自分なら、こんなヘマはしないだろう。安定していない浮き石に注意するのは行軍における基本中の基本だ。

したたかに打った額がずきずきと痛む。呻きながら立ち上がろうとしたとき、目の前に誰かの手が差し伸べられた。

「すまん」

礼を言いながらその手をつかんで立ち上がり、相手の顔を見る。思わず声を上げそうになった。手の主《ぬし》は新開だった。

「血が出てるぞ。大丈夫か」

「大したことはない」

相手の手を放し、掌で血を拭いながら不機嫌に答える。新開はさして気を悪くした様子もなく、「そうか」と言って列の前方に戻った。

行軍が再開される。

力なく歩きながら友永は考えた。

助け起こしてもらったにもかかわらず、どういうわけか腹立たしくてならなかった。情けないところを見られた自分が。当然の顔をして手を差し伸べてきた新開が。

不条理で自分勝手な怒りであることは承知している。分かっていながら、どうしてもこだわってしまう。それは、普段自分が新開に抱いている反感の根底にあるものだからではないだろうか。そんな気がした。

こちらを勝手に部下と見なし、指揮官面して助けに来たからか。自分はそれが気に食わないのか。それもあるかもしれないが、また同時にそれだけでもないと感じる。もっと複雑で、もっと単純で、もっと根深い何かだ。

その感情を一体どう言い表わせばいいのだろう。すぐそこまで出かかっているのに、喉の手前で引っ掛かっているようなもどかしさ。それでなくても渇いた喉が、よけいに不快に思われた。

喉に詰まったその〈何か〉を一刻も早く吐き出したい。しかし、吐き出してその正体を確かめるのも気が進まない。そんな矛盾さえ感じていた。

いや、きっとそれも、ソマリアの強烈な熱波がもたらす妄想に違いない――

そう心に言い聞かせ、友永は頭を空にして歩き続けた。


側溝沿いの行軍は果てしなく続いた。実際は身体感覚の十分の一にも満たない時間であったことは間違いないが、時計を確認する気力さえすでに失われていた。それほどまでに精神と肉体のダメージが大きかった。

太陽は耐え難い痛みとなって隊員達の全身を焼いた。時間が経つに従って側溝の中にあった日陰も刻々と小さくなって失われていく。

誰もが土手の側に身を寄せて体を少しでも日陰に入れるようにして歩いていた。依然として足許は不安定だ。片手を土の断面について体を支えながら慎重に進む。先ほどの自分の醜態もいい教訓になったのだろう。自嘲《じちょう》ではない。こんな所でもし捻挫《ねんざ》でもしたら、それこそ死に直結する。

列の中ほどを歩いていた津久田が、なにげなく土壁に手をついた。

その途端、乾き切った土手の一部が音を立てて崩れ落ちた。

津久田は「あっ」と小さな声を上げて背後に下がる。

崩落はすぐには止まなかった。石や土塊の中に何か別の物が混じっていた。

「あっ！」

今度は全員が大きな声を上げていた。

土塊とともに転がり落ちたのは、背中合わせに縛りつけられた数体分の白骨だった。

「うわっ」

悲鳴を上げて津久田がもう一段跳び退《の》く。

崩落は続き、さらに多くの白骨が転がり出た。いずれもロープで縛りつけられている。それだけではない。土手の崩落面からはまだまだ多くの骨が覗いていた。

「なんだこれは……」

由利がうわずった声を上げる。

彼を突き飛ばすようにして前に出たアスキラが、狂ったように土手の土壁を掘る。無数の人骨が後から後から掘り出された。中には明らかに子供のものと思われる小さな骨さえいくつも含まれていた。

隊員達は思わず口を押さえて後ずさる。

やがてアスキラは力なく膝をつき、地に両手をついて顔を伏せた。そして土を強く握り締めて嗚咽する。

その後ろ姿に、声をかけられる者はいなかった。

「処刑墓地の一つに違いありません」

俯いたまま彼女は言った。その声は別人のようにかすれ震えている。

「ダロッド氏族系のモハメド・シアド・バーレによる独裁政権時代、多くの人々が虐殺されました。集団処刑です。彼らはあちこちに穴を掘り、死体を無造作に埋めました。そうした処刑墓地がどこに何か所あるのか、一体何人の死体が埋もれているのか、見当もつきません。今もソマリアの各所で、こんな遺体が時折固まって発見されることがあるのです」

無機的なオブジェを形作ろうとでもしたかの如く、十把《じっぱ》一絡《ひとから》げにされて、人知れず埋められた死体の山。単に凄惨《せいさん》というだけでは到底言い尽くせない、あまりに酸鼻極まりない光景であった。

大量虐殺の現場や痕跡《こんせき》は、これまで報道写真等で何度も目にしている。しかし自衛官とは言え日本人である自分にとっては、やはりどこか他人事《ひとごと》だという意識があったのだろう。実際にまのあたりにした衝撃は想像をはるかに超えていた。

「これが、これがソマリアの姿です」

アスキラがゆっくりと立ち上がる。涙に濡れたその顔には、絶望と哀切と、そして激しい怒りが浮かんでいた。

「確かに私達は昔から氏族間の争いを繰り返してきました。でもそれは、長老会議で収められるものでした。数十頭のラクダや山羊《やぎ》で話はついた。今はもう駄目。国中にあふれる武器が、そんなしきたりを壊してしまった。その武器を持ち込んだのは誰ですか。地下に眠る資源のために、氏族間抗争を利用したのは誰ですか」

一見たおやかな彼女が見せる初めての憎悪であり、憤怒《ふんぬ》であった。

「海賊退治だと言っていろんな国の軍隊がやってきました。あなた達もそうでしたね。でも、海賊を生んだのは誰ですか。彼らに武器を与えて海賊をやらせているのは誰ですか」

友永は何も答えられなかった。新開も。朝比奈も。津久田、由利、梶谷達も。

ようやく落ち着きを取り戻したのか、アスキラは再び俯き、小声で言った。

「ごめんなさい、助けて頂きながら、私は……」

眼窩《がんか》の奥に土を詰め、長年地中にあって茶色く変色した遺骨を、友永は声もなく見つめた。アフリカの現実をこれ以上ないほどに明確な形で突きつけられた思いがした。

こうした蛮行は、今も絶え間なく繰り返されている。アスキラは、まさにその現場から逃れてきたばかりなのだ。

そしてそれらの悲劇の背後には、利権を求める大国の思惑がある。彼女が他国の者を信じられなくなったとしても当たり前ではないかとも思えた。

どうしようもない無力感と無常感に、皆黙り込んだまま立ち尽くしている。

「行くぞ。死体はもう充分だ」

そっけなく言って新開が歩き出す。いつものように冷たい口調。しかし友永は、その口調に対して反感を覚えなかった。

どういうわけか——そうだ、このときどういうわけか——新開の背中が怒りに震えているように思えたからだ。

さすがにこれだけの光景をまのあたりにすると、人間として否応《いやおう》なく共感を覚えるものであるらしい。

いや、違う——友永は思った。例の〈何か〉だ。その何かが自分に新開の気持ちを伝えている。そんな気がした。

死体に両手を合わせた朝比奈が新開の後に続く。他の隊員達も朝比奈にならい、手を合わせてから慌てて後を追った。

6

地を這うように果てなく続く赤茶けた灌木に、次第に緑色が混じり始めた。ほんのわずかの緑ではあっても、視界の隅にその色があると、不思議に心は落ち着いた。

自分達はやはり日本人なのだろう。緑のある国土に生まれ育ち、それが当たり前と思っていた。緑のない国にやってきて、つくづくとそのことを思い知った。

全員が歩きながら首を巡らせ、所々の緑を眺めている。思いは皆同じであるようだった。

「あっ、あれを」

津久田が灌木の方を指差す。低く薄く広がる灌木の下に、一輪の黄色い花が咲いていた。

花を愛《め》でるような感性などかけらも持ち合わせていないような面々が、頰を緩ませ花に見入る。

気持ちが和《なご》む。渇き切った心が潤う。朝比奈も由利も、普段の厳《いか》めしさからは想像もつかない表情を浮かべていた。

アスキラの足が速まった。友永は集落が近いのだろうと直感した。

緑があるところには水がある。きっと人がいるに違いない。

友永の勘は正しかった。

灌木の緑は急速にその割合を増し、やがて茂みと言っていいほどに大きくなった。

踏み固められた道がその茂みの合間を縫うように続いていた。家畜の足跡や荷車の轍《わだち》も随所にはっきりと窺える。

「村だ、きっと村があるんだ。人もいるに違いない」

喜びの声を上げる津久田に、梶谷も顔を輝かせ、

「電話があれば拠点に助けを呼べるぞ」

だが新開は二人に冷や水を浴びせるように、

「ワーズデーンの村かもしれないぞ」

「いえ、私が向かっているのは遊牧民と半遊牧民が集まるオアシスです。ワーズデーンでもビヨマール・カダンでもない別の氏族が中心となっていますが、私達に好意的な人々です」

アスキラが弾むような口調で応じる。

「だとしても用心に越したことはない」

新開は銃を構え直し、部下に命じた。

「朝比奈1曹、由利1曹、先行して偵察に当たれ」

「はっ」

二人は左右に分かれて素早く駆け出し、茂みの合間に消えた。残る面々は固まって銃口を四方に向けながら待つ。

間もなく由利が興奮した面持ちで戻ってきた。

「彼女の言う通りです。敵兵の潜伏している様子はありません」

次いで帰還した朝比奈が報告する。

「民家が約三十戸。集落の周辺にラクダ、牛、羊、山羊が多数」

全員の顔がほころんだ。

友永が新開を振り返ると、彼もまたほっとしたような表情を浮かべていた。

「よし、行こう。だがくれぐれも油断はするな」

友永の合図で全員が村に向かって移動を再開した。

ほとんどの家は、遊牧民特有の草でできた小屋であった。木の棒で骨組みを作り、細い枝を組んだ屋根に編んだ草の敷物を掛けている。直径二メートルほどのドーム状で、移動の際に解体が簡単にできる構造である。

中にはもっと頑丈な造りの本格的な小屋も何軒かあった。本格的と言っても、木の枝と草で作られている点に変わりはない。いずれにせよ、他の集落のように頻繁に移動する必要がないことを示している。

アスキラの話によると、草や水場を探して家畜とともに移動する遊牧民と、定住に近い生活を送る半遊牧民とがともに暮らす村であるという。不毛の国とも言われるソマリアにしては、よほど豊かな水場に恵まれているのだろう。

闖入者《ちんにゅうしゃ》の一団に、村の人々は大いに驚いたようだった。小さい子供や女性、それに老人が多く、男の姿は少なかった。大人の男ともっと大きい子供は、放牧の家畜の世話に出ているのだ。

「アスキラ！」

老婆の一人が声を上げた。ソマリ語だが、隊員達にもはっきりと聞き取れた。どうやら彼女は村の人々によく知られているようだった。それどころか大いに慕われ、尊敬されている気配も伝わってくる。

立ち騒ぐ子供達をかき分けて前に出てきた八人ほどの老人達が、アスキラに向かって口々に声をかけてきた。アスキラもまた一人一人にソマリ語で応対する。自分達の状況を説明しているようだ。

悲痛な呻きが聞いている村人達の間から漏れた。話すうちに凄惨な現場の様子を思い出したのだろうか、アスキラは声を詰まらせ、指で目頭を押さえた。

老人達は泣きながらアスキラを取り囲み、慰めるように彼女の肩や背中を叩いている。彼女の境遇に同情を示しているのが分かった。彼女の言った通り、善良な人々のようだ。

村人達に質問らしきものを投げかけたアスキラが友永を振り返り、早口の英語で言った。

「携帯電話を持っている人は村に一人だけいるらしいのですが、それを持ってモガディシュに出かけたきりだそうです。村には他に固定電話も、無線設備もありません。通信手段は月に一回、別の村の行商人が郵便物を持ってきてくれるだけだと言っています」

「そうか」

力が抜ける。拠点に救助要請を行なうという望みは呆気なく夢と消えた。全員ががっくりと肩を落とす。

緊張が解けた途端、友永は強烈な渇きを思い出した。

「悪いが、水をもらえるかどうか訊いてくれないか」

干涸びた舌を口腔《こうこう》内で懸命に動かし、辛うじてそう言うと、アスキラは頷いてすぐに伝えてくれた。

長老らしい老人が子供達を振り返って何事か命じる。一斉に駆け出していった子供達は、すぐに枯草で編んだ壺《つぼ》と椀《わん》を運んできた。そしてアスキラと隊員達にそれぞれ椀を渡してくれた。

壺には水が満たされていた。

隊員達は争って椀で水を汲《く》み、口に運んだ。まさに生き返る思いだった。ほんの少し砂が混じっていたが、朝方に体験した泥の濁流を思えば気にもならない。

自衛隊からは現地で生水を口にしないように指導されている。しかし今はそんなことを言っていられるような状況ではなかった。

「これ、草でできているのにどうして水が漏れないんだ」

手にした椀を眺める朝比奈に、梶谷も嘆声を漏らす。

「凄い技術ですね。伝統技術ってやつですか。こればっかりは自分にも真似《まね》できませんよ」

他の者と違って、酒でも飲むようにちびちびと椀を口に運んでいた新開が、二人に向かって言った。

「技術に感心するのはいいが、それに気を取られてこぼしたりするなよ。いいか、一滴だって無駄にするんじゃないぞ」

椀の水を含みながら、友永は首を巡らせて新開を見た。

こちらの視線に気づかぬまま、新開は二人に向かって続ける。

「この水は小さい子供が夜明け前に起きて汲んできたものだ。大変な労力がかかってる。それが遊牧民の生活なんだ」

「詳しいんですね、曹長は」

驚いたように言う梶谷に、新開は急に恥ずかしそうに、

「詳しいもんか。俺だって派遣前にネットで調べただけさ。試験前の一夜漬けみたいなもんだ」

梶谷、朝比奈をはじめ、隊員達が笑った。しかし友永は奇妙な感慨に打たれていた。新開の態度と口調から、これまでとは違う印象を受けたからである。

ソマリアについて資料やネットで調べたのは新開も自分も、また他の隊員達も同じだろう。しかしそれは、任地についての知識を事前に得ようとするもので、通り一遍のものでしかない。先ほどの新開の発言には、そんな上っ面だけのものではない、遊牧の民の生活に心を寄せる真摯《しんし》さが感じられた。そのことが意外であったのだ。

ソマリアの実情には人一倍関心を寄せていたつもりであったが、それは結局、自分の仕事に関係するがゆえの〈関心〉でしかない。新開ほどの真摯さは自分には到底なかった。

日頃は他人に対して冷酷な新開が、どうしてそこまで入れ込めるのだろう。それだけ今回の任務に対して人並み以上の熱意を持って取り組んでいるということだろうか。だとすれば、

自分はやはり新開には敵《かな》わない――

友永が漠然とそんなことを考えていたとき、村人達が広場の西側に面した一際大きい小屋へと皆を差し招いた。中に入って休めと言っているらしい。物置兼集会所のようだ。内部には草で編んだ敷物が敷かれていた。少しちくちくするが、ひんやりとした感触が心地好《よ》い。気温はまだまだ上昇を続けている。日陰になった屋内での休憩は願ってもないものだった。

全員が小屋の中に入り、身振り手振りで示されるままに車座になった。女達が草や木で作った様々な器を運んできて、敷物の上に並べていく。それらには粥《かゆ》のような食べ物の他に、山羊の乳やバターが盛られていた。

日本の春のように明るい笑顔の老婆が、一同にしきりと料理を勧める。

「せっかくの厚意だ、いただこうじゃないか」

友永が言うと同時に、新開が命じる。

「由利1曹は村周辺の動哨に就け。心配するな、すぐに交代の者を遣《や》る」

「はっ」

由利がAK‐47を手に小屋を出ていく。他の者はすぐさま食べ物にむしゃぶりついた。

粥のような料理は、トウモロコシの実を粉に碾《ひ》いたものから作ったということだった。材料がなんであれ、構わず夢中で流し込んだ。バターも山羊の乳も、疲れ切った体に染み渡るような気がした。

いずれも量は少ししかなかったが、ソマリアの遊牧民にとってはそれが最大級のご馳走《ちそう》であり、もてなしであるとアスキラが語った。食物のある日とない日では、ない日の方が普通であると。また得られた幸福は他人と分け合うのが当然であるとも。

老人達はがつがつと食物を貪《むさぼ》る客人達をにこにこと眺めている。その笑顔は、これまで漠然と想像するだけだった世界最貧国の人々のものとは思えなかった。

何人かの老人は、小屋の柱に寄りかかって草の葉をばりばりと噛《か》んでいる。ソマリ人の男が好むカートの葉である。子供達は小屋の入口周辺に群がり、大騒ぎしながら中を覗き込んでいる。日本人が珍しくてならないのだ。それは大人達も同様のようだった。首都モガディシュやガルカイヨの街で中国人を見た者はいるが、日本人は初めてだという。

食事をしながら、友永と新開はアスキラを通じて村人から周辺の事情を訊いた。

コーベという名の長老は、皺《しわ》に埋もれた顔を不安に曇らせ、ワーズデーン小氏族の動きが周辺で活発化していると教えてくれた。

「やはり我々の行方を追っているのでは」

朝比奈が心配そうに言う。

新開も頷いて、

「そうに違いない。ゆっくりしてはいられんな」

そのやり取りをアスキラが村人に伝えると、彼らはソマリ語で何事かを口々に言った。それをアスキラが英語で通訳する。

「いずれにせよ、午後は暑すぎて徒歩の移動は無理だから、一晩村に泊まっていけと言ってます」

一同は困惑したように互いを見る。疲労困憊《こんぱい》した身には一晩の休息は願ってもない申し出であったが、万一ワーズデーンに発見されたら、村の人々に取り返しのつかない災難をもたらすことになる。厚意に甘えるわけにはいかなかった。

「村に車はないか、訊いてもらえませんか」

梶谷がアスキラに頼む。すぐに通訳したアスキラに、長老は答えた。

「壊れた車が二台あるが、誰も直せないので何年もほったらかしになっているとのことです」

村の半数は遊牧民だが、残りの半数は半遊牧民で、この地で定住に近い生活を営んでいる。その中にはかつて自動車を所有している者もいたが、壊れた車を修理する技術も経済力もないのだという。さらによくよく聞いてみると、最近になってバッテリーだけは取り換えた者がいたそうだが、その者は携帯電話を持ってモガディシュに行ったきりの男と同一人物であるらしい。

通訳するアスキラに、梶谷は食い下がった。

「ガソリンは、燃料はありますか」

アスキラがソマリ語で尋ねる。コーベ長老の隣にいた別の老人が答えた。

「車と一緒に置いてあるが、中身がどうなっているかまでは分からないそうです」

アスキラを介した返答に、梶谷は友永と新開に向かって言った。

「後で自分が見てみましょう。もし直せるようなら、今日中に車で一気にジブチの拠点まで戻れます」

それを耳にして、皆さらに生色を取り戻したようだった。この先、徒歩と車とでは大違いだ。車が使えるならそれに越したことはない。希望があるというだけで、気力が甦《よみがえ》ってくるような気さえする。

しかし長老達と話を続けていたアスキラが、不意に顔を曇らせた。少しはソマリ語を解する新開も、同様にはっとしたようだった。

「どうした」

友永が尋ねると、新開は考え込むように、

「アル・シャバブが最近ワーズデーンに接触しているらしい」

「なんだって」

アスキラも頷いて、

「この村の人が、ガルカイヨの近くでアル・シャバブの幹部ギュバンと、ワーズデーンの指導者アブディワリが会っているのを何度か見たそうです」

友永は新開と顔を見合わせる。ジブチの活動拠点でも何度か耳にした。アル・シャバブきっての残虐さで知られるギュバンは、数々のテロや虐殺事件の首謀者として国際指名手配になっている。

ワーズデーンとアル・シャバブ。双方にとってメリットがある。ワーズデーンはソマリア最大のイスラム武装勢力であるアル・シャバブの兵力を借りてビヨマール・カダン小氏族の生き残りを一人残らず殺害し、すべての領地を占有する。一方のアル・シャバブはその見返りとして石油の利権を得る。最悪の野合である。

もし事実だとすれば、追手の数が数倍に膨れ上がるどころか、この先にも待ち受けている可能性が飛躍的に高くなる。

「まずいな」

新開の呟きに、友永は山羊の乳を飲み干して立ち上がった。

「少しでも早く出た方がいいようだ。すぐにその車を見にいくとしよう」

長老が案内してくれたのは、村の外れにある草葺《くさぶ》きの納屋だった。意外としっかりした造りである。その中に、二台のキャブオーバー型トラックがあった。ともにスズキ・キャリイである。

「こりゃ酷いな」

一目見るなり新開が呻いた。

「もう中まで腐ってるんじゃないのか」

確かに長期間放置されていたことは一目瞭然《りょうぜん》である。二台とも塗装は七割方剝《は》げており、一台は車体に太い筆文字で『まるはち鮮魚店』と書かれている。もう一台の方にも日本語で屋号らしきものが書かれていたが、後部荷台が大きく潰れている上に錆が酷くて『山田』までしか判読できなかった。

合法、非合法を問わず、アフリカには日本の中古車が広く輸出され、様々な用途に使用されている。殺気立った兵士達を満載したバスの車体に日本語で『たまご幼稚園』などと書かれていたりするのも、アフリカ各地でよく見られる光景だ。

長老の話によると、荷台の潰れている方は、七十近い老婆が運転しようとしてバックさせてしまい、大きな穴に落ち込んだものだという。幸い老婆は怪我《けが》一つなかったどころか、車が勝手に後ろ向きに走った、不良品だと怒っていたらしいが、車の方は何とか引き上げてみたもののこの通りのありさまで、仕方なく納屋に置いてあるのだそうだ。

ガソリンはと訊くと、長老は隅に置かれた数個の金属缶を指差した。いずれも土埃を被って真っ黒になっている。この分では中に入っているのがガソリンなのか泥水なのか知れたものではなかった。

『まるはち鮮魚店』の方に乗り込んだ梶谷がエンジンをかけてみる。真っ白い排気ガスが出るばかりで回転数が上がらない。

「ははあ……」

梶谷は運転席を出て前に回ってボンネットを開け、中を覗き込む。

「見たところエンジンに外傷はないようですね」

次いで『山田』のボンネットを開ける。

「なるほど」

梶谷は一同を振り返り、

「よく調べてみないとなんとも言えませんが、『まるはち』の方はガスケットが抜けてるんじゃないかと思います。それで、『山田』の方からバッテリーを抜いて交換してみようかと。つまりニコイチみたいなもんですね」

「大丈夫なのか、そんな程度で」

友永が尋ねると、梶谷はいつもの笑顔を見せ、

「もちろん他に大きな原因があればすぐには手の施しようがありませんけど、やってみる価値はあると思います」

「俺達に手伝えることは」

新開の申し出に、

「幸い最低限の工具はあるようだし、作業自体はそう難しいもんじゃないので、自分一人で大丈夫です。皆さんは、そうですね、一時間くらい休んでて下さい」

足許に落ちていた錆びたレンチを拾い、梶谷は楽しそうに指の間で器用に回して見せた。

「もし駄目だったら、全員ここで泊まりになるだけですから」

「じゃあ頼んだぞ」

そう言って友永らが引き返そうとしたとき、

「あ、そうだ。どなたかヤニ持ってませんか」

思い出したように訊いてきた梶谷に、新開が応じる。

「持ってるわけあるか。俺達が吸わんのは知ってるだろう」

「そうですよねえ」

一行の中で唯一の喫煙者である梶谷は、未練がましくぼやいてみせた。

「こんなときに一本あれば調子が出るんですけどねえ」

7

梶谷が修理に取り組んでいる間は、おとなしく村で待つよりない。隊員達にとっては望外の休息となった。

日差しが強烈すぎるため、誰もが小屋の中や木陰で午後の時間を過ごす。

あちこちの日陰に分散して休んでいる隊員達を、幼い子供達が興味津々《しんしん》といった体《てい》で遠巻きにしている。集会所の前に積まれた枯草の上に座った友永や朝比奈が手招くと、子供達は歓声を上げて寄ってきた。いずれも六歳以下くらいの幼児だった。上半身裸の子供もいれば、シャツを着た子供もいる。民族衣装のような布をまとった子供もいれば、毛糸のベストをじかに羽織っている子供もいる。着ている物は様々だが、好奇心に満ちあふれた笑顔だけは同じだった。

お供のように小猿を連れた子供もいた。小猿は自分が弟のつもりでいるのだろう、兄の後ろに身を寄せて、何食わぬ顔で子供達の仲間に混じっている。それがまたこの上なくおかしい。

その小猿を含め、子供達は皆手に手に細い枯れ枝や小さな動物の角を持っていた。それが彼らの唯一の玩具《がんぐ》であるようだった。

子供のいる朝比奈は相好を崩して相手をしている。幼い子供の嗅覚《きゅうかく》は鋭敏だ。彼らは本能的に朝比奈の人間性を見抜いたらしい。無心にまとわりついては、彼の手足につかまったり、肩に這い上がったりしている。横で見ていても微笑《ほほえ》ましい限りであった。

ふと見ると、少し離れた木陰にいる新開の前にも大勢の子供と一匹の犬が集まっていた。彼の表情に、友永はまたも意外の感に打たれた。

――貧乏人が。

ジブチの市場でそう呟いた男と同一人物とは思えない。朝比奈以上に楽しそうに、そして心から嬉《うれ》しそうに子供達と遊んでいる。ジブチの物売りの少年が大富豪の御曹司《おんぞうし》に思えるほど貧しい村の子供達と。それは友永の知る新開のイメージからはかけ離れたものだった。

奇異に感じつつも、友永は新開と子供達の様子を眺めていた。

子供達と茶色の犬を引き連れて村人の方に向かった新開は、一本のナイフを借り受け、枯れ枝の束をひとつまみ手にとって木陰に戻った。そこにしゃがみ込んで枯れ枝をナイフで削り始めた新開の様子を、子供達とアフリカニスらしい犬種の大きな犬が食い入るように見つめている。

何をしているのだろう——友永も気になって彼の手許を眺め続けた。

「できたぞ」

やがて新開が日本語で嬉しそうに言った。

彼が作っていたのは、竹とんぼであった。

「いいか、見てろよ」

そう言いながら、彼は名も知れぬアフリカの植物で作った竹とんぼを両手で器用に回して見せた。

強烈な日差しの下、即製の竹とんぼは美しい軌跡を描いて見事に飛翔《ひしょう》し、乾いた土の上にぽとんと落ちた。

一拍の間をおいて、子供達が歓声を上げた。魔法でも見たかのように目を真ん丸に見開いている。そして我に返ったように一斉に駆け出した。茶色の犬も興奮して子供達の後を追う。竹とんぼを拾って戻ってきた子供達は、それを新開に差し出して口々に何かを言っている。もう一度やってとせがんでいるのだ。

新開は嬉しそうに応じる。竹とんぼは再び空を舞った。一回目より高く大きく、そして軽やかな風を巻いて。

子供達の熱狂はいやが上にも高まった。そしてめいめいが小枝をつかむと、興奮した声を上げながら競って新開に差し出した。友永にはソマリ語は分からないが、何を言っているのかは明らかだ——僕にも作って——僕にも——あたしにも作り方を教えて——

今や新開は村の子供達のヒーローだった。彼は笑いながら、子供達と犬を周囲に集め、今度はゆっくりと説明しながら枯れ枝を削り始めた。ソマリアの子供達に作り方を伝授しているのだろう。日本古来の素朴な玩具の作り方を。

そのときの彼の横顔は、心底楽しそうで、友永がかつて見たことのない輝きを放っていた。

あれは本当に新開なのだろうか——

そう疑うと同時に、今彼が感じているであろう喜びを、友永は羨《うらや》ましくさえ思った。

「見ろよ、新開がまるで別人みたいじゃないか。あいつ、よく竹とんぼの作り方なんて知ってたな」

隣に座った朝比奈に、軽い気持ちで話しかけたところ、思わぬ答えが返ってきた。

「友永曹長はもしかして新開曹長を誤解していませんか」

驚いて振り返る。

「誤解？　俺がか」

「ええ」

子供達を背や肩に乗せたまま、朝比奈が頷いた。

「あまりおおっぴらに言うべきことではないかもしれませんが、新開曹長は母子家庭で、生活保護を受けて育ったそうです。吉松3尉と三人で飲む機会があったとき、本人から聞きました」

知らなかった。少年工科学校をトップに近い成績で出たことから、てっきりそれなりの家庭の子弟なのだろうと思い込んでいた。

「極貧に近い最低の暮らしだったそうです。お母さんは持病があって働けず、新開曹長はおもちゃを買ってもらうどころか、小学生の頃からアルバイトして家計を支えていたとか。そのため学校でもずいぶん嫌な思いをしたそうです。苦労に苦労を重ねて工科に入った頃、お母さんもお亡くなりになって……」

子供達と遊ぶ新開の笑顔を見つめながら、友永は朝比奈の話を聞いていた。

そして思い出していた。どうしようもなくみじめで、情けなくて、毎日が堪らなかった少年時代を。まさに唾棄《だき》すべき思い出だった。

合点が行く。自らの過去に重ね合わせて。自分は確かに誤解していた。

ジブチの市場で新開が吐き捨てるように呟いた言葉。「貧乏人が」。あれは物売りの子供に言ったのではなかった。過去の自分に言ったのだ。もがき、苦しみ、地を這うように生きてきた自分自身の幻影に。

ようやく分かった――俺と同じだったのだ――

新開と子供達の飛ばす竹とんぼは、アフリカの日差しを反射させて鮮やかにきらめき、軽快な音を立てて歓声とともに舞う。

笑いながら座り込んだ新開は、ずたずたに裂けてちぎれかけていた制服の袖《そで》に気づき、日の丸の徽章《きしょう》の上で引きちぎった。彼の目の前にいた五歳くらいの男の子が、すかさず手を差し出す。それをくれと言っているらしい。怪訝そうに新開が渡すと、白と赤の縞の入ったぶかぶかのラガーシャツを着た男の子は、日の丸をシャツの上から自分の腕に巻き、大仰に敬礼してみせた。

みんなが笑った。子供達も新開も。友永も朝比奈も。そしてアスキラや村人達も。茶色のアフリカニスさえ、おかしそうに尻尾《しっぽ》を振りながらわんわんと吠《ほ》えた。

喝采《かっさい》を博していると知り、子供は調子に乗って広場を行進して回った。笑い声が大きくなった。アフリカニスが彼に従って走り回る。

しばらく皆と一緒に笑った末、急にいたたまれなさを覚えた友永は、一人立ち上がって歩き出した。

「梶谷の様子を見てくる。修理が終わっていればいいんだが」

そう朝比奈に言い残し、村外れへと足を向けた。

薄々は感じていた。新開に対する反感は、やはり劣等感の裏返しであったのだ。いじけた孤児が、世間に対して精一杯突っ張ってきた末に抱いた密《ひそ》かな劣等感。しかしそれがもっと早い段階で分かっていたとしても、自分にはどうしようもなかったろう。新開の歩んできた道も、自分の歩んできた道も、似てはいるかもしれないが、結局はそれぞれの人生であるとしか言いようがない。

ソマリアは言うまでもなく、アフリカには止むことのない内戦で両親を失った子供達が大勢いる。アフリカでの任務に就きながら、心に甘えを抱いて気づきもしなかった自分自身が堪らなく嫌になる。

「トモナガ」

急に声をかけられて立ち止まる。

アスキラだった。

石油の件を思い出し、友永は一瞬自分の表情が強張るのを感じた。

相手もそれを察して、ぎこちない口調で話しかけてくる。

「納屋へ行くのですね」

「ああ」

ごく自然に近寄ってきたアスキラと、なんとなく並んで歩き出す。

なぜか鼓動が高まった。彼女を無条件に信じてはならないと、改めて自分自身に言い聞かせる。

「朝は……川ではありがとうございました。私、ちゃんとしたお礼を言いそびれて」

「そんなことはどうでもいい」

そっけなく言いすぎたような気がして、慌てて取り繕う。

「俺の英語、通じてるかな」

今さらな質問。我ながら間抜けに思える。

「はい。大変よく分かります」

アスキラが白い歯を見せて微笑んだ。

「ならいいんだ。英語は得意じゃないから心配だった」

よけいに間抜けなことを言ってしまった。なんとなく気恥ずかしくなって黙り込んだが、どういうわけか、アスキラはこちらが何か言うのを待っているような気がした。

「アスキラ」

思い切って口を開いた。

「はい」

「君は強い。とても、とてもだ」

「そんなこと、ないです。処刑墓地を見つけたときはあんなに取り乱してしまって」

「あれか。当然だ。あんなものを見たら誰だってああなる。君の怒りはもっともだ」

そしてずっと気になっていたことを尋ねてみた。

「俺が知りたいのは君の強さのそのわけだ。あれだけの目に遭いながら、君は何も見失っていない」

「そうでしょうか」

「そうだよ。俺だったら頭がどうにかなっているところだ」

歩きながらアスキラは俯いた。質問の答えをじっと考えているようだった。

「私には目的があります。責任と言ってもいいかもしれません」

すぐに顔を上げて答えた。

「多くの者が殺されたとは言え、私達ビヨマール・カダンの生き残りはまだいるはずです。草や水を求めて山羊の群れを連れて遠くに出ていた人もいるし、何より、難民となって外国に逃げ出した人が大勢います。その人達が帰ってこられる場所を、国を作るのが、スルタンの娘である私の務めだと考えています。そうです、たとえどんなに辛《つら》くても、私は生きて戦わねばなりません。死んでいった人達のためにも」

「『土漠では夜明けを待つ勇気のある者だけが明日を迎える』か」

アスキラは花のように微笑んだ。昨夜のあまりに不幸な出会い以来、初めて見る笑顔だった。

不意にアスキラが足を止める。

「どうした」

怪訝な思いで彼女の視線の先を追う。

皆から離れた木陰の下に、津久田が独りうずくまっていた。

方向を変えて津久田の方に歩み寄ろうとした友永の袖を、後ろからアスキラがつかむ。

振り返ると、アスキラは黙って首を左右に振った。

その通りだ、と友永は思った。

津久田は苦しんでいる。彼自身の苦しみだ。彼が素早く狙撃できていれば――日頃の訓練通り、本来の実力を発揮できていれば――市ノ瀬は死なずに済んだかもしれない。その悔恨を、彼は生涯背負っていかねばならないのだ。

また、同じような局面はこの先、拠点に辿り着くまで何度もあるかもしれない。彼はそのつどどう対応するのか。

それは生き残った者全員の運命にも関わる問題であったが、津久田が自力で乗り越えるより他はない。少なくとも今は、他人の干渉は逆効果となりかねない。アスキラの洞察は正鵠《せいこく》を射ている。

友永は津久田の方に向かうのを止め、足音を殺して彼女と二人その場を去った。

納屋に着くと、ちょうど梶谷が『まるはち鮮魚店』のキャリイのエンジンを始動させたところだった。明らかにどこか調子の悪そうな音を上げつつも、トラックは納屋を出て友永達の前で止まった。

「見て下さい、これ」

運転席から梶谷が満面の笑みを突き出す。

「保証の限りじゃありませんが、充分に行けますよ。ガソリンもあります。少ないですけど、拠点に辿り着くまではなんとか保つと思います」

「そうか、やったじゃないか」

友永も思わず手を打っていた。目の前が一挙に明るくなったような思いだった。

「よし、すぐに出発だ。皆を呼んでくる」

踵《きびす》を返そうとした友永に、

「こいつで広場まで乗ってって下さいよ、曹長」

「お、そうだったな」

助手席に乗り込もうとした友永は、前部に席は二つしかないことに気がついて、背後のアスキラを振り返り、

「やっぱりおまえが先に一人で行ってくれ。みんなびっくりするぞ。俺達はすぐ後から行く」

友永の視線の先に立つアスキラに気づいた梶谷は、ははあ、と独り合点したように、

「曹長も意外とやりますね」

「馬鹿、そんなんじゃない」

苦笑しながら呟いて、友永はちょうどいい機会だと感じた。梶谷の耳許に顔を寄せ、小声で訊く。

「おまえ、どうして由利を避けるんだ」

人懐こい梶谷の笑みが一瞬で消えた。しばしためらったのち、梶谷は言いにくそうに答えた。

「元ヤンなんですよ、あの人」

「ヤンキー上がりか。しかし、そんな奴、隊では別に珍しくもないぞ」

梶谷は嫌悪も露わに頷いて、

「ただのヤンキーじゃなくて、族上がりです。ウチは地元で小さい工場やってましたから、ああいうのがよく来たもんです。だからすぐに分かりました。『神奈川魔神連合』の由利と言えば知らない奴はいませんでしたよ」

「本当か」

隊員に関する情報は職務上把握しているつもりだったが、由利の身上書にそんなことは書かれていなかった。もっとも、それは特に不審であるとも言えない。過去の〈やんちゃ〉も過ぎれば特記事項の欄に記されることもあるが、逆に言うと、よほどのことでもない限り特に記すに値するとは見なされない。また、他の隊員に睨みの利く元ワルが警務に引っ張られることも多いと聞く。

「しかし入隊資格を満たした上に、警務に配属されたってことは、前科になるほどの悪さはやってなかったってことだろう」

「ええ、なにしろあの人は走り屋専門で知られてましたからね。交通課のデコ助（警察官）も奴だけはついに捕まえられなかったくらいで」

「そんな奴が警務をやってたってのが気に食わないのか」

「まあ、そんなとこです……じゃあ、先に行ってますんで」

話を曖昧《あいまい》に打ち切って、梶谷はおんぼろのキャリイで走り去った。

その後を追ってアスキラと歩きながら、友永はなんとなく釈然としないものを感じていた。

真面目な梶谷が、持ち前の正義感から、元暴走族でありながらしゃあしゃあと警務を務めていた由利を嫌うのは分かる。しかし友永の印象では、梶谷はもっと質の悪い連中とも結構うまくやっていたような気がする。それに、由利の方でも梶谷を避けているように感じられるのはなぜだろう。階級も年齢も由利の方が上であるわけだし、その心理こそが不可解だ。理由はまるで思い当たらない。仮に元暴走族であることを暴露されたとしても、そんな前歴は隊の中では勲章になりこそすれ、特に致命的なものになるとも思えない。

確か由利は神奈川の生まれで、入隊後警務隊員として霞ヶ浦《かすみがうら》駐屯地に配属された。しかし自ら転属を願い出て、一旦普通科連隊を経たのち、習志野の第1空挺団にやってきた。生涯安定している警務隊を、格別の理由もなく途中で自分から辞めるというのは極めて異例である。ゆえに隊の中では由利を変人扱いする声も少なくなかったが、本人は特に気にするふうでもなく日々黙々と訓練に励んでいた。普段の態度も変わっているというほどではなかったが、口数は少なく、人と打ち解ける様子は見られなかった。

由利と梶谷との確執には、由利が警務隊を辞めた経緯にその原因があるのかもしれないとも考えたが、友永の記憶する限り、梶谷が霞ヶ浦に配属されていたことは一度もない。やはり不可解であるとしか言いようがなかった。

考えをまとめられぬうちに、広場に着いた。村人や隊員達が軽トラックの周囲に集まって歓声を上げていた。

8

ペットボトル数本に詰めてもらった水半日分と、羊肉の燻製《くんせい》、それにチーズが少し。村人の精一杯の餞別《せんべつ》であり、厚意であった。

「いいですか、もしワーズデーンがやってきたら、我々のことは絶対に口外しないで下さい。我々を助けたことがばれると、あなた達に害が及ぶ可能性があります。我々が立ち寄った痕跡も残さないように。くれぐれもお願いします」

友永の言葉を、横に立ったアスキラが逐次訳して長老はじめ村人に伝える。

村周辺の靴跡はすべて掃き消してある。遺留品もない。念を入れて確認した。自衛隊が立ち寄った証拠は何も残していない。唯一の置き土産《みやげ》は竹とんぼだが、それが日本古来の手作り玩具であると知るソマリ人はいないだろう。

「我々は日本国民として、皆さんの厚意を忘れません。もし無事に拠点に帰り着いたら、後日必ず御礼に伺います。それまでどうかお元気で」

心からの礼を述べ、友永は助手席に乗った。アスキラは他の面々と同様、荷台に乗る。剝《む》き出しであった荷台には、日除《ひよ》けのため、草で編んだ敷物を使って急拵《きゅうごしら》えの幌が張られていた。それだけの大きさの敷物を村の女性が手作業で編むには、どれほどの時間と労力と根気が必要なことか。それもまた大変な厚意と言えた。

梶谷がキャリイを発進させる。全員が村人に向かって手を振った。

大勢の子供達が手を振りながら軽トラックを追って走ってきたが、すぐに見えなくなった。

体力が完全に回復したわけではないが、一同の心は心地好く温かいもので満たされていた。それは郷愁にも似た、人の素朴な心に触れた感触だった。日本を遠く離れたアフリカの地で、こんな気持ちになろうとは。

一同は穏やかな心地で目を閉じる。ハンドルを握る梶谷は、タイヤに負担を与えぬよう、ほどほどの速度でトラックを岩だらけの荒野に走らせる。

トラックが手に入ったのはまさに幸運であった。いや、修理を行なった梶谷の手柄と言うべきか。おかげで今日中にジブチに帰り着く目途《めど》がついた。途中でワーズデーンの部隊と遭遇する可能性は残っているが、徒歩による帰還の辛さを思えば、まさに天国と地獄ほどの違いであった。

行く手の上空をゆっくりと横切っていくのはハゲワシだろうか。鳴き声も小さく聞こえるが、友永にはそれだけで鳥類を判別できるほどの知識はない。ただ日本の野山を舞うワシやトンビを懐かしく思い出すばかりであった。

適度な振動に、昨夜からの疲労が一挙に押し寄せる。

出発から三十分も過ぎた頃には、友永の瞼《まぶた》もさすがに重くなる一方で、今にも意識が途切れようとしていた。

突然誰かの声がした。

「引き返せ！　今すぐにだ！」

友永の睡魔を一瞬で追い払う緊迫した声。

新開曹長だった。蒼白になって喚いている。

半睡状態だった全員が驚いて目を開ける。

「梶谷士長、すぐにトラックを村へ戻せ！」

「どうした新開、落ち着いてわけを話せ」

助手席から振り返って大声で尋ねる。

「袖の徽章だ！」

新開がもどかしげに怒鳴った。

「日の丸の徽章を、あの子供が腕に巻いたままだ」

全員があっと声を上げる。

完全に見落としていた——シャツ全体が白と赤の縞模様であったせいか——新開からもらった白っぽい袖の切れ端を、ラガーシャツの上から腕に巻いて剽軽《ひょうきん》な仕草で敬礼をしていたあの子供。笑顔が堪らなく愛らしかった。

梶谷が慌ててブレーキを踏む。

村人がいくら否定しようと、ワーズデーンの民兵があの日の丸を目にすれば自分達が立ち寄ったことは一目瞭然だ。村人は皆殺しにされる。

「早く車を戻せ！　こうしている間にもワーズデーンが！」

日頃の新開とも思えぬ狼狽《ろうばい》ぶりだった。

「しかし曹長、燃料はギリギリしかありません。今から村に引き返せば、拠点には到底辿り着けません。途中でガス欠になってしまいます」

梶谷の指摘は隊員達の胸に刺さった。土漠のど真ん中で立ち往生という事態はできれば避けたい。一挙に拠点まで突っ走るという希望が見えた直後であるだけになおさらだった。

しかし新開は聞く耳を持たず、

「やむを得ない。それでもいいから車を戻せ」

「すでに子供は自分で徽章を外しているかもしれません。村人の誰かが気づいているかも。それに、ワーズデーンが村に来ると決まったわけでは」

「分かった、おまえ達は先に行け。俺一人でも村に戻る。これはすべて俺の責任だ」

新開がＡＫ－47を手に取って弾薬をポケットに詰め始める。

「私も行きます」

アスキラもまたＡＫ－47をつかんで立ち上がる。固い決意に満ちた眼差《まなざ》しだった。

「自分も行きます」「自分も」

朝比奈と由利が続けて声を上げた。

助手席の友永は梶谷に命じる。

「梶谷士長、ただちに方向を転換、全速で村へ引き返せ」

「はっ」

梶谷がすぐに車の向きを変え、アクセルを踏み込む。彼も心の中ではその命令を望んでいたようだった。

「チクショウ、隊はどうしてまだ捜索に来ないんだ」

腹立たしげに津久田がぼやく。

それまでとは一転して激しく揺れる荷台の上で、新開はアスキラに向かって英語で言った。

「あんたと初めて意見が合ったな」

アスキラはただ無言で微笑んだ。

そのなにげない一言に、友永は一瞬、心が奇妙にざわめくのを感じていた。

嫉妬《しっと》——まさか——

よけいな思いを振り払い、友永は激しく揺れる助手席でＡＫ－47の装弾を確認した。


軽トラックは半分以下の時間で引き返したが、村が近づくにつれ、乾いた空気を通してＡＫＭの銃声が断続的に伝わってきた。ＰＫＭ汎用機関銃の轟音も混じっている。

遅かった——

友永は運転席の梶谷と全員に向かい、

「村の三〇メートル手前で車を止める。俺と新開、由利と津久田、それに……」

躊躇を覚えながらアスキラに視線を移す。

「朝比奈とアスキラの班に分かれて村に入り、連携して各個に敵を処理する」

二人一組になって互いに掩護しながら戦う『連携』。近年陸上自衛隊ではこの技術を戦術として重視しており、彼らにとっては骨の髄まで叩き込まれた動きであった。また『処理』

とは、火力等を以て敵を無力化することを意味する。

アスキラにもその役を担わせる命令を下すのは不安でもあった。一つには、自衛官としての訓練を受けていないアスキラがこの戦術に即応できるか未知数であったこと。もう一つは、彼女が信頼できるかどうか、心の底で未だ確信が持てなかったからだ。朝比奈と組ませたのはせめてもの用心だった。彼なら不測の事態にもなんとか対処してくれるだろう。

こうなってはもうやるしかない。アスキラは「朝比奈と一緒に行け」と言われたことは理解したようだった。またその命令を下す際に自分が見せた躊躇の意味も。

「俺と新開は中央を行く。津久田と由利は村の南側から回り込め。朝比奈とアスキラは村の外周に沿って移動し索敵、処理。その後は村に入り他の班を掩護せよ」

全員が緊張の面持ちで頷いた。

命令通りの位置で梶谷がキャリイを停止させる。全員が素早く荷台から飛び降り、二人一組となって散開する。友永は自分の手にしていたＡＫ－47を梶谷に渡し、助手席を下りた。

「おまえはここで車輛を死守せよ。絶対に敵兵を近づけるな」

「はっ」

荷台に残っていたＡＫ－47と弾薬を取り、皆の後を追って小走りに村へ向かう。その間も銃声は散発的に続いていた。

広場に通じる道の真ん中に老婆の死体が放置されていた。ほんの数時間前に、皆に食事を振る舞ってくれた老婆であった。あの春のような笑顔のまま死んでいた。

銃声は村のあちこちから聞こえる。逃げ惑う村人達の悲鳴も。周囲に漂う凄惨な血の臭い。

畜生――畜生――

どうしようもない悔恨の呻きを頭の中で繰り返しながら先へ進む。

津久田と由利は作戦通り南側に回り込んだ。友永は新開とまっすぐに広場へ通じる道を行く。

広場の手前に、ワーズデーンの兵員輸送車が止まっていた。その周辺に転がる村人達の死体。長老の死体も。そして、白と赤のラガーシャツを着た子供の死体も。

子供の傍らには、あの茶色の犬が同じく死体となって血溜まりの中に横たわっていた。まるで、その身を挺《てい》して幼い主人を守ろうとでもしたかのように。

こちらに気づいたワーズデーンの民兵達が驚いて銃口を向けてくる。

絶叫を上げながら、新開がＡＫ－47を掃射した。輸送車の周辺に立っていた三人の兵士達が血を噴いて倒れる。

シャツの腕に日の丸を巻いた子供の死体に駆け寄った新開は、片手で彼の体を抱き起こした。

「しっかりしろ、さあ、早く立ってくれ」

哀願するように子供の死体を強く揺さぶる。

離れた位置でソマリ語の怒声が聞こえた。他の兵士達が発砲しながら駆けつけてくる。

友永は輸送車の陰から応戦し、

「行くぞ新開！　その子はもう死んでる」

新開の肩をつかんで怒鳴りつけた。だが新開は子供の体を揺さぶり続ける。

「お願いだ、目を開けてくれ、頼む」

「聞こえないのか新開！」

ＡＫ－47の弾倉を交換しながら叫ぶ。

「新開！」

「許してくれ、俺がこんなものを渡したせいで……」

そう呟いて、新開は男の子の腕から徽章の入った袖の切れ端を外す。

ＡＫＭの火線が足許のすぐ近くを走り抜けた。

友永は即座に身を乗り出して応射し、ＡＫＭを抱えた敵を排除する。

「何をやってるんだ！　早く行かないとその子だけじゃない、他の子供達も殺されるぞ」

ようやく子供の死体を放した新開は、獣のような咆哮《ほうこう》を上げて走り出した。

右側面から銃火。友永は素早く地に伏せる。小屋の間から飛び出してきた二人の民兵がこちらに向かってＰＫＭ機関銃を乱射する。輸送車の車体が被弾し、運転席が一瞬で破砕された。

友永は照準を定めて二人を撃った。狙いはあやまたず、二人の民兵は前のめりに倒れて動かなくなった。

取り返しのつかない悲劇をまのあたりにして、頭の中はかえって冷静になっていた。先に新開が取り乱す姿を見たせいかもしれない。即座に立ち上がり、新開の後に続いて村の奥に向かう。

訓練通りの姿勢でＡＫ－47を構えた朝比奈は、夜間に家畜を囲い込むための木製の柵に沿って移動する。その横には同じくＡＫ－47を構えたアスキラがぴったりと従っている。

一〇メートル前方に、うずくまった村人を無表情で射殺しようとしている敵兵三名を発見。躊躇なく発砲する。三人は血まみれになって倒れる。村人は悲鳴を上げて逃げ出した。

後方から接近する足音。反射的に振り返る。敵兵が二名。即座に撃つ。相手は仰向けに倒れ沈黙する。二人は同時にすぐさま前方へ向き直った。

朝比奈は横目で傍らのアスキラを見る。小銃を構えたソマリ人の姫君の双眸《そうぼう》からは透明な涙があふれていた。

彼女は泣きながら戦っている。泣きながら敵を撃っている。

何に対しての涙だろう。殺された村人への哀悼か。部族の仇とは言え銃で人を殺してしまった己への憐憫《れんびん》か。それともアフリカの現実すべてにか。

他の隊員達と同様、朝比奈もまた彼女の真意に対して疑いを持たぬわけではなかった。しかし、それは杞憂《きゆう》であり、彼女に対する侮辱《ぶじょく》であったと確信する。

朝比奈の視線に気づいたアスキラは、頬に涙の筋を残したまま、強い眼差しで頷いた。

大丈夫だ、彼女は強い――

朝比奈は足を速めて先へ進んだ。背後にぴったりと従うアスキラの意志を感じながら。


小屋の合間を逃げ惑う村人に逆行しながら、由利は津久田と先へ先へと進む。

前方からワーズデーンの民兵が二人飛び出してきた。相手はこちらの姿を見て驚いたようにAKMの銃口を向けてくるが、それより早く由利は二人の頭部を吹っ飛ばしていた。

日頃の訓練通りに体が動いたことに昏《くら》い高揚を覚えつつも、由利は足を止めずに進む。足許には村人の無残な死体がいくつも転がっていた。

自分達のせいだ――自分達が立ち寄ったせいで――

前方にまたも敵兵。撃つ。怒りを込めて。且つ冷静に。訓練通りだ。自分は撃つ。すべての落とし前をつける。これまでの人生のすべてをここで。

そう考えると、自分がアフリカの内陸部でソマリ人の民兵と戦っていることが、ある種の必然的な運命でもあるかのような、奇妙な感慨が込み上げてきた。

だが、今はそんなことは関係ない——

前方に敵。ソマリ語の罵声《ばせい》を上げながらＰＫＭの銃口をこちらに向ける。躊躇なく射殺する。一人残らず。

左側面に複数の足音。咄嗟に振り返る。逃げている村人だった。驚いて足を止めた彼らに向かって叫ぶ。

「早く逃げろ」

日本語で叫びながら、村人を追ってきた兵士を撃つ。体中の怒りに反して、指は機械のように動いていた。

眼前の敵を掃討したとき、由利は自分の背後に控えた津久田が一発も発砲していないことに気づいた。

「何やってんだ、おまえ」

ＡＫ－47の引き金にかけられた津久田の指は、小刻みに震えるばかりでまるで力が入らぬようだった。

「ちゃんと掩護しろ！　二人とも死ぬぞ」

「分かってます、分かってますけど」

津久田は悲鳴混じりの泣き言を漏らす。

そこへ二方向から猛烈な銃撃が加えられた。二人は咄嗟に反対方向に分かれて走る。

由利は石を積み上げて造られた低い塀の陰へ。

悲鳴を上げながら走った津久田は、目の前にあった窪みの中へ飛び込んだ。

石塀に沿って身を屈《かが》めて走りながら、由利は頭上にＡＫ‐47を掲げ乱射する。敵を牽制しつつ、彼は素早く移動した。


小屋の跡らしい円形の窪みの中に伏せた津久田は、ＡＫ‐47の銃口を突き出して、周囲を走り回る敵兵を狙う。気力を振り絞って指に無理矢理力を込め、引き金を絞る。

発砲。撃てた。弾が出た。そのまま指を絶え間なく動かし続ける。

当たらない――どうしても当たらない――

なぜだ。

警備隊の中でも自分は一、二を争う腕のはずだ。射撃の上級検定でも準特級の認定を得ている。それがどうして。

震える手で弾倉を交換する。

不意に娘の顔が浮かんだ。優奈《ゆうな》。小学二年生。拠点のスカイプで小学校の工作を見せてくれた。自分のために作ってくれたという千代紙のお守りだ。優奈は父親が優秀な空挺団員であると信じている。その通りであると自分も今まで信じて疑わなかった。だが違っていた。優秀どころか、役にも立たない腰抜けだ。

誰も殺したくない。人を殺した手で優奈を抱くのは耐えられない。あの子の頬が血に染まる。ぬらぬらとした生温かい血だ。

だがそれは誰の血だ。自分の血ではない。優奈の血でもない。優奈と同じ年頃の、アフリカの子供達の血だ。

頭の中で何かが弾けた。たちまち弾倉を撃ち尽くす。ジャケットから弾倉を抜き素早く交換する。目の前で猛烈な火線の土埃が上がった。

絶叫を上げながら乱射する。

当たらない――当たらない――当たらない――

朝比奈は村の周縁部にいた敵を排除し終えると、傍らのアスキラを振り返った。互いに頷き、家畜用の柵の合間を縫って村の内部へと侵入する。

あちこちに転がる村人の死体を避けて進む。前方に銃火。小屋の陰に身を隠して様子を窺うと、窪地に伏せた津久田と、岩陰に陣取った敵三名が交戦中だった。

しかしＡＫ－47を構える津久田の手付きは、遠目にも大きく震えていた。訓練時の颯爽《さっそう》たる勇姿からは想像もつかないありさまだ。

朝比奈は内心で舌打ちした。津久田は未だ精神的不調から立ち直っていない。対して敵の弾着は、確実に津久田の潜む窪みへと迫っている。

そのとき、自分の裾《すそ》が何かに引かれるのに気づいた。アスキラだった。

彼女は指先で自らを示してから、次いで大きく円弧を描くようにして津久田のいる窪みの反対側を指差した。そして朝比奈を指差し、逆回りの円弧を描く。

二人で回り込み、敵を挟撃しようと言っているのだ。

危険だが、異論の余地はなかった。頷くと、アスキラはすぐさま移動を開始した。朝比奈も反対側に向かって走り出す。

点在する草造りの小屋の後ろを走り抜けるアスキラの姿は、すぐに敵に発見された。彼女の影を追って敵が銃口を巡らせる。猛烈な弾着が粗末な小屋を破壊しながら彼女の走る後を追う。死の火線に追われながら、彼女は可憐《かれん》にして俊敏なインパラとなって大地を駆ける。

感嘆に値する勇気だった。

朝比奈は掩護射撃を行ないながら自らも反対回りに走る。すぐに敵の潜む岩陰に到達した。アスキラに気を取られていた敵がこちらに銃口を向ける。その寸前、朝比奈の放った7・62㎜×39弾薬が右端にいた敵の頭部を粉砕していた。同時にアスキラが左端の敵兵を撃ち倒す。

一人残った民兵は、意味不明の叫び声を上げて岩陰を飛び出し、津久田の伏せる窪みに向かって発砲しながら突進した。

津久田もまた奇声を上げてこの敵を迎撃するが、弾はいずれも大きく逸れている。

「津久田！」

朝比奈とアスキラは慌てて引き金を引くが、数発撃ったところでともに弾切れとなった。弾倉を交換している暇はない。

窪みに到達した敵兵は、弾切れとなったAKMを捨て、すり切れた短パンのベルトに差していたマカロフ拳銃を引き抜いた。最早正気ではない笑みを浮かべ、銃口を津久田の額に向ける。

銃声が轟いた。

恐怖に引きつった津久田の前で、ソマリ人兵士が崩れ落ちる。

驚愕《きょうがく》に顔を上げた朝比奈とアスキラ、そして振り返った津久田の視線の先に、ＡＫ－47を構えた由利が立っていた。

駆け寄ってきた由利は、倒れている兵士の手からマカロフを奪いながら津久田に言う。

「おまえも自衛官だろう。だったら勝手に死ぬ自由なんてないと思え」

由利のその言葉は、朝比奈には叱咤というよりどこか自嘲的なものに感じられた。

「由利１曹、自分は……自分は……」

口ごもりながら津久田が何か言いかけたとき、村の北側から銃声と村人の悲鳴が聞こえてきた。朝比奈が仲間を促す。

「そんな話は後でいい。それよりも早く」

起き上がった津久田を含め、四人は急ぎ北側に向かった。


友永と新開は、村の奥から走り出てくる民兵を撃ち倒しながら先に進んだ。必死に逃げる大勢の村人達とすれ違う。

一体何人の敵が村に入り込んだんだ――

自分達が村に立ち寄ったと知ったワーズデーンの部隊は、村人達の話を信じず、日本人がまだ隠れているかもしれないと考えて村中を捜索していたのだろう。

前方に敵兵二名。新開が即座に撃破する。倒れた敵兵の腰にマカロフを見出した新開は、ＡＫ－47を構えたまま素早くそれを奪ってズボンの尻に差し、前進を続ける。

まるで実戦慣れした歴戦の猛者《もさ》のような迫力だ。友永は密かに舌を巻く。

しかし――

新開が突出気味であるのが気になった。

前方にまたも敵。友永は新開の突出を気にしながらも制止する余裕を持たなかった。


建ち並ぶ小屋の合間から、数人の村人が逃げ出してくる。朝比奈は由利、アスキラ、それに津久田を率いて急ぎ小屋の方へと向かった。

逃げ惑う人々の中には小さな子供達も混じっている。

朝比奈達の目の前で必死に走っていた女の子が、突然ばったりと倒れて動かなくなった。

「あっ」

津久田が声を上げて足を止める。

流れ弾にでも当たったのだろう、女の子の体から四方に広がった血が、見る見るうちに乾いた地面へと吸い込まれていく。

呆然と立ち尽くす津久田の肩を、由利が揺さぶる。

「おい！　津久田！」

「あの子……」

「え、なんだって？」

「あの子、おんなじ年頃なんです、ちょうど……」

放心したように津久田が呟く。

彼が自分の娘のことを言っているのは、朝比奈にも察せられた。死んでいる村の子供に、遠く離れた自分の娘を重ねているのだ。

しかし、今は——

「今はそんなこと言ってる場合か」

大声で怒鳴った由利を、津久田が憤怒の形相で振り返った。

その怒気に、由利も一瞬たじろいだようであったが、

「馬鹿野郎、いいから来い！」

元警務の迫力を見せて叫ぶ。

津久田は己のうちの何かを振り切るように低い呻きを漏らし、俯いた姿勢で走り出した。

それを確認し、朝比奈は再び先頭に立って先へ進む。そして慎重に小屋の背後へと回り込んだ。

洗濯物らしい民族衣装が掛けられた板の前に、村人数人の死体が転がっている。その中に、連れ合いらしい老人の死体に取りすがって泣く老婆がいた。

「お婆さん、早く逃げて！」

朝比奈が老婆を急き立てて逃がそうとするが、彼女は激しく首を振ってどうしても動こうとしない。アスキラがソマリ語で語りかけたが、同じであった。

「やむを得んな」

朝比奈と由利は顔を見合わせ、左右から老婆の腕を取って強引に引き上げる。

そのとき、一同の背後で駆けてくる足音とソマリ語の怒声が聞こえた。

振り返ると、ＡＫＭを構えた黄色いポロシャツ姿の民兵がこちらに向けて引き金を引こうとするところだった。老婆を抱えた朝比奈と由利は、慌てて銃口を向けようとするが間に合わない。アスキラはＡＫ－47の弾を撃ち尽くしてから未だ弾倉を交換していなかった。

朝比奈達の表情が絶望に凝固する。

敵兵のＡＫＭが火を噴いた。

その寸前、前に飛び出した津久田の銃弾が、敵の胸を射抜いていた。

ポロシャツの民兵は即死だった。

「やったな、津久田！」

由利が歓声を上げる。

同時に、津久田の脇腹から黒い染みがじわじわと広がった。

「え……なんだ、これ」

そう呟いた津久田が、前のめりに倒れ込む。

老婆をアスキラに託した朝比奈が急いで津久田に駆け寄り、制服の前を開ける。そして弾丸の射入孔と射出孔を右脇腹に確認し、

「大丈夫だ、弾は抜けてる」

津久田が安心したように微笑んでみせる。彼はしかしそれきり意識を失った。

「聞こえるか、津久田、しっかりしろ」

傷を見ながら朝比奈が大声で呼びかける。反応はない。出血は酷いが、内臓や主要な血管は無事のようだ。

朝比奈は側にあった乾いた洗濯物をいくつか取り、包帯代わりにして津久田の傷口に強く巻きつける。感染症の危険があるがやむを得ない。

エンジンをかけたままのキャリイの前で、梶谷士長はＡＫ－47を手に焦燥の目で村の方を見つめていた。

絶え間なく聞こえてくる銃声と悲鳴。車輛を死守せよと命じられたが、友永曹長らは無事なのか。自分も応援に行くべきではないだろうか。そんな思いが途切れることなく頭の中で渦を巻く。

時折村の方から駆け出してくる人影があり、そのつどはっとして自動小銃の狙いをつけるが、それらはすべて逃げてきた村人であった。彼らは皆無言でキャリイの横をすり抜け、一目散に土漠の彼方《かなた》へと走り去っていく。

村は一体どうなっているのか。そしてみんなは。自分はこのままここにいていいのか。銃声からして、激しい戦闘が行なわれていることは間違いない。いっそのこと、銃火に身を晒せるならその方がどれだけ気楽だったことか――

ＡＫ－47を抱える両手に滲む汗に気づいた梶谷は、掌をズボンにこすりつけるようにして拭い、銃を構え直す。口の中に土漠の熱い土が詰まっているような気がした。

聞こえてくる悲鳴を頼りに村の奥へと進んだ友永と新開は、大きな古木を回り込み、その先の石塀の背後に回り込んだ。

散り散りになって逃げ回る子供達を、ワーズデーンの民兵が追い回している。まったくの無表情のまま、まるで害虫でも駆除するかのように、子供達を淡々と撃ち殺していく。

その光景をまのあたりにしたとき、友永の血は逆流した。アスキラの故郷が襲撃されたときも、きっと同じであったに違いない。

殺戮《さつりく》を続けるワーズデーンの民兵を倒しながら、二人は際限なく前進した。どこまでも続く死体。そして敵。撃つ。どうしようもない怒りに頭がどうにかなりそうだった。敵への怒り。自らへの怒り。そして銃を持つ者すべてへの怒り。

村の西側で銃声。家畜用の柵を乗り越え、最短距離で突っ走る。開いていた出口から外に出て納屋の角を曲がる。一メートルほどの低い土塀の前に、大勢の子供達が追いつめられているのが見えた。皆大声を上げて泣いている。

子供達の命乞いにまるで構わず、三人の兵士が無造作に銃口を向ける。その指はすでに引き金にかかっていた。

新開が咆哮を上げて突っ込みながら発砲する。

一人の兵士がのけ反り倒れた。子供達が四方へと散り散りに逃げ出す。しかし残る二人の兵士が、それぞれ逃げ遅れた子供の体を引っつかみ、盾にするように自分の前に掲げる。

二人の敵兵はそのまま発砲しながら後退し、土塀の後ろに隠れた。

友永と新開は近くにあった岩陰に身を伏せる。

子供の頭に銃口を突きつけた二人が、土塀の後ろから口々にソマリ語で何かを叫んでいる。

新開の通訳を待たずとも、子供を人質にして脅していることは明らかだった。

地に這いつくばった姿勢のまま、新開と友永は左右に分かれてじりじりと移動しようと試みる。その指先が岩陰から出た途端、激しい銃撃が二人のすぐ目の前をかすめた。砕けた小石や砂礫が顔面を叩く。慌てて引っ込まざるを得なかった。

岩の後ろで友永は、口中で混じり合う土と砂とを苦い唾とともに吐き出した。子供を助けるどころか、岩陰から出ることさえ叶《かな》わない。

二人の敵兵の背後には、悪いことに古木が数本立っていた。仮に由利や朝比奈達が応援にやってきたとしても、後方から狙撃することは困難だ。

これでは到底近づけない――子供を犠牲にすることなしには。

手も足も出ない状況だった。

敵兵の怒鳴り声がよりヒステリックなものとなる。彼らも恐怖と興奮のあまりパニックを起こしているのだ。

頭に強く押しつけられた銃口の痛みで、幼い二人の子供が声を上げて泣き出す。その声に刺激され、民兵は子供を黙らせようとより強く銃口を押し当てる。泣き声がさらに激しさを増した。喚き散らす敵兵二人の声も。

どうすればいい――どうすれば――

このままでは間違いなく最悪の事態となる。おそらくほんの数分後に。

泣き叫ぶ子供達を見つめたまま、新開が口を開いた。

「友永」

「後は頼むぞ」

「なに」

新開は突然ＡＫ－47を前方に放り捨てた。一瞬敵が黙り込む。それから立ち上がって岩陰を出ると、ゆっくりと敵の方に向かって歩き出した。

民兵はともに啞然としたようだったが、すぐに下卑た笑いを浮かべた一人が土塀から身を乗り出し、新開に銃口を向ける。

すかさず背中に手を遣った新開が腰のマカロフを抜き、相手の顔面を撃ち抜く。

同時に敵の小銃が火を噴いていた。新開は胸に鮮血を散らしてのけ反り倒れる。

驚愕したもう一人の民兵がＡＫＭを構えて立ち上がる。その頭部を友永の放った銃弾が粉砕した。

「新開！」

岩陰から飛び出し、友永は倒れている新開に駆け寄った。

「新開、しっかりしろ、新開！」

大急ぎで血に濡《ぬ》れた制服を脱がせる。

こんなときに緊急救命陸曹の徳本1曹がいてくれれば――だが徳本は死んだ、急がねば新開も――

制服の胸を開けると、自分にはもう手の施しようのないことが分かった。

「新開、聞こえるか新開！」

懸命に呼びかける。新開がうっすらと目を開けた。

「気を確かに持て。すぐにトラックに運ぶ。梶谷のテクで飛ばせばあっという間に拠点に着く」

辛うじてそう言った。しかし声が震えかすれるのを抑えることはできなかった。

「声が震えてるぞ、友永」

他でもない、自分の腕の中で血を吐いている新開に笑われた。

「それでも指揮官か、え、友永曹長」

驚いて相手を見つめ、

「馬鹿を言うな。おまえ、一月生まれだろう。俺は四月生まれなんだ。おまえの方が年上だぞ。だからおまえが指揮官だ」

新開は血の気のない唇を歪めて微かに笑った。

周辺に集まってきた子供達が、呆然と立ち尽くしている。

負傷したらしい津久田を左右から抱えた由利と朝比奈が、そしてアスキラが、いつの間にか自分達を取り巻くように立っていた。

皆声もなく自分達を見つめている。村中で聞こえていた銃声もいつの間にか止んでいる。

だがそんなことはどうでもよかった。

ようやく分かった。

例の〈何か〉。自分が新開に反発を覚えていた理由。

自分にとって、吉松3尉は父であった。同様に、新開こそ兄であったのだ。常に自分の模範であり、目標であり、超えることのできない存在。だからこそ癪《しゃく》に障ってならなかった。

兄弟に特有の反発だ。そしてそれは、兄弟に特有の甘えでもある。

もちろん兄弟のいない自分には、兄弟間の感情など分かろうはずもない。それでもなお確信する。自分は新開に、知らずして〈兄〉を見ていたのだ。

なんてことだ——

友永は呻いた。今日までずっと、己が新開に甘え続けてきたとは。

自分と同じく、恵まれない境遇に育った男。互いに心を打ち明け、受け入れられるはずだった男。兄と呼べるはずだった男。

その男が今、自分の腕の中で死にかけている。

「頼む、新開、死なないでくれ。指揮官はおまえしかいない。俺には無理だ」

憚《はばか》るものは最早なかった。友永は子供のように泣きじゃくりながら懇願した。

そうだ。自分には無理だ。決断力がない。新開はそれを持っていた。常に頼れる兄であった。

「友永……」

それまで力を失っていた新開が、突然目を見開いた。

「歯を食いしばれ」

「えっ？」

次の瞬間、新開の拳が友永の頬に炸裂《さくれつ》した。

友永は──他の者達も──驚いて声を失う。

「指揮官が泣き言を漏らすな」

「…………」

「これからは……この先は……おまえが……」

新開の言葉が不意に途切れた。全身がくたりと力を失う。

友永は彼の体を静かに横たえ、ゆっくりと立ち上がった。そして右手で頬をさする。大した力ではなかったが、それ以上の痛みと想いが右の頬にはっきりと残っていた。

子供達が一斉に駆け寄り、新開の遺体にすがりついて泣き声を上げる。

アスキラも横を向いて啜り泣いていた。

朝比奈も、由利も、俯いたまま小刻みに震えている。

父に次いで、自分は今また兄をも失った――

竹とんぼを追って子供達が歓声を上げ、犬が嬉しそうに吠えて走り回る。素朴で郷愁に満ちた安らぎの光景。ほんの数時間前までは確かに存在した楽園が、一瞬にして消滅する。

それがアフリカの現実だ。最早他人事でもなんでもない。自分はこの地で、彼らと同じく、大切な人々を失った。皮肉なことに自分は――日本の自衛隊は、今初めて彼らの痛みを共有した。逆に言うと、分かっているつもりでいながら、これまではすべてが他人事でしかなかったのだ。市ノ瀬や多くの仲間を失いながら、まだ心のどこかで思っていた――自分達は運悪く巻き込まれただけだ、拠点にさえ辿り着けば、これまで通りの生活が待っていると。こんな地獄は本来自分達とは無縁のはずだと。

友永は隊員達に向かって言った。

「死者を埋葬している余裕はない。敵兵の武器弾薬、その他の装備を回収し、すぐに出発する」

自衛隊では無帽での挙手による敬礼はあり得ない。しかし友永はあえて直立不動の姿勢をとった。

「新開譲曹長に敬礼」

第三章　血

9

友永は土漠を行くキャリイの振動に無言で身を委ねていた。運転席の梶谷も、後部荷台に乗る者達も、皆口を開かなかった。朝比奈とアスキラに抱きかかえられた津久田は、依然意識不明のままである。脇腹に受けた弾は幸い内臓を傷つけることなく抜けているし、出血も止まっている。しかし、できるだけ早く手当てをしないと危険なことに変わりはなかった。

そして――新開はもういない。

誰もが硬い表情で押し黙っているのは、疲労のせいだけではないのだ。

友永はハンドルを握る梶谷の横顔を見た。乾いてひび割れた唇。埃のこびりついた顔全体に浮かぶ汗。一行のムードメーカーである梶谷もさすがに余裕を失っている。隣に座っているだけで、彼の張り詰めた神経の緊張がひりひりと伝わってくるようだった。一気に拠点まで突っ走ることができればよいのだが、土漠の走行はただでさえタイヤにかかる負担が大きい。よけいな振動を与えると津久田の傷に障る。また出血が始まったらどうしようもない。その上、村に引き返したために燃料はもうわずかしか残っていなかった。たとえ一キロでも、一メートルでも、拠点の近くまで行くだけだ。

ワーズデーンの民兵が村に乗りつけた兵員輸送車は、機関銃の掃射を受けて運転席が破砕されており、車載通信機も修理不可能な状態だった。

しかし、敵輸送車は荷台に複数の武器を積んでいた。RGD－5対人破片手榴弾《しゅりゅうだん》、C－4爆薬、M15対戦車地雷にM18A1クレイモア対人地雷。SVDドラグノフ狙撃銃一挺。RPG－7対戦車擲弾《てきだん》発射器も一基。敵兵は村での掃討には必要ないと考え、そうした武器を予備の弾薬とともに車輌に残したままにしていたのだ。不幸中の幸いと言えたが、皮肉にも、この先それらの武器を活用する事態になればそれこそが間違いなく最大の不幸である。

村を出る前に敵兵の所持していた武器や装備もできるだけかき集めた。マカロフ拳銃、PKM汎用機関銃などの他、双眼鏡や近辺の地図、それに小型携帯無線機もあった。

無線機は出力が小さいタイプで、いくら遮る物のない土漠であっても、拠点までの通信は無理だった。隊員達は一様に落胆したが、それでも先々を考え、人数分を集めて各自が所持することとした。

敵兵の死体だけでなく、仲間の――新開の遺体もあらためた。友永は無言でステンレススチール製の認識票をつかみ取った。

［JAPAN GSDF/YUZURU SHINKAI］

陸上自衛隊、新開讓。認識番号と血液型の表記が続くその認識票は、今は友永の胸ポケットにある。

これを必ず拠点へ持ち帰る——友永は新たな任務を得たように思った。絶対に果たさねばならない重い責務だ。耐え難い喪失感を、使命感に転換する。そうしなければ、この局面を乗り切ることなどできないだろう。

また新開のズボンのポケットには、あのLED付きライターが入っていたが、それは由利が預かった。

悪路を往《ゆ》くオンボロ車の騒音の合間に、呻き声のようなものを聞いた気がして友永は荷台を振り返った。

「優奈……優奈……」

津久田が目を閉じたまま脂汗を浮かべて苦しそうに身を捩《よじ》っている。うわ言だ。

優奈とは津久田の愛嬢の名前である。拠点で何度も聞かされた。自分をはじめ、独身の隊員達は、津久田の娘自慢をいつも適当に聞き流していたものだった。小学校の学芸会で一番木琴が上手かったという話。図工の時間に父親の絵を描いて、それが職員室前の掲示板に貼り出されたという話。どうでもいいと思っていたそんな話を、今は無性に聞きたかった。

「友永曹長、あれを」

梶谷の声に、友永は前に向き直った。

正面に大きな灰色の影が広がっているのが見える。街だ。

「名前の読み方は分かりませんが、この街みたいですね」

敵から奪った地図をダッシュボードの上に広げた梶谷が言う。

「ほら、ここです。拠点までおよそ二〇キロといったところですか」

二〇キロ。あと二〇キロなのか。平時ならほんの目と鼻の先と言ってもいいくらいの距離である。

「あれはどの氏族の街か分かるか」

地図を見つめたまま振り返らずに問う。

荷台から身を乗り出したアスキラが応じた。

「ディル氏族系の街でしょう」

ディル氏族。アスキラの属するビヨマール・カダン小氏族の上部氏族だ。ほっと息をついた友永や他の隊員達に、アスキラは悲しそうに言った。

「ジブチとの国境地帯には街がいくつかあります。でも今は、住民がみんな逃げ出してどの街も人のいない廃墟《はいきょ》になっています」

キャリイの速度が徐々に落ちていき、やがて止まった。街の二〇〇メートルほど手前であった。

梶谷が悔しそうにハンドルから手を離す。

「ここまでです。これ以上はもう一センチだって動きませんよ」

「よくやった。他のドライバーだったら到底ここまで来られなかっただろう」

梶谷を慰労し、他の面々に指示を下す。

「各員、持てるだけの装備を持て。これより前方の街まで徒歩で移動する」

たとえ人のいない廃墟であったとしても、電話か無線があれば拠点に連絡して救助を要請することができる。また何よりも必要な薬品などの物資を調達できるかもしれない。あわよくば車か燃料も。

友永はまず貴重なＲＰＧを担ぎ、次いでＡＫ‐47二挺とマカロフ一挺、さらに持てる限りの弾薬を身につける。村で敵兵から奪ったアーミーザックが役に立った。

朝比奈はＰＫＭ機関銃と弾薬を手に取っている。アスキラも荷台にあった装備を、日除け代わりにしていた草の敷物に手早く包んでいる。

意識不明の津久田は軍用シートの上に乗せ、担架のようにして由利と朝比奈が担いだ。

一同の用意が整ったのを確認し、友永は号令をかけた。

「行くぞ」

新開はもういない。今は自分が全隊員の命を預かる指揮官なのだ。

先頭に立ち、街に向かって一歩を踏み出す。

続く梶谷が、別れを惜しむように『まるはち鮮魚店』のキャリイを振り返った。

大気の感触が変わっているのを感じる。空にはいつの間にか厚い雲が広がり、あれほど強烈だった日差しを遮っていた。砂塵《さじん》を吹き上げるように地を渡る風が全身を撫でる。爽《さわ》やかな心地にはほど遠い乾き切った熱風だった。

武器弾薬をありったけ詰め込んだアーミーザックが肩に食い込む。その上にＲＰＧまで抱えているのだ。わずか二〇〇メートルほどの距離が、途轍もなく長く感じられる。この分では、拠点まで徒歩で向かうのは体力的にも不可能と思われた。

あとたったの二〇キロなのに――

やっとの思いで一行は街に踏み入る。

アスキラの言った通り、そこは人の気配のないゴーストタウンだった。通りや路地に溜まった砂埃に車輛の轍や足跡のまったくないことから、友永は敵の待ち伏せはないと判断した。

戦火に蹂躙《じゅうりん》され、荒廃した廃墟とは違い、ごく普通の近代的なオフィス街の外観を保っている。大半は平屋か二階建ての商店や事務所だが、四、五階建てのビルも何十棟か建っていた。

それぞれ銃を構えた一行は、周囲を見回しながら街のメインストリートとおぼしき大通りを進んだ。

整然とした街並みではあったが、よく見るとやはりあちこちの壁には弾痕が穿たれていた。略奪の跡も歴然と残っている。この様子では物資の補給や調達は望むべくもなかった。

街の中央で、南から北に抜ける大通りは別の通りと交差していた。その手前で友永は部下達を振り返った。

「手分けして物資を探そう。通信機、医薬品、燃料、それに食料と水。走行可能な車輌があれば一番だ」

かつては酒場だったらしい店が近くにあった。中に入り、厨房《ちゅうぼう》にあった水道の蛇口を捻《ひね》る。水は一滴も出なかった。また電気も止まっている。予想された通りではあったが、失望は大きかった。

カウンターの裏に津久田の体を横たえる。そこなら表からは見えない。地雷などのかさばる装備も同じ場所に隠してから、各々四方へと分散していった。

友永は手始めに平屋の商店を覗いて回った。いずれも徹底的に略奪されており、役に立ちそうな物はすべて持ち去られた後だった。中には診療所らしき建物もあったが、薬品はおろか、包帯一切れも残されてはいなかった。

どの店の建物もそう古くはなく、近年まで人が居たと思われるだけに、突然ゴーストタウンと化した現状がソマリアの悲劇を一層切実に物語っているように感じられる。

見捨てられた街。見捨てられた世界。ひとけのない廃墟をさまようち、友永は次第にある不安を感じ始めた。自分達もこの場所と同じではないかという漠然としたおそれ。

捜索隊がやってくる兆候は未だない。なんらかの理由で、自分達もまた見捨てられたのではないか。

例の考えが再び頭をもたげる。あり得ない。分かっていても、どうしてもその考えを追い払うことができない。現に自分達は助けのないまま孤立している。

《指揮官がそんな弱気でどうする》

不意に新開の声が聞こえたような気がした。思わず立ち止まって周囲を見回す。新開はいない。あたりまえだ。

通りの真ん中で深呼吸をする。危ういところだった。自分は明らかにパニックを起こしかけていた。そう自覚して冷や汗を拭う。この調子ではまだまだ指揮官を自称するにはほど遠い。

だが、それでも――自分はやらねばならない。そして責任を果たさねばならない。

冷たい汗の感触は残っていたが、心は落ち着きを取り戻していた。

《そうだ、それでいい。指揮官はおまえだ》

分かったよ、新開。指揮官は俺だ——

胸ポケットに手をやり、新開の遺した認識票の感触を確かめる。そしてもう一度、さらに大きく深呼吸をして足を踏み出す。

もう大丈夫だ——

一旦表通りに戻った友永は、目についた小さなビルの一つに入ってみた。オフィスビルか商業ビルのようだった。かつては様々なテナントが入っていたのだろう。ここで働いていた人々は、ソマリアの経済発展に向けて意欲を燃やしていたに違いない。開けっ放しになったドアから覗く事務用のデスクや椅子がもの悲しかった。

青いペンキが塗られたコンクリートの階段を上り、二階から三階へ。廊下を進むと、左手の部屋の奥に女性の後ろ姿が見えた。アスキラだった。

壁際に立った彼女は、一心に何かを見つめている。

そこはごくありふれた調度の残る事務所の跡だった。

あんな所に立ち尽くし、アスキラは一体何に見入っているのだろう。

後ろから覗いてみる。咲き誇る桜の向こうに遠望される真っ白な富士山の写真。その下に

『菊田銀座商店街』と記されている。古い日本のカレンダーで、月は三月と四月。五年前のものだった。

そんなものがどういう経路でソマリアまで流れてきたのか。友永には知る由もなかったが、まるで不意打ちのように思わぬ場所で遭遇した遠い故郷の風景に、強く胸を打たれずにはいられなかった。

桜は心とろかすように淡く優しく、富士の頂きは峻厳《しゅんげん》でありながら観《み》る者を穏やかに包み込む。色褪《いろあ》せた古い写真でしかないはずなのに、その光景は眼前に果てしなく鮮明に広がっていた。

身じろぎもせず写真に見入っていたアスキラがぽつりと何かを呟いた。

ソマリ語だった。しかし友永には、その語の意味がはっきりと分かった。

「そうだ、美しい。君もそう思うか」

英語で声をかけると、振り返ったアスキラが潤んだ瞳で頷いた。

「とても……とても美しい。そして、とても優しい。こんなに優しい風景は、見たことがありません」

声を詰まらせながら、アスキラも英語で応える。

「富士山だ。日本の……日本の山なんだ」

思いもよらなかった言葉が口をついて出た。

「俺と一緒に観に行かないか。日本で、富士山を……富士と桜を一緒に観よう」

はっとしたようにアスキラが目を見開く。

友永は相手の大きな双眸を見つめた。黒く深く、情熱的でありながら、やはりどこか謎めいた光を宿しているようにも思える瞳。

互いに押し黙ったまま、しばし立ち尽くす。

アスキラの唇が動きかけた。何かを言おうとしているのか、薄紅色の唇が微かに震える。その胸もまた、小さく震えるように上下している。

友永はじっと待った。相手の唇から音声が発せられるのを。

しかし、彼女は何も言うことなく友永の横をすり抜け、そのまま事務所を出ていった。

友永は大きく息を吐き、視線をカレンダーに戻した。

俺の大馬鹿野郎——

どうしてあんなことを言ってしまったのだろう。よりによってこんなときに。こんな所で。こんな状況下で。

自分は一体何を期待していたというのだ。

あまりに苦い自己嫌悪を抱え、友永はアスキラに続いてその場を後にした。

三十分ばかり街を捜索したが、めぼしい物は発見できなかった。

五〇〇メートル四方ほどの小さな街は、南北に走る大通りと東西に走る大通りとで十字型に区切られ、大まかに四つのブロックに分けられた。

表通りから外れた路地の奥は、集合住宅や倉庫などが入り乱れ、雑然とした景観を呈していた。一見すると世界中のどこにでもよくある街の路地裏だが、人の生活が失われた寂寞《せきばく》の気は、拭い去るべくもないほど周囲に染みついているように感じられた。

南西のブロックを捜索していた友永は、比較的大きな脇道に面して、しっかりと施錠されたままになっているガレージを発見した。

集まった一同は錠を壊して金属製の引き戸を開け、中を調べた。期待に反して——あるいは予想通りに——がらんとした内部にはほとんど何もなかった。散らかった整備道具。新品のまま放置された自動車部品がいくつか。それにビニールホースと空のガソリン携行缶。それだけだった。

奥には積み上げられた空の段ボール。その横にアルミ製の小さなドア。路地の方から出入りするための裏口だろう。左側にはドアのない小部屋があった。覗いてみると、水道の蛇口と便器が並んでいた。もちろんいずれも完全に乾き切っている。

溜め息をついて引き返そうとする一同に、

「ちょっと待て」

友永は段ボールの山の方に近寄って、その後ろを覗いてみた。

「おい、これを見ろ」

そう叫びながら段ボールを蹴飛ばす。

そこに中古のバイクが一台、放置されていた。ホンダFTRだ。

目を輝かせて飛びついた梶谷は、バイクの各部をざっと調べ、いまいましげに言った。

「バイクは特に問題なさそうですが、タンクは空です。ガス欠じゃあ、話にもなりません」

一同はまたも落胆に肩を落とした。バイク一台分の燃料さえあれば、誰かが拠点まで救助要請に走ることもできたのだ。

一瞬であっても期待した分、落胆が身に応えた。重苦しい気分でガレージを出たとき、朝比奈がふと気づいたように、

「やけに蒸し暑いと思ったら、さっきより風が強くなってますね。まるでサウナでドライヤーの熱風に当たってるみたいだ」

アスキラが愕然として顔を上げる。

「ハムシン……」

「『ハムシン』？」

友永が聞き返したときには、アスキラはすでに走り出していた。

「おい、待て」

一同は慌てて彼女の後を追った。

その声が聞こえているのかいないのか、アスキラは立ち止まって周囲を見回し、近くにあった五階建てのビルに駆け込んだ。わけが分からないまま友永達もその後に続く。

アスキラは一気に階段を駆け上がり、屋上へと向かう。

息を切らせて屋上に到達した友永らがまず目にしたのは、西側の端に立つアスキラの後ろ姿だった。

「おい、一体何をそんなに――」

そう言いかけた友永は、土漠の彼方に、黄土色の巨大な壁のような物を見出して声を失った。

地を揺るがすような轟音とともに、地平線いっぱいに広がって、天空にまで達する煙の塊。

乾燥した熱風は、明らかにその黄土色の壁の方から吹きつけてくる。

「なんだあれは！」

朝比奈や梶谷達も驚いて巨大な壁を指差している。

「やっぱり……」

アスキラがうわずった声で言った。

「間違いありません、ハムシンです」

友永は派遣前に受けた講習を思い出していた。

『ハムシン』。北アフリカやアラビア半島で吹く、砂塵嵐を伴った高温風のことである。〈五十日〉を意味するアラビア語のエジプト方言に由来する名称で、その名の通り、五十日間隔で襲来すると信じられているが、実際にはその限りではない。主に二月から六月にかけて吹き荒れ、風速は時速一四〇キロにも達し、その高温は気温を摂氏二十度以上も上昇させることがあると云う——

隊の講習ではぼんやりと他人事のように聞いていたが、自分自身がその恐るべき自然現象をまのあたりにしようとは。

「あれが通り過ぎるまでは、もうこの街から動くことはできません」

街全体を包む大気までもがおののくように鳴動していた。アスキラに言われるまでもなく、抗すべくもない圧倒的な自然の猛威が迫りつつあることを本能が告げていた。

吹きつける熱風は刻々と勢いを増し、天までそびえる砂の壁は目に見えて近づいてくる。あの壁に呑み込まれたらどうなるか、想像するだけでも恐ろしかった。

ただ呆然と立ち尽くす。人知を超越した神の息吹《いぶき》。見渡す限りの土漠の果て、荘厳に広がる未曽有《みぞう》の光景に、全身がすくんで動けなかった。

全力で恐怖を振り払い、友永は部下達に向き直る。

「やむを得ん。ハムシンが通過するまで、この街で待機する」

格好の遮蔽《しゃへい》物とも言うべき街の中にいたのは不幸中の幸いだった。土漠の真ん中でハムシンに遭遇していたらと思うと、乾き切った体に冷や汗が流れた。

「とりあえず、津久田と装備を回収してどこか丈夫そうな建物に隠れよう」

緊迫した表情で頷いた隊員達が、足早に階段へと引き返す。

列の最後尾について屋上から階段を下りながら、友永は背中で凶暴さを増す大気のうねりを聞いていた。

10

先頭になってビルを出た由利が急ぎ足で通りを進みかけたが、突然驚いたように立ち止まった。

不審そうに足を止めた後続の隊員達も、由利の視線の先にある物を見て一様に絶句した。それはある意味、ハムシンの全貌をまのあたりにした以上の衝撃であった。

通りの先に、一台のセダンが停まっている。誰も乗っていない白の日産サニー。さっきまでそんな車は確かになかった。その意味するところは一つしかない。

「奴らが来たんだ」

梶谷が呻いた。間違いない。敵の偵察隊だ。自分達がビルの屋上で地平線の彼方を眺めている間に街へ到達したのだ。

単なる通りがかりの第三者という可能性はない。もしそうなら、乗っていた者達は身を隠したりせず自分達に声をかけてくるはずだ。

隊員達は一斉に散開し、ＡＫ－47を構えて素早く周囲に銃口を巡らせる。ハムシンの近づきつつある無人の街に、人の気配は依然として感じられない。しかしこの街のどこかに敵が潜んでいる。

ビルから出てきた自分達をすぐに攻撃しなかったことからすると、敵もまた態勢を整える間がなかったに違いない。周囲を警戒しつつ友永はサニーに走り寄った。敵は到着したばかりだ。自動車爆弾やその他のトラップである可能性は低いと踏んだ。素早く中を覗く。五人乗りの車内にはやはり誰もいない。また車載通信機は装備されていなかったが、偵察隊が通信機を所持していないはずがない。

「こっちの居場所が敵の本隊に知られちまったってわけですね」

同じく車内を一瞥した梶谷が苦い顔で言う。

「乗ってきた敵は五人でしょうか」

朝比奈の問いかけに、友永は周囲の建物を見回しながら答えた。

「無理すれば六人くらい詰め込めるかもしれないが、武器や装備を考えればそれはないだろう。最大で五人。そいつらがこの街のどこかに潜んでいる」

血の気の引いた顔で、隊員達が改めて周囲を見回す。大気の鳴動が激しさを増した。

「急げ。時間がない」

一同は間隔を開けて分散し、津久田のいる酒場を目指して移動を開始した。

ただでさえ高かった気温が急激に上昇している。朝比奈がたとえた通り、サウナの中でドライヤーの熱風を浴びているようだった。現時点でこの暑さだ。ハムシンに包まれた状態ではどれほどの温度になることか、想像もできなかった。

酒場に到達。最初に飛び込んだ友永が中の様子を窺う。異状はない。朝比奈と由利が入口近くで敵襲に備える。アスキラと梶谷が津久田に駆け寄った。

「意識は戻ってませんが、大丈夫です」

津久田の状態を確かめた梶谷が報告する。アスキラは村でもらったペットボトルの水で津久田の唇を湿らせた。

通りに面した酒場は窓が大きく、密閉度の点からも砂嵐をしのげそうにもなかった。また敵の攻撃に備えるのにも明らかに適していない。

友永は厨房の奥にあった裏口から外を覗いた。狭い路地につながっている。周辺はほとんど木造家屋だ。頭の中に叩き込んだ街の全体図を必死に探る。南東に当たるこのブロックの奥には、確か敷地の広い頑丈そうな二階建てのビルがあった。すぐ近くだ。『安徽商城公司』と漢字で書かれた看板が掛かっていたのを覚えている。なんと読むのか知らないが、最後の〈公司〉は中国語で「会社」を意味するということだけは知っていた。当地に進出した中国系企業なのだろう。あそこなら横に平たい構造の上にコンクリート製だ。

酒場の中に向かって声をかける。

「装備をまとめろ。朝比奈と梶谷は津久田を頼む。他の者は掩護。すぐに移動する」

出発前、各々あり合わせの布地で鼻と口を覆った。砂嵐に対する用心だ。どれほどの効果があるか分からなかったが、ないよりはましである。

酒場を出て路地を進む。先頭に立つ友永は生きた心地もしなかった。途中で敵が待ち構えていたらひとたまりもない。だが躊躇していられるような場合ではなかった。ハムシンはもうそこまで迫っているのだ。

　路地の前方、そして両側の建造物にこれまで以上の気を配りながら足を進める。今にも機関銃を構えた敵が飛び出してくるような気がしてならなかった。窓の内側。屋根の上。敵の隠れていそうなあらゆる箇所に目を配る。曲がり角に差しかかったときは特に念入りに確認した。

　熱い砂混じりの風はいよいよ激しさを増している。最早まともに目を開けていられなかった。それでも危険の兆候を見落とすようなことがあってはならない。ほんの少しの油断が命取りだと何度も己に言い聞かせる。

　角を三回曲がると、まっすぐ続く路地の先に『安徽商城公司』の看板が見えた。約一〇メートル先だ。煉瓦《れんが》の塀に囲まれた敷地内に立つ箱形の建物。全面灰色のコンクリート製で、装飾的な部分が一切ない無機的な外観が、今はこの上なく頼もしかった。

「あれだ、あそこに避難する」

　一足先にビルの正面口に向かう。開いていたドアから内部を覗くと、うっすらと埃の積もった床にはなんの痕跡も認められなかった。

「よし、急げ」

　合図を待っていた朝比奈と梶谷が津久田を建物の中へ運び込む。後方を警戒する由利を最後に、全員が中に入った。

玄関からはまっすぐに延びた廊下が薄闇の中をどこまでも続いている。その左右にはいくつもの部屋が並んでいた。従業員や関係者は他の住民より早い段階で逃げ出したらしく、内部はまったくの空屋に近かった。通路の分岐の先には、二階に上がる階段も覗いていたが、上階よりは下の方が安全だろうと思われた。

ベッドか毛布でもあればと願っていたが、他の建物以上に何も残されていない。津久田を横たえるのに適当な部屋を物色しつつ、友永は廊下を進んだ。

窓の極端に少ない構造の屋内はさすがに外とは大違いで、天国と地獄ほどの差があった。吹きすさぶ風をしのぐ場所のあることを今ほどありがたいと思ったことはない。ハムシンをやり過ごすにはまさに打ってつけと言えた。

「待て」

片手を上げて背後に続く部下達に注意を促し、立ち止まって様子を窺う。

物音——いや、空気の流れか——

単なる空気の動きなら、どこかから風が吹き込んでいるだけかもしれない。だが、勘としか言いようのない皮膚のざわめきが、そうではないと告げている。

「どうかしたんですか」

すぐ後ろのアスキラが小声で訊いてくる。

それには応えず、さらに集中する。

だが高まりゆく風の音が耳の奥を叩き、集中力を妨げる。大地の悲鳴にも、また啜り泣きにも似た砂の声。かつて経験したことのない大自然のノイズに、心が際限なくかき乱され、緊張が倍増する。

焦るな、落ち着け――

自分の様子に、部下達も何かを察したらしい。津久田を担いだ朝比奈と梶谷が、足音を殺して左側の部屋に身を隠した。アスキラもそっと彼らの後に続く。由利は背後からの襲撃に備えて後方に向き直る。

いる――

そう確信した瞬間、前方の暗がりから男達が飛び出してきた。

敵の銃火が閃くより早く、友永と由利は横の部屋に飛び込んだ。そしてドアの陰からAK-47の銃口を突き出して応戦する。

その途端、別の方向からも銃撃が浴びせられた。ついさっき通り過ぎたばかりの階段へ続く分岐から、別の男達が撃ってきている。そちらはすぐさま向きを変えた由利が応戦する。

挟撃してきた敵は相撃ちにならぬよう明らかに互いの配置を考慮していた。

銃火は廊下の奥に二つ、階段側に二つ。敵は四人か。

津久田を乗せた軍用シートを床に下ろした朝比奈と梶谷が、それぞれＰＫＭ機関銃を手に引き返してきた。友永と由利は後ろに下がって場所を空ける。

朝比奈は廊下の奥に、梶谷は階段の方に向かってベルト給弾式の汎用機関銃を掃射する。体の芯が攪拌《かくはん》されるような轟音が室内に響き渡り、澱《よど》んだ空気が一挙に逆巻いたようだった。屋外での発砲とはまるで異なる衝撃が部屋を揺るがす。廊下周辺を容赦なく破砕するその猛威に、敵の銃撃が止んだ。だが仕留めたわけではない。掃射の合間に、敵兵が後退する足音が微かに聞こえた。

わずかに息をついた途端、建物全体が大きく振動した。地震とはまったく違う。床も壁も天井も、甲高い音を発して鳴動している。鼓膜の奥に痛みが走った。全員が思わず耳を押さえる。音は建物内のあらゆる場所で反響しているようだった。ただでさえ薄暗かった内部が瞬く間に光を失った。

「ハムシン……」

アスキラがそう呟いたような気がした。大いなる畏《おそ》れとともに。

街はついに高温の砂嵐に包まれたのだ。建物の外がどういう状態になっているのか、想像することさえできなかった。

友永は室内を振り返った。右手の壁際に会議用の細長いテーブルが二十脚ほど乱雑に積み上げられた格好で放置されている。奥にドアが一つ。駆け寄って開けてみると、別の廊下につながっていた。どこに続いているのかは分からない。

「こっちから逃げるんですか」

梶谷が先回りするように言った。

「待て」

考える。そして即座に決断する。

「敵ももうここから出ていけない。まだ中にいるはずだ。これより処理を開始する」

「追撃ですか」

朝比奈が驚いたように言う。梶谷と由利も同様に驚きの表情を浮かべている。

「この状況で深追いは避けるべきでは」

朝比奈の意見具申に、梶谷も同意する。

「朝比奈1曹の言う通りです。こっちには怪我人がいるんですよ。なんでわざわざ……」

「だからこそだ。敵はいつまた仕掛けてくるか分からない。万一の場合、こっちは津久田を担いで砂嵐の中を逃げ出すこともできない。何より、ぐずぐずしていたら敵の本隊がやってくる。そうなったらすべてが手遅れだ。その前に内部の脅威を処理しておく必要がある」

反論はなかった。全員がその状況判断を認めたのだ。

友永は津久田を担ぎ上げ、テーブルの山の後ろに横たえた。そしてずっと担いでいたRPG他の装備を下ろし、追撃に不要と思われる武器をやはりテーブルの裏に隠した。せっかくのシェルターである建物内でRPGを発射するのは自殺行為以外の何物でもない。他の隊員達もそれにならう。

前に回って確認すると、津久田の体や装備はうまい具合に隠れて見えなかった。

次いで、担架代わりにしていた軍用シートを奥のドアのすぐ外に投げ捨てる。こうしておけば、万一敵がこの部屋に入ってきても、奥のドアから逃げたと考えてくれるかもしれない。

アスキラに向かい、英語で告げた。

「君は津久田と一緒にここに隠れていてくれ。もし敵に見つかったら……」

「分かっています」

アスキラは頷いて手にしたAK－47を示した。

「ツクダはきっと守ります」

そして自ら積み重なったテーブルの後ろに潜り込み、その陰に隠れた。

手早く準備を整えてから友永は朝比奈と梶谷に対し、階段のある方向の天井を指差した。

二人はＰＫＭを抱え、即座に部屋を出て階段に向かった。

友永自身は由利と一緒に階段とは反対の方向——廊下の奥に足を進める。

街を呑み込んだ烈風に暗い廊下が軋みを上げる。二〇メートルほど進むと、闇の中にも廊下の突き当たりであることが分かった。右頬に風を感じる。廊下は右に折れてさらに深い闇へと続いていた。


ＰＫＭを構えたまま、朝比奈は梶谷とともに慎重に階段を上る。踊り場を通過して二階へ。だが用心して最後の段の手前で立ち止まる。その途端、凄まじい銃撃が浴びせられ、壁と床に弾痕を穿った。

案の定、廊下の先で待ち構えていた敵が攻撃してきたのだ。銃火は二つ。敵は二人だ。壁際に身を隠した朝比奈と梶谷は、ＰＫＭの銃口を突き出して応戦する。烈風に劣らぬ轟音が炸裂し、猛烈な勢いで排出された薬莢《やっきょう》が壁を叩く。

後退する敵を追って物陰から飛び出た二人は、薄暗い廊下を走った。それでも一階に比べるとかなり明るい。

突き当たりの角を曲がると、窓の並んだ廊下の端を駆け抜ける二人の民兵の姿が一瞬見えた。

「見たか」

朝比奈は思わず梶谷を振り返っていた。

「ええ、見ました。後ろの男が」

梶谷も興奮した面持ちで言った。

二人の民兵のうち、一人がマンパック——携帯式軍用無線機を背負っていた。

「間違いないです。ＰＲＣ－77です。ＶＨＦの超短波帯が使えますから、遮蔽物が何もない土漠なら拠点まで届くかもしれません」

ジブチの活動拠点に連絡できる——

まさに一筋の光明を見た思いであった。

「いいか、なんとしてもあの無線機を無傷で手に入れるんだ」

「はっ」

朝比奈の命令に、梶谷は勢い込んで頷いた。

二つ目の角を曲がると、闇がほんの少しだけ薄れた。右側にサッシの窓が並んでいる。だが金網入りのガラスの向こうは、荒れ狂う砂の渦だった。窓は一つ残らず悲鳴を上げるようにガタガタと音を立てている。一面の黄土色で、日が差し込む余地など微塵《みじん》もない。今にも厚いガラスを突き破って砂の奔流が雪崩れ込んできそうな勢いだった。

誰であろうと、到底外に出ていけるものではない。友永曹長の読みは正しい。

友永とともに廊下を進んでいた由利は、風の音に我知らず聞き入っている己に気づき、慌ててAK－47を構え直した。

「どうした」

前方を見据えたまま友永曹長が訊いてくる。

「いえ……」

なんでもありません、そう答えようとしたが、言葉が喉から出てこなかった。

分かっている。全身から滴《したた》る汗は、ハムシンによる異常な高温のせいだけでは決してない。

風の――あの狂おしい風のせいだ。

頭がどうにかなりそうだった。

そうだ、あのときも風が吹いていた。もちろん砂嵐などではなかったが、あの嫌な音は一生忘れない。

霞ヶ浦に吹いていた風。奴が自殺した日に吹いていた風だ。

――高塚《たかつか》が首を吊《つ》ったぞ。

上官の日垣《ひがき》1曹がさりげなく近寄ってきて言った。まるで天気の話でもしているように。

そのとき由利は、霞ヶ浦駐屯地の食堂で独りカレーライスを食べていた。朝からやたらと風の強い日だった。

——そうですか。どこで吊ったんですか。

間抜けな顔でぼんやりとそんなことを訊いたのを覚えている。窓から見える敷地内の木立が大きくざわめいていたことも。

——隊舎の自分の部屋でだ。今井《いまい》が見つけた。発見者があいつでよかったよ。三原《みはら》や松本《まつもと》らがすぐに〈後片付け〉に行ったたって。俺も今聞いたとこなんだ。遺書もあったそうだ。

——遺書、あったんですか。

やはりそんな間抜けな受け答えしかできなかった。

しかし日垣は意に介する様子もなく、

——隊への恨みつらみがびっしり書いてあったらしい。逆恨みだよ、逆恨み。木村《きむら》班長が三原から受け取ってポケットにしまったそうだが、おまえもよく知ってるだろう、木村さんのポケットは魔法のポケットだ。三原は『四次元ポケット』とか言って笑ってたけどな。もう二度と出てくるもんか。

——そうでしょうね。

――バカはどこまで行ってもバカっていうか、高塚の奴、律儀に隊舎で死んでくれてよかったよ。おかげで〈後片付け〉が楽で助かる。これがおまえ、外の目立つところで死なれてさ、通報なんかされててみろ。警察が先に現場に来てたりしたら、結構ややこしくなったりするんだよ。

――あ、聞いたことあります。大変なんですってね。

――そうだよ、大変なんだよ。まあ、最後は上の方の人が出向いて〈調整〉して終わりなんだけど、結局は後でこっちが叱られるんだ。よけいな面倒かけさせやがってとかさ。

日垣はそこで由利の食べているカレーライスに視線を落とし、

――俺もこれから行ってくる。松本らが大体片付けたそうだから焦ることはないが、おまえもさっさと食ってすぐに来い。木村さんがうるさいからな。あの人の機嫌を損ねたら、遺書には俺やおまえの名前が太字で書かれてたなんて後々まで言われかねんぞ。

――勘弁して下さいよ。

――じゃ、先に行ってるから。早く来いよ。

そう言い残して日垣はせかせかと食堂を出ていった。由利はぼんやりと手を動かし、機械的にスプーンでカレーの残りを口に運んだ。味はしなかった。ただ砂を噛んでいるような気がした。ちょうどそのとき、開いていた食堂の窓から、一際強い風が吹き込んできた。食事中だった誰かが舌打ちしながら立ち上がって、叩きつけるように窓を閉めた。

風はその日、夜まで止むことはなかった。

高塚の自殺騒ぎ――厳密に言うと騒ぎにもならなかった――から一か月後、由利は警務隊から普通科連隊への転属願を出した。

警務隊員として勤務する最後の日、挨拶に赴いた由利を木村や日垣らが取り囲んだ。

――おまえ、正気か。

日垣がまず呆れたように発した。由利は何も答えなかった。同じことは辞意を表明してから今日まで、同僚の三原や松本らだけでなく、駐屯地に勤務するすべての下士官達からも幾度となく言われている。

――警務にいりゃあ、黙ってたって老後は保障されてるようなもんだ。定年後の再就職もいいとこ回してもらえるしよ。おまえ、世の中ナメてねえ？ 警務がどんだけ恵まれてるかってことだよ、なあ。

何を言われても黙っている由利に対し、日垣は最後に脅すように言った。

――分かってるだろうがな、おまえ、どこへ行ってもよけいなことは言うんじゃねえぞ。

――大丈夫だよ、日垣。それくらい、こいつはちゃんと心得てるよ、な、由利よ。おまえはそんなバカじゃねえよな。

——はい。

親しげに肩を叩いてくる木村に、由利は恐縮したように頭を下げた。

——寂しいなあ、由利ちゃんよお。オレ、おまえにはずいぶん目ェかけてやってたつもりだったんだがなあ。

——すみません。

——ま、いいけどさ。せいぜい元気でやんなよ。なんだかんだ言っても同じ警務のメシ食った仲だ。何かあったらいつでも言ってくれよ、な。

——はっ、感謝します。

見え透いた懐柔の言葉にも、ひたすら頭を下げ続けた。

——ありがとうございました。お世話になりました。


通路の奥に走る敵が見えた。上半身裸の男と、水色のアロハシャツの男だ。こちらに気づいた二人の民兵は、振り返ってＡＫＭを乱射してきた。

由利と友永は反射的に左右の壁際に分かれて応射する。

敵の銃弾が窓ガラスを粉砕した。金網入りのため派手に砕け散りはしなかったが、たちまち吹き込んできた砂塵によって通路は褐色の煙に包まれた。途轍もない高温の煙だ。

煙幕のように広がった砂埃を貫いて敵の銃弾が周囲に着弾する。こちらも視界のないままに応戦するが、とても前進できるものではなかった。

「こっちだ、由利」

右側から友永曹長の声がした。

敵の銃撃が途切れるタイミングを計り、思い切って声のした方に向かい砂煙を横断する。

急に煙が薄れ、呼吸が嘘のように楽になった。

待ち構えていた友永がドアを閉める。そこは広々とした倉庫のようだった。もちろんかつて保管されていたであろう物資は何も残されておらず、ゴミに等しい板切れやシート、麻袋などが転がっているだけだった。

「見ろ」

友永が周囲を指し示す。壁の各所に搬入口らしいドアが見えた。どうやらこの建物は、中心部にある倉庫を取り囲むような形に設計されているらしい。

「あのまま廊下を進んで追撃するのは危険だ。ここを抜けて先回りする」

そう言うなり、友永は広い倉庫を横切るように走り出した。由利もその後に続く。

中央部に近いあたりの床には、二メートル四方ほどの穴がぽっかりと口を開けていた。その側を通る際に横目で覗くと、黒々とした闇がわだかまっているだけで中の様子は分からなかった。四角い穴の両脇には金属製の蓋《ふた》が垂れ下がっている。どうやら地下も倉庫になっているようだ。

由利は友永とともに穴の脇を走り抜け、一気に倉庫を横切った。

11

――貴様が盗んだってことは分かってるんだよ。しらばっくれやがって。

取調室代わりの会議室で、日垣がガマガエルのような顔を真っ赤にして怒鳴った。

パイプ椅子に座って俯く高塚1士の顔色は、日垣とは対照的に真っ青だった。

――この盗人野郎。よくも平気で自衛官だって名乗れるもんだな。貴様一人のせいでみんなが迷惑してるんだよ。とっとと吐いて楽になれ。

大声で怒鳴るたび、日垣の唾《つば》が高塚の顔にかかる。わざとやっているのだ。

ドアを内側からふさぐ格好で立った由利は、その一部始終を眺めていた。

室内には他に三原と松本。高塚を左右から挟み込むように立っている。そして、一人ソファに座った班長の木村。鬼のような顔で高塚を睨《ね》めつけている。

任意の〈取り調べ〉はすでに六時間に及んでいた。容疑は——不明。

——自分が何を盗んだって言うんですか。

小刻みに震えながら、怯え切った高塚が上目遣いに日垣を見た。

——この野郎、自分が盗《と》ったものも分かんねえってのか。

——分かりません。

顔中にそれこそガマのように脂を浮かべ、日垣は一段と声を張り上げた。

——貴様はな、今井の財布からこっそり万札を抜いたんだよ。

今井とは高塚が配属されている基地業務小隊の上官である。

——してません、そんなこと。

——今井がそう言ってるんだからしたんだよ。

——だったらどうして被害届を出さないんですか。

途端に日垣の歯切れが悪くなる。

——そりゃおまえ、事を穏便に済ませてやろうっていう今井のだな……

——わけも分からず拘束されるより、正式に取り調べられた方がずっとましです。自分は公の場で事実を明らかに……

突然、松本が足で高塚の椅子を蹴り飛ばした。音を立てて倒れ込んだ高塚の脇腹に、三原が蹴りを入れてから、荒々しく引き起こす。

——どうした、勝手に転んだりして。ちゃんと椅子に座ってないからだぞ。

松本が椅子を起こし、高塚を再び座らせる。

日垣が大真面目な顔で、

——おら、三原と松本にちゃんと礼を言えよ。勝手に倒れた貴様を起こしてくれたんだからな。

高塚は憤怒の目で日垣を睨む。

——なんだその目は。助けてもらっといて礼の一つも言えないなんて、これだから盗人野郎はよ。行儀がまるでなっちゃいねえ。親の顔が見たいぜ。

日垣につかみかかろうとした高塚を三原と松本が両側から椅子に押さえつける。どさくさに紛れて拳を入れながら。

——陸自の恥だよ、まったく。

そう呟いた日垣に向かい、

——恥はどっちですか。あんたらの方じゃないですか。

——なんだと、おい、もういっぺん言ってみろ。

日垣が激昂した。その形相に怯えつつも、高塚は精一杯の抵抗を示す。

――そんなに自分を追い出したいんですか。自分は何も恥じるところはありません。

――恥じるところはないだと？　よくも抜け抜けと言えたもんだな、仲間を無実の罪で侮辱しときながら。

――無実なんかじゃない！　奴らもあんたらも、自衛隊の恥だ！

――へえ、だったらなんで示談書なんか書いたんだ。示談にして金まで受け取っときながら、盗人たけだけしいとは貴様のことだ。

――あれは、あれは嵌められたんだ、あいつら全員に！

それまで黙っていた木村が立ち上がり、伸びをしながら言った。

――今日はこの辺にしとこうか。

松本が高塚の背中を蹴り、

――おら、戻っていいぞ。言っとくが、隊の仕事はさぼるんじゃねえぞ。聴取の時間は勤務外だからな。言いわけにはなんねえぞ。今井さんの言うことよく聞いて給料分しっかり働けよ。

日垣は大きなあばた面を高塚に近づけ、

――これで終わったと思うなよ。明日も明後日《あさって》も、ずっと呼んでやるからな。貴様が吐くまで続けてやる。覚悟しとけ、この盗人野郎。

ふらふらと立ち上がった高塚が、踵を返して出口に向かう。

ドアの前に立っていた由利は、相手を通すため横に体をずらした。

一瞬、目が合った。どんよりとして虚《うつ》ろな目だった。すでに死んでいるような。

高塚は自分でドアを開け、何も言わずに出ていった。


反対側にある搬入口の一つに到達した友永曹長が、ドアを開けて外の様子を窺う。由利も上官の背後から外を覗き見た。

ドアの左右、そして正面に通路。床に溜まった埃の上に新しい足跡。右からやってきた二つの足跡が、正面と左の二方向に分かれている。

友永曹長が自分と正面を指差し、次いで由利と左を指差す。

由利が頷くのを確認し、曹長は倉庫を出て正面の通路を走り去った。由利はすぐさま左へと進む。

通路に並ぶ窓は依然として渦巻く砂塵に覆われ、廊下は異様なまでの高温に達していた。

ＡＫ－47を取り落とさないように掌の汗を何度も制服にこすりつけて拭う。額に浮いた脂汗も。

否応なく思い出す。脂だらけの日垣の顔。そして高塚の虚ろな目。

高塚はもともと木更津《きさらづ》駐屯地で通信隊員を務めていた。持ち前の正義感から、隊内に蔓延《まんえん》する暴力や腐敗の悪弊を内部告発しようと準備を進めていたところ、同僚から突然喧嘩《けんか》をふっかけられた。彼は賢明にも応戦せず、その結果、全治二週間の怪我を負った。刑事事件として警務隊に被害届を出そうとした高塚に対し、幹部達は「悪いようにはしないから」と示談書を書かせた。迂闊にも署名した高塚は、自身の受けた暴行に対する刑事告訴も、準備中だった内部告発も、すべて水泡に帰したことを知った。何もかもが罠だったのだ。

間もなく高塚は霞ヶ浦の基地業務小隊に転属となった。仕事内容は廃品回収など、駐屯地内の雑用。そこで彼を待っていたのは、上司の今井1曹による際限のない過酷なパワーハラスメントだった。納入された備品の段ボール解体を命じられたかと思えば、再び組み立てるように命じられる。百や二百といった生易しいものではない。単純にして無意味な作業が一日中続く。そして次の日も。また次の日も。

それでも高塚は音を上げなかった。

そこで、霞ヶ浦駐屯地の警務隊にそれとない形で〈申し送り〉があった。

《高塚を追い出せ》

自衛隊の伝統的な見せしめである。当然ながら木村や日垣達は無批判で慣例に従った。

日々繰り返される凄絶《せいぜつ》ないじめ。同じ警務隊員であった由利も無論荷担せざるを得なかった。それは、十代の頃いっぱしのワルのつもりであった由利でさえ、目を背けたくなるような陰湿なものだった。一人の人間の人格を、人生を、根底から破壊する。ガキの世界のいじめなど、大人の世界の比ではなかった。

高塚の目が光を失うに連れて、自分の心もまた同様に死んでいくのを感じていた。

そしてそれは、あの風の日に決定的なものとなった。高塚の魂が、霞ヶ浦の風と消えた日に――

由利は前方にソマリ人民兵の後ろ姿を捉《とら》えた。上半身裸の男だ。走りながら発砲する。敵は振り返らずにAKMの銃口だけを後方に向けて乱射した。

数発の銃弾が腕や足をかすめる。焼けるような痛みがあった。気にもならない。こちらも走りながら撃つ。

敵がつんのめるように前に倒れた。

やったか――

しかし即座に仰向けになった敵は、倒れた姿勢のままAKMを撃ってきた。反射的に身を伏せる。その隙に敵は近くにあったドアから倉庫の中に入り込んだ。

身を起こした由利は、すかさずドアまで走り、壁際に身を隠して中を覗き見た。

がらんとした内部を、片足を引きずりながら逃げていた裸の民兵が振り返り、発砲した。

破砕されたコンクリートの粉塵《ふんじん》が頬や耳を打つ。

ドアの横の壁に身を隠し、由利は呼吸を整える。

必ずやれる――今日まで自分が積んできた訓練を思い出せ――

霞ヶ浦の警務を離れてから、小倉の普通科連隊を経て、さらに習志野の第1空挺団への転属を果たした。そこで誰よりも真剣に訓練に取り組んだ。より過酷な、より苛烈な道を自らに課したのだ。他に何も考えられなくなるほどの。

ソマリアへの派遣海賊対処行動航空隊に選抜されたのは僥倖だった。日本にいるよりよほど気が休まった。遠い場所で、見知らぬ人の役に立ちたかった。善意でも使命感でもない。他に方法を知らなかったのだ。高塚のあの虚ろな目から逃れる方法を。

そうだ、自分は奴を見殺しにした。いいや、そんな言い方では生ぬるい。自分は木村や日垣らと一緒になって、奴を死に追いやる片棒を担いだのだ。

上官や先輩の命令は絶対だ。逆らうことなどできはしない。意見などしようものなら、今度は自分が狙われる。

それでも、勇気を出して言うべきではなかったか――「あんた達は間違ってる」と。

高塚は自分をも恨んでいたろうが、亡霊の類は信じない。しかし心にまざまざと残る後味の悪さは、独りで引きずり続けるしかなかった。誰にも打ち明けられぬまま。

こんなはずではなかったと、何度思い返したろうか。自分は確かにワルだった。でもそれは甘ったれたガキの頃の話で、走り屋を気取るだけの半端者だと気づいていた。だから自衛隊に入った。一人前の男として、人並みの社会人として世に出ていくつもりだった。それがどうだ。特に目をかけられ意気揚々と引っ張られたはずの警務隊は、暴走族の世界よりも悪質だった。

こんなはずではなかった。

奇妙なことに、自衛隊を辞めようという気にはならなかった。他の生き方を知らないということもあったし、自分でもよく分からない意地のようなものもあった。自衛隊への愛着も。またそれこそが高塚の目の呪縛《じゅばく》かもしれなかった。

習志野第1空挺の最精鋭。それが今の自分の務めであり、誇りである――

呼吸が平常に戻った。ＡＫ‐47の残弾を確認し、弾倉を交換する。

壁際から飛び出して男を撃つ。

裸の胸から赤い飛沫を散らし、男は後ずさるようによろめいた。そして背後に口を開けていた暗黒へと落下する。

穴の奥で鈍い音がした。それきりだった。あとはただ霞ヶ浦のように物狂おしい風の音。

ゆっくりと近づき、注意深く銃口を穴の底に向ける。何も見えない。ただ黴臭《かびくさ》い死の気配だけが伝わってきた。

倉庫の正面から続く廊下を進んでいた友永は、突き当たりの手前で立ち止まった。闇に慣れた目が、左に折れている足跡を確認する。吹き込む風の音が強くなった。待ち伏せを警戒しつつ、左へと曲がる。

前方に水色のアロハの男を発見。躊躇なく発砲する。遅かった。男の影は右側に消える。後を追って角を曲がった友永は、砂を含んだ激しい熱風に晒されて思わず立ち止まった。左腕で顔を覆いながら前方を見ると、開け放たれた非常口から砂嵐が猛烈な勢いで吹き込んでいた。

アロハの男は外へ逃げたのだ。この砂嵐の中を。

敵が入り込んだのもあの非常口からに違いない。ここは雑多な建物の密集している地域だ。路地を隔ててすぐ近くにある別の建物に逃げ込むつもりか。敵は付近の地形を熟知している可能性もある。今ここで逃がしたら、再び捕捉するのは不可能だ。脱出時に狙撃される危険性を残すわけにはいかない。

今ならまだ間に合う。なんとしても今ここで処理しておかねば——

非常口のある側の壁際に身を寄せるようにして、開いているドアまで接近する。

一歩近づくごとに、温度が数度ずつ上昇するようだった。廊下はすでに砂の荒れ狂うドライサウナと化している。ドアの真横に到達。外は見るまでもない。熱風の渦巻く砂地獄だ。

意を決して外に飛び出し、素早く伏せる。

狙い撃ちを用心したのだが、杞憂だった。濃密な砂嵐で視界はないに等しい。それどころか、目を開けることさえ難しい。凄まじい強風で正しく銃を構えることもできないし、弾道も大きな影響を受ける。しかし勘を頼りに乱射されるおそれもあった。流れ弾や跳弾は予測できない分だけ恐ろしい。

建物は確か煉瓦の塀に囲まれていた。敵はどうやって脱出するつもりなのか。この砂嵐の中を生身の人間が移動できる時間は限られている。通用口か何かが近くにあるのだ。目算があるからこそ敵はあえて外に出た――

そう考えた友永は、伏せたまま濃密な砂の世界に向けてAK‐47を掃射した。荒れ狂う風の音にかき消され着弾の音は聞こえない。銃弾は虚無の彼方へ吸い込まれでもしたかのようだった。

両足を踏ん張るようにして中腰の格好で起き上がる。まっすぐに立つことすらできない。本来なら身動きもままならない砂嵐だ。少しでも気を緩めるとたちまち空の彼方に吹き飛ばされてしまいそうだ。

吹きつける風に抗いながら足を踏み出そうとしたとき、左の向こうずねを何かで強打された。思わず呻き声を上げてうずくまる。砂の中から黒い影が飛び起きるように立ち上がった。手にしたＡＫＭを棍棒《こんぼう》のように振り上げている。弾を撃ち尽くした敵は、じっと伏せたままこちらが近づくのを待っていたのだ。

第二撃が頭上に振り下ろされた。咄嗟にＡＫ－47で受け止める。判断が一瞬遅ければ頭蓋《ずがい》骨《こつ》を叩き割られていたに違いない。敵はＡＫＭで執拗に乱打してくる。受け止めるだけで精一杯だった。反撃の余裕など到底ない。ＡＫＭによる乱打でＡＫ－47の銃身が損傷した。もう発砲はできない。手にしたＡＫ－47を相手に向かって投げつけ、その隙に腰に挟んだマカロフを抜く。発砲する寸前、敵が全身でぶつかってきた。相手ともつれ合う形で倒れ込む。その衝撃でマカロフを取り落とした。たちまち砂に埋もれて見えなくなる。

しまった——

右足で敵を蹴り飛ばし、マカロフを落としたあたりの砂を必死でかき分ける。見つからない。絶望の思いに注意が逸れた。何かが首の前に差し込まれる。反射的にそれをつかんだが、遅かった。喉に強烈な圧迫が加えられる。敵は背後からＡＫＭの銃身でこちらを絞め上げていた。

息ができない。酸素を求めて開いた口に、マスク代わりの布を通して熱風と砂が容赦なく入り込む。

常軌を逸した砂嵐の中での格闘は、急激に体力と気力を奪い去っていく。暴風によろめきながら、そして高温に大量の汗を流しながら、死にもの狂いでもがき続ける。だが敵は凄まじい膂力《りょりょく》でさらに絞め上げてきた。

両腕に力を込めて黒い銃身を押しのけようとするが、びくともしない。鉄の棒がじりじりと喉に食い込んでくる。窒息して死ぬのが先か。頸骨《けいこつ》を押し潰されて死ぬのが先か。いずれにしても死は免れない。意識が何度も飛びかける。

砂嵐の彼方に、桜と富士山が見えた。

いつか見た光景――いつだったか――遠い昔のような――違う、実際には見ていない。アスキラと見た古ぼけたカレンダーの写真だ。

どうせ死ぬのなら、写真ではなく、せめて本物を――

《土漠では夜明けを待つ勇気のある者だけが明日を迎える》

急速に頭がはっきりした。

ＡＫＭを押しのけようとしていた右手を離し、背後の敵に肘《ひじ》打ちを食らわせる。急所を衝いたが、打ち込みが浅かった。それでも敵はわずかに体勢を崩した。すかさず頭を前に倒し、勢いをつけて後頭部をぶつける。

颪に鼻血を撒《ま》き散らしながら敵が離れた。ＡＫＭを奪い取って押し倒し、馬乗りにのしかかる。そして渾身の力でＡＫＭを相手の喉に押しつけた。数秒前までとは立場が正反対の体勢だ。しかし、全体重を乗せている分だけこちらの方が強力だった。狂風の轟音にかき消されて音は聞こえなかったが、頸骨の潰れる感触がして、狂ったようにもがいていた敵がすべての力を失った。

息絶えた敵の上に全身を投げ出し、しばらく荒い息をついていた友永は、ＡＫＭを杖代《つえ》わりにしてよろよろと立ち上がった。いつまでもじっとしていたらすぐに自分まで熱砂に埋もれてしまう。全身の水分は一滴残らず枯渇し、すでにミイラと化したような気分だった。

屋内に引き返そうとして、愕然と立ち尽くす。

建物は、非常口はどっちだ――

一面の砂で右も左も分からない。死力を尽くして戦ううちに、方向感覚をすっかり失っていた。

数メートルも移動していないはずなのに、どちらから来たかさえ分からない。下手に動くと、このまま裏庭で遭難死しかねないような状況だった。

いや、選択を誤れば間違いなく死ぬ。

どっちだ――どっちなんだ――

12

「朝比奈1曹、あれを」

梶谷の指差す方を見ると、壁に建物の見取り図らしきプレートが掲示されていた。中国語で『避難圖』と記されている。

「こいつはいい」

中国語は学んだことがないため、各所の名称や注意書き等は正確には読み取れなかったが、建物の構造や現在位置は充分に把握できた。二階に配置されているのは、主に役員や幹部用の執務室のようだった。

一階に比べて二階は比較的単純な配置になっており、大まかに言って、廊下は窓のある外側の壁に沿って巡らされていた。

「見ろ、あっちの廊下を使えば敵を挟撃できる。まず一人を倒し、それから無線機を持った奴を確保する」

「はい」

梶谷が頷く。

「自分はこのまま敵を追い込む。梶谷士長、おまえはその間にあっち側の廊下から敵の前方に回り、不意を衝け。ＰＫＭは使うな。せっかくの無線機が被弾するおそれがある。マカロフを使え」

「はっ」

足音を立てずに梶谷が移動を開始する。

朝比奈はあえて大仰な足音を立てながら敵の後を追ってまっすぐに廊下を進んだ。

壁に沿って並んだ窓の外では、依然ハムシンが猛威を振るっている。砂に覆われた窓が一つ残らず鳴動しているさまは、日本人にとって想像を絶する恐ろしい光景だった。街は今、アフリカの脅威とも言うべき砂嵐のまっただ中にある。友永曹長の言った通り、敵もこのビルから動くことはできない。曹長の決断は正しかった。

朝比奈は今さらながらに友永の変化について思った。昨夜までの友永も、信頼すべき立派な曹ではあった。しかし同時に、どこか劣等感のようなものを覗かせることがあるのを朝比奈は密かに感じていた。それは亡き新開曹長の半ば傲慢《ごうまん》とも取られかねない自信に満ちた態度と対照的であるとも言えた。しかし今の友永曹長は、明らかに違う。

たとえて言うなら、そう、まるで新開曹長の決断力を身につけたような。

古武道を嗜む朝比奈にとって、それは決して珍しい現象ではなかった。実力の伯仲した好敵手が、互いを意識し、その結果、互いの優れた技量を身につける。まさに理想的な武人の在り方であった。

ただ悲しむべきは、一方の武人が最早この世にいないということである。

新開という武人は、自らの命と引き換えに、友永曹長の成長を促したのだ——そんなふうに朝比奈は思った。

突き当たりの角を曲がる。廊下の奥に敵を捉えた。二人の民兵はソマリ語で何事かを喚きながらＡＫＭで攻撃してくる。

すぐ横の部屋に身を隠した朝比奈は、ＰＫＭの銃口を突き出し、わざと狙いを外して乱射する。何枚かのガラスが割れ、たちまち吹き込んできた砂嵐が敵の顔面を直撃した。

悲鳴を上げた二人は、堪らず廊下の角を曲がって後退した。

その途端、角の向こうで銃声が三回聞こえた。マカロフだ。手筈通り待ち構えていた梶谷が撃ったのだ。

朝比奈は廊下の奥を目指して駆け出した。割れた窓から吹き込む砂嵐をかい潜り、警戒しつつ角を曲がる。

廊下の真ん中に胸を撃たれた民兵が一人倒れていた。通信機は背負っていない。その向こうにはマカロフを構えた梶谷がいた。

「朝比奈1曹！」

「もう一人は」

「そっちの部屋に逃げ込みました」

梶谷は死体の横の開いているドアを指差した。役員室の一つだ。

同時にドアに駆け寄り、左右から慎重に中の様子を窺う。次の瞬間、ドアや背後の壁に弾痕が穿たれた。中からソマリ語で喚く声が聞こえる。

「見たか」

「ええ、部屋の右隅でした」

朝比奈は梶谷の背後にある隣の部屋のドアを顎で示し、

「見取り図によると、すべての役員室とその隣の秘書室はドア一枚で通じていた。自分は奴の銃弾が切れるまでここで引きつける。おまえは合図があるまで隣の秘書室で待機しろ」

それだけで梶谷は朝比奈の意図をすべて察したようだった。

朝比奈が役員室の内部に向かってＰＫＭを撃ち込み出すと同時に、その轟音に紛れて梶谷は隣の秘書室に侵入した。

朝比奈のＰＫＭは室内中央の壁や床を破砕するが、部屋の隅に隠れた敵はあえて外している。

応戦してくる敵の銃声はすぐに途切れた。そして弾倉を交換している気配。

「今だ、梶谷！」

大声で叫びながら、敵の注意を逸らすためＰＫＭを構えて突入する。

同時に隣室との境のドアが蹴り開けられ、飛び込んできた梶谷が無線機を背負った民兵の足をマカロフで三発撃った。

悲鳴を上げて男が倒れる。

銃口を向けたまま用心深く近寄った朝比奈は、床に転がっていたＡＫＭを防暑靴のかかとで自分の背後へと押しやった。

「無線機は無事のようです」

「よくやった」

ほっとしたように言う梶谷に頷いてみせ、さらに男の様子を窺う。

男は顔を横向きにして俯せに倒れたまま、ぴくりとも動かない。

「死んだんでしょうか」

「分からん」

そのとき、朝比奈は男が口許に笑みを浮かべ、横目でこちらを見上げていることに気がついた。

なんだ――？

ＰＫＭの銃口を突きつけ、改めて男を見る。片手に何か黒い物をつかんでいた。

手榴弾だ。ピンはすでに抜かれている。

「下がれ、梶谷！」

そう叫んで後方へ思い切り跳びすさる。

背後からの凄まじい衝撃に、朝比奈の体は通路側の壁に叩きつけられた。

砂嵐の中でうずくまっていた友永は、突然の爆音に顔を上げて振り返った。気も狂いそうな風の音に耳もいいかげんおかしくなっていたが、なんらかの爆発音に間違いなかった。

一体何が起こったのか、見当もつかない。

しかし、はっきりしていることが一つある。何があったにせよ――味方にとってあまり良いこととは思えなかったが――爆発は安徽商城公司の建物内で起こったに違いないということだ。そしてそれは、確かに自分の後方で聞こえた。

後ろだ、後ろにあるんだ――

気力を振り絞って立ち上がり、後方に向かって足を踏み出す。

荒れ狂う風によろめきながら、一歩、また一歩と、年老いた老人のような動作で歩き続ける。

干涸びた体が猛烈な風に持っていかれそうになるが、懸命に堪える。今ここで飛ばされたら、再び方向を見失うだろう。そうなればもうおしまいだ。二度と皆の元に帰り着くことはできない。

七歩目に、爪先が固い物に触れた。両手で前方をまさぐる。壁だ。吹き飛ばされる前に全身を壁に押しつける。依然として視界はないが、目をすがめながら左右を見回す。砂の合間に、一瞬、あの非常口が見えた。二メートルほど離れた位置だ。

こんな近くにあったにもかかわらず、自分は死からの脱出口をまるで見出せずにいたのだ。壁伝いにじりじりと右へ移動する。そして開いたままのドアから中に転がり込み、全体重をかけてドアを閉める。

全身を叩く風が途絶え、耳を打つ轟音が小さくなった。友永は廊下に吹き溜まった砂の上に倒れ込む。

危ういところだった。あの爆発音が聞こえなければ、自分は非常口のすぐ前で砂に埋もれて死んでいた。

爆発音――

倒れた姿勢のまま、はっとして目を見開く。

そうだ、何があった——皆は無事か——

友永は呻きながら立ち上がり、壁に片手をついてもと来た通路を引き返した。

「梶谷……梶谷！」

全身の痛みを堪え、起き上がった朝比奈は粉塵の立ち込める室内で叫んだ。

壁に叩きつけられたことによる強烈な打撲以外に、体には大きな異状はなかった。敵の持っていた手榴弾は、炸裂時に生成破片を飛散させ広範囲の敵を殺傷する破片手榴弾ではなく、爆風効果による攻撃を目的とした攻撃手榴弾であったらしい。それが自分には幸いした。

しかし梶谷は——

「どこだ、梶谷！　無事でいるなら返事をしろ！」

返事はない。

梶谷の立っていた位置を思い起こす。逃げ遅れて爆発をまともに食らっていたとしてもおかしくはない。

「梶谷！　梶谷士長！」

まさか……

最悪の予感に体がわななく。

「こっちです」

黒褐色の煙の向こうで梶谷の声がした。隣室のドアの方だ。

安堵の息を漏らしつつ声のした方へ駆け寄る。

梶谷は隣の秘書室の中へ投げ出されたような格好で倒れていた。

「大丈夫か」

「ええ、咄嗟にこっちの方へ跳んだんですが、爆風でドアが閉まったみたいで……」

梶谷を助け起こしながら周辺を見ると、破砕した壁や床の破片とともに、大きく変形したドアの残骸らしき物が室内に転がっていた。

「悪運の強い奴だ」

感心して思わず言った。

「おまえがいる限り、生きて拠点に戻れる気がしてきたよ」

「だといいんですが……」

梶谷はあまり嬉しそうでもない様子で、男の倒れていたあたりを無念そうに見た。

せっかくの無線機は、男とともに消滅していた。

銃声が聞こえる。一階と二階の双方から。

意識不明で横たわる津久田とともに、会議用テーブルの陰にしゃがみ込む格好で隠れたアスキラは思わず身をすくめた。

トモナガは――皆は無事でいるだろうか。

祈るような心地であった。

どれくらいの時間が経った頃だろうか。数分か、数十分か。突然、誰かが部屋に入ってくる物音がした。大股で乱暴な足音。日本の自衛官ではない。彼らはそれぞれの敵と交戦している真っ最中だ。

アスキラは息を呑む――五人目の敵がいたのだ。

積み上げられた細長いテーブルのわずかな隙間からそっと室内の様子を窺う。カーキの野戦服とズボンが見えた。やはり敵だ。

男は部屋の真ん中に立ち、ゆっくりと室内を見回している。アスキラは息を詰めて密かにＡＫ-47を握り締める。

幸い男はこちらに注意を払うことなく、やがてトモナガが開けたままにした奥のドアに向かって歩き出した。彼の策が功を奏したのだ。

アスキラがほっと息を吐きかけたとき——

不意に男が立ち止まって、こちらに向き直った。そして手にしたＡＫＭの銃弾をテーブルの山に向かって撃ち込んだ。

思わず悲鳴を上げそうになったアスキラは、咄嗟に片手で自分の口を押さえた。安物のテーブルを貫通した何発かが自分の髪や肩をかすめる。それでも気配を悟られぬよう叫び出したい衝動を懸命に堪えた。

着弾の衝撃で積み上げられたテーブルが、ガタリと音を立てて少し崩れた。

頭を動かさぬよう上目遣いで頭上を仰ぐと、崩れたテーブルの合間から染みの浮いた天井が見えた。

大丈夫だ、崩れたのはほんの少しだ、向こうからは見えていない——

しかし、崩壊は止まってはいなかった。上部のテーブルが徐々にずれ落ちるように崩れている。頭上の空間が次第に大きくなっていき、アスキラの頭頂部に近づいてきた。できる限り背を丸めて縮こまり、必死に頭部を下げる。

そして口からあふれ出そうになる悲鳴を懸命に喉の奥に押しとどめる。

お願い、止まって——どうか、どうか——

その願いが通じたのか、テーブルの崩壊は隠れているアスキラの姿が露わとなる前に止まった。

男はそれで納得したらしく、再び奥の出口に向かって歩き始めた。

そのとき。

突然爆発音がして、建物全体が大きく揺れた。

その振動で、テーブルの山が再び上部から崩れ出した。

またも男の足が止まり、こちらを振り返るのが分かった。

決定的に均衡を失った山は、とめどなく大きく崩れていく。

表からは見えないように手で押さえようとしたが駄目だった。テーブルの山が最早止めようのない勢いでどんどん滑り落ちていく。限界であった。

見つかる——

アスキラは一瞬で覚悟を決めた。

周囲を覆っていたテーブルがすべて崩れ、しゃがみ込んだアスキラの半身が露出する。

それをまのあたりにした男は一瞬驚きの表情を浮かべ、次いで嗜虐の喜びに口の端を歪めた。

男がＡＫＭの銃口を向ける前に、アスキラは下半身を隠していたテーブル越しにＡＫ－47を発砲した。

天板を貫通した銃弾は、男の右肩に命中した。男は悲鳴を上げてＡＫＭを取り落とす。テーブルの後ろから飛び出したアスキラは、とどめを刺そうと銃口を男に向ける。だが距離が近すぎた。男の蹴りを食らい、ＡＫ－47を弾き飛ばされた。

男はそのまま獣のような咆哮を上げてつかみかかってきた。もつれ合って床に倒れ込む。互いに命懸けの揉み合いとなった。男の右手は血だらけで使い物にならなくなっていたが、それでも屈強な兵士と、戦闘訓練を受けたこともない女とでは勝負にもならなかった。

アスキラの抵抗をものともせず、彼女を押さえ込むように馬乗りになった男は、左手一本で彼女の細い首を絞め上げてきた。

一気に首をねじ切られそうな凄まじい力だった。アスキラはなんとかその手を振り払おうと相手の腕をつかんだ両手に力を込めたが、男の太い腕はまるで鉄の棒であるかのようにびくともしなかった。自分の力でこの手を払い除《の》けることは不可能だ。

男の腕を放したアスキラは、両手で必死に周囲の床を探る。

何か――何かないか――

右の中指の先が何かに触れた。懸命に指を伸ばし、辛うじてそれをつかむ。鉄パイプのように細長い円柱型をした金属製の棒だった。テーブルの脚部だ。積み上げられた山から転がり落ちたときに破損したのだろう。

右手でその棒を握り締めたアスキラは、渾身《こんしん》の力でそれを男の顔に叩きつけた。

しかし、男は瞬きもしない。平然とアスキラの首を絞め続ける。

諦《あきら》めずにテーブルの脚で何度も男の顔を乱打する。やがて男のこめかみから血が流れ始めた。それでも男はなんのダメージも受けていないようだった。見開かれた男の目の奥にあるのは、憎悪を超えた虚ろな殺意だ。その目に総毛立つような恐怖を覚えた。手から力が抜け、テーブルの脚を取り落とす。

息ができない。次第に目の前が昏くなる。

何かが見えた――淡いピンク色の美しい花々、そして一度見たら決して忘れることのできない形をした白い山――

銃声がした。したように思った。

男の手から力が失われ、その体が自分の上に崩れ落ちた。

肺に酸素が送り込まれ、視界が徐々に戻ってきた。咳き込みながら男の体を自分の上から横にどかし、半身を起こす。

まだ朦朧とする頭を巡らせ、銃声のした方を見た。

床に身を横たえたまま、ＡＫ‐47を構えた津久田が弱々しく微笑んだ。

そこへ飛び込んできた朝比奈と梶谷が驚いて口々に叫ぶ。

「津久田！」「津久田2曹！」

室内の様子を一目見て、彼らはすぐに大体の状況を察したようだった。

「気がついたんですか、津久田2曹」

駆け寄った梶谷に、

「ああ……喉が渇いた、少し水をくれないか」

津久田の表情から彼が水を欲していると悟ったアスキラは、崩れたテーブルの奥に走り寄り、武器と一緒に隠してあった水のボトルを取り上げた。幸い割れてはいなかった。そして津久田の元に駆け戻ってボトルを彼の口許にあてがう。

津久田は水を少しだけ含み、片手でボトルを押しやった。

「もういい、俺は充分だ……残りは曹長に……」

津久田の視線は、廊下に面したドアの方に向けられていた。アスキラは梶谷達と同時にドアを振り返る。

全身砂まみれとなった友永が、由利の肩を借りてよろめきながら入ってくるところだった。

友永は無言のまま、水に向かって手を差し出す。どうやら話すこともできないようだ。

アスキラはすぐさま友永にボトルを渡す。

彼の身に何があったのか、一同には一目瞭然であった。

友永は屋外で敵と戦ったのだ。ハムシンの吹き荒れるまっただ中で。しかも、おそらくは格闘戦。想像を絶する苦闘であったに違いない。

ボトルを受け取った友永は、震える手でその飲み口をひび割れた唇の奥にねじ込む。自分の唇を開くことさえままならぬようだった。一気に呷《あお》ろうとして、激しく咽《む》せる。砂混じりの水が彼の口から吐き出された。アスキラは由利とともに左右から友永を支え、ゆっくりと水を飲ませた。

「すまない……助かったよ……」

ボトルの半分ほど飲んで、友永はようやく人心地を取り戻したようだった。

「大丈夫ですか」

朝比奈の問いに、友永ははっきりと頷いてみせ、

「それより、一体何があった……あの爆発は……」

朝比奈は二階で通信兵を発見し、無線機の奪取を試みたこと、そしてそれは成功したかに見えたが、敵兵は自分達をおびき寄せて手榴弾で自爆したことなどを報告した。続いて他の者達も、各自が遭遇した状況を順次手短に報告する。

「その爆発で俺は九死に一生を得て、アスキラと津久田は敵に発見されたというわけか。ツイてるのかツイてないのか分からんな」

皮肉な笑みを浮かべて、友永がそう呟いたときだった。

呪詛《じゅそ》のような言葉が切れ切れに聞こえてきた。

一同は反射的に武器を構えて声の方を振り返る。

津久田に撃たれて倒れていた野戦服の兵士だった。すでに死んでいると誰もが思い込んでいたが、まだ息があったのだ。

その目はどんよりと濁っている。死の淵《ふち》にあることは明らかだった。しかし男の口許には、勝ち誇ったような、あるいは哀れみのような笑みが浮かんでいた。

男はソマリ語で短い文言を言い残し、口を半開きにした状態でそれきり動かなくなった。

今度こそ完全に息絶えていた。

男の言い残した言葉に、アスキラは己の顔から血の気が失《う》せていくのを感じていた。

「どうした、こいつはなんて言ったんだ」

自分の動揺を察した友永が訊いてくる。

アスキラは、極力声の震えを抑えるよう努めながら、今耳にしたばかりのソマリ語を英語に訳した。

「『アル・シャバブの偉大なる指導者ギュバンが、精鋭部隊を率いて間もなく到着する。ワーズデーンの本隊もだ。おまえ達の命運はすでに決した』」

13

近年アル・カイダとの連携を強めつつあるソマリア最悪のイスラム武装組織アル・シャバブは、二〇〇四年ICU（イスラム法廷会議）の若手強硬派によって結成されたと云う。二〇一二年、ケニア軍を主力とするアフリカ連合部隊の攻撃により重要拠点であるキスマユを失ったが、以後はブラバなどの都市に拠点を移し、各地でテロ活動を活発化させている。その活動範囲はソマリア国内にとどまらず、二〇一三年ケニアの首都ナイロビでのショッピング・モール襲撃テロは世界中に衝撃を与えた。

また二〇一四年にはモガディシュでの暫定連邦政府議会襲撃に続き、ケニア南東部のムペケトニでホテルを攻撃し、ワールドカップ観戦中の市民多数を殺害した。

その最も過激な勢力を指揮すると言われる最高幹部の一人がハサン・ダヒル・ギュバンである。

一同は互いに蒼白になった顔を見合わせる。

アル・シャバブとワーズデーンが手を結んだ――村でコーベ長老から聞いたあの噂《うわさ》は本当

だったのだ。

アル・シャバブ精鋭部隊とワーズデーン本隊の連合軍。考えただけでも身の毛がよだつ。この敵に捕捉されたら、最早ジブチの活動拠点に生きて帰るすべはない。

「敵の偵察隊はすべて処理しました。すぐに街を出ましょう」

最初に口を開いたのは梶谷だった。

それに対し、朝比奈が諫《いさ》める。

「落ち着け。この砂嵐が収まるまでは移動なんかできるもんじゃない」

「さっきまでに比べるとハムシンはだいぶ弱まったようです。ピークは過ぎたんでしょう。この機を逃すべきではありません」

そう言われて全員が思い出したように耳を澄ませる。確かに風の音は一時に比べるとかなり小さくなっていた。建物の中は依然薄暗いままだが、それでも心なしか少しずつ明るさを取り戻しているようだ。

「早く出発しましょう。ぐずぐずしてるといつ敵の連合軍がやってくるか」

梶谷が繰り返す。

しかし友永は、まだ干涸びたような感触の残る舌で一語一語、発音に苦労しながら言い切った。

「だとしても、完全に収まるまで出発は到底不可能だ。この俺のありさまを見ろ」

　一挙に消耗し尽くしたような友永の風体に、梶谷もさすがに黙り込む。

「だが、梶谷の言うことにも一理ある。この機を逃すわけにはいかない」

「え、それは」

「まあ待て」

　矛盾だとでも言いかけたのであろう朝比奈を制してから、友永はボトルの水をもう一口含み、先を続けた。

「ハムシンが居座ってる間は、敵も攻めてこられない。すなわち、こっちに対抗策を用意する時間があるということだ」

「対抗策ですって」

　梶谷が呆れたように、

「こっちは全部で六人なんですよ。しかも津久田2曹は重傷だし、アスキラさんは女性だ。友永曹長だって満身創痍《そうい》の身じゃないですか。一体どんな策があるって言うんですか」

　それに対し、友永は埃の積もった床を見回した。靴跡に踏み荒らされていない一角を見つけて移動し、しゃがみ込んで指先で埃の上に図を描いた。

「いいか、この街には十字型に交差する形で東西南北に大通りが走っている。つまり街に入る大きな入口が東西南北に四つあるわけだ。もちろん街全体には路地が走っているが、車輛で進入できるのはこの二本の通りだけと言っていい。まず東西にある二か所の入口だが、左右に並ぶ建物をC－4で爆破し、瓦礫《がれき》で道をふさぐ。爆薬の量は足りるか、梶谷」

「ええ、それくらいならなんとか」

「よし。残る南北のうち、我々の来た方、すなわち追手が現われる可能性の高い南側に集中的に対戦車地雷を仕掛ける。ジブチとの国境に通じる北側にも仕掛けるが、我々だけに分かる目印を施す。地雷の存在を知った敵は、それ以上車輛での侵入をためらうだろう。同時に南口の周囲に分散した味方が歩兵に銃撃を加える。敵兵力を相当程度削《そ》いだ頃合いを見計らい、北口から離脱、一気に拠点を目指す」

「離脱するって、まさか徒歩じゃないでしょうね」

　梶谷が首を傾げる。

「当たり前だ」

「じゃあどうやって」

「敵の偵察隊が乗ってきたサニーを使う」

「曹長も言ってたじゃないですか。装備を考えるとあれに乗れるのは五人が限界です。もしや武器を全部捨てていくとでも」

「もう一人はガレージに残っていたバイクを使う」

「あれはガス欠です」

「サニーのタンクから分ける。拠点まではたった二〇キロだ。その間さえ保てばいい」

梶谷と他の面々が顔を輝かせる。

「なるほど、確かにあの車にはガスが充分残っていた。曹長、よく見てましたね」

全員がしばらく黙った。各々友永の作戦を頭の中で検討しているようだった。

「やりましょう」

背後から声がした。友永達は驚いて振り返る。

津久田だった。横倒しになったテーブルの残骸によりかかるようにして、半身で起き上がっている。

「自分はやります。見ての通り、あっちこっち動き回ることはできませんが、狙撃なら充分にできます。やらせて下さい」

津久田の面貌には、命を懸けた気迫のようなものが浮かんでいた。

「やりましょう、曹長。自分も賛成です」

朝比奈がきっぱりと言った。続いて由利も歩み出る。

「自分もやります。ホンダは自分に乗らせて下さい」

梶谷は由利に向き直り、いかにも不承不承といった口調で、

「待って下さい、ホンダに乗るんなら、その前に自分が見てみませんとね。なにしろ、長年放置されてたやつですから。少なくともバッテリーは確実に上がってる」

由利は無言で梶谷を見た。梶谷はなぜか苦い表情で視線を逸らす。

一瞬の不穏な空気を消し去ろうとするかのように、友永は一同に向かってまだかすれの残る声を張り上げた。

「持参した装備を残らず出せ。他に有効な作戦があれば、思いつきでもなんでもいいからすぐに提案しろ。敵の規模は果たしてどの程度なのか。我々は敵兵力について何も情報を持たない。だから最悪のパターンを想定して対処するしかない。いいか、やれるだけのことをやるんだ。時間がない。急げ」

すべての作業は、未だ完全に通過したわけではないハムシンの中で行なわなければならない。だいぶ勢いが弱まっているとは言え、極めて困難な状況に変わりはなかった。また、ハムシンが完全に止んでしまえば、時を移さず敵が殺到してくる。どちらにしても、あまりに過酷なプレッシャーであった。

ボロ布のマスクで口や鼻を何重にも覆い、朝比奈は安徽商城公司のビルを走り出た。砂嵐の中を一気に走り抜け、一番近くにあった木造のアパートに駆け込む。そこから小さい建物の内部を次々に通り抜け、街の東を目指して移動を開始した。

建物から別の建物に移るときは、短いながらも当然ハムシンの中を突っ切らねばならない。視界もある程度までは回復しているが、それでも普通に目を開けていられるものではない。しかもとんでもない高温の上に、全身の水分があっという間に吸い取られるかと思うほどに乾燥している。

友永曹長が屋外で敵と戦ったのは、ハムシンの猛威が最高潮に達していた頃だ。よく生きていたものだ――

朝比奈は友永の運と実力――いや、天命か――に改めて感嘆した。

東側の入口付近に到達。背中のザックから粘土状のC‐4爆薬を取り出し、通りの端にある三階建てのビルに仕掛け、コードを接続する。ついで砂嵐の中をよろめきながら向かいの並びに移動し、同様に爆薬を設置する。

十軒は離れた建物の陰に移動し、起爆装置のスイッチを押す。

向かい合わせのビルが同時に爆発し、瓦礫が崩れ落ちた。

粉塵と砂嵐のまにまに、通りがビルの残骸で埋まっていることを確認し、朝比奈は急いで踵を返した。やるべきことはいくらでもある。急がねば。

同時刻、友永は西口の建物を爆破した。最早車輛は通行できない。

風の中、歩き出そうとして立ち止まり、天を仰ぐ。依然として街は砂の渦に覆われているが、つい先刻の戦いを思えば大違いだった。

しかし、あの戦いはまだまだほんの序盤にすぎない。これから繰り広げられるであろう死闘を想いつつ、友永は足を速めて街の中心部へと引き返した。


建物伝いに日産サニーに接近した梶谷は、砂嵐の中、息を詰めて一気にサニーに駆け寄り、素早く運転席に乗り込んだ。ドアを閉め、息を吐き出す。車内は外以上の高温だったが、砂と風がないだけでも大違いで、天上の乗り心地とまではいかずとも、中古のサニーが最高級のリムジンに思えるほどだった。

差しっぱなしになっていたキーを回し、エンジンを始動させる。何度か咳き込んだ末、見事かかった。

まったく、日本車は大したもんだ――

作動を確認してからエンジンを切り、再び車外に出る。

体全体で覆うようにして極力砂が入り込まないように注意しながら、セダンの燃料を持参のホースでガソリン携行缶に移す。

本来ならバイクの置かれているガレージまで乗っていけばいいのだが、いくら弱まりつつあるとは言え砂嵐で視界のない中、運転していくのは不可能に近い。逆にバイクをここまで押してくることも考えたのだが、強風の中ではそれも困難だった。結局、サニーのガソリンだけを携行缶に移してバイクまで運ぶことにしたのである。一手間増えるが、やむを得ない。

携行缶を満タンにしても、サニーには拠点まで充分走行できるだけの燃料が残っている。サニーのフューエルキャップを閉め、携行缶を抱えて梶谷は目の前の建物に駆け込んだ。

建物から建物へと、屋内を通れるだけ通り抜け、ガレージに戻る。

生きるか死ぬかの作戦行動の最中である。よけいなことを考えている場合ではない。しかし梶谷は、胸の中にわだかまる思いを捨て去ることができなかった。

――梶谷？　おい、梶谷じゃないか。

あいつと再会したのは、板妻《いたづま》駐屯地に配属になって三日目のことだった。自分は整備班で、あいつは通信隊員だった。

――高塚か。懐かしいなあ、何年ぶりだろう。

――こんな所で会うとはなあ。おまえが入隊したなんてちっとも知らなかったよ。

――うん、俺、なにしろ自動車工場の次男だからなあ。工場は兄貴が継ぐってことになってたし、この不景気だろ、他の工場もぱっとしないし、だったらいっそと思ってさ。

――そうか、それにしても梶谷。

――なんだ。

――おまえ、昔に比べて、だいぶ太ったな。

――うるせえよ。

高塚とは小学校以来の幼馴染《おさななじ》みだった。どういうわけか気があって、よく一緒に遊んだ。遊び場はもっぱら工場裏手の廃品置き場で、遊具は放置された古タイヤだ。自動車の部品を勝手に持ち出してはよく親父に大目玉を食らったが、兄貴はしょうがねえなという顔で、二人の遊びを黙認してくれた。

公務員の家庭に育った高塚は、地元の公立中学へ進学する寸前に父親の転勤でどこか遠方へ引っ越して、以来音信は絶えていた。

思いもかけぬ再会に、入隊間もない自分と高塚はすぐに昔の友情を取り戻し、よく一緒に飲みに行くようになった。誰よりも親しかった旧友が、自分と同じく入隊していたという偶然が、無性に嬉しくてならなかった。

高塚は責任感が強く、理想家肌だった。裏方を好む自分とは違い、小学校でも学級委員を務めることが多かった。その性格がまるで変わっていないことは、再会後すぐに分かった。

同時に、なんとなく予感めいた不安を抱いた。

通信隊員として高塚は抜群に優秀だった。小学校の頃から彼が無線通信に興味を持ち、放送クラブに在籍していたことを思い出した。

——おまえ、ちっとも変わってねえなあ。相変わらず無線一筋か。

——おまえこそ相変わらず車いじりか。道理で油臭いと思ったよ。

旧友と軽口や冗談を叩き合える。もともと居心地のよかった職場が、さらに楽しい所となった。

ある日、高塚がいつになく真剣な顔で話しかけてきた。

——先週、隊を辞めた島畑《しまはた》2士、知ってるか。

——ああ、知ってるけど……

自分は語尾を濁した。その話題にはあまり触れたくなかった。

——あの人、先輩連中にたかられてたんだってよ。金を返してくれって言ったら寄ってたかって殴られてさ。上はみんな見て見ぬ振りだ。

自衛隊にもいじめはある。さらに醜い一面も。だが一介の隊員がどうこうできるような問題ではない。人間社会である限り、それはどこに行っても〈在る〉ものなのだ。

高塚の正義感がよくないことを招くのではないか。漠然とした予感ははっきりとした危惧《きぐ》に変わった。高塚のために、その危惧が杞憂に終わることを祈った。

間もなく高塚はその技量が認められ、かつての教官の推薦で木更津駐屯地に転属となった。せっかく再会できた旧友と会えなくなるのは寂しかったが、彼にとっては幸いだったと密かに胸を撫で下ろした。

転属後しばらくはお互い頻繁に連絡を取り合っていたが、電話での高塚の口調は次第に沈んだものとなっていき、やがて向こうからの連絡は途絶えた。

高塚が霞ヶ浦の基地業務小隊に飛ばされたと聞いたのはそれから半年後のことだった。通信隊一筋だった高塚が基地業務小隊とは。栄転でも昇進でもあり得ない。なんらかの懲罰であることは明らかだった。

そしてさらに半年後。高塚は隊舎の自室で首を吊って自殺した――

由利は自ら志願して南口に対戦車地雷を敷設《ふせつ》する役目を買って出た。アスキラが手伝うと言ったが、断った。地雷の扱いには慎重の上にも慎重を要する。何かミスでもあれば取り返しはつかないし、フォローもできない。そう告げるとアスキラは素直に引き下がった。

世界中の紛争地帯では、埋設されたまま放置された地雷によって毎年多くの民間人、特に子供が命を落としている。アフリカも例外ではない。アスキラも身近にそうした例を数限りなく見てきたはずだ。地雷という悪魔の遺産を嫌悪していないはずがない。にもかかわらず、自らが生き残るために地雷を使わなくてはならないというジレンマ。その内心は容易に想像できた。敷設の介助を断られて、彼女がどこかほっとしているように見えたのは自分の僻目《ひがめ》か。

吹き溜まった砂をかき分け、民家で見つけたアルミのカップを使い、硬い土に穴を掘る。そこへヒューズと雷管をセットした地雷を置き、安全装置を取り外す。後は土をかけて終わりだ。降り注ぐ砂がさらに発見を困難にしてくれるだろう。

ジブチへの派遣前、放置された地雷の解除方法についての講習があった。当然設置方法についても理解しておく必要があり、講習のテキストにも図解入りで記されていた。

万一自分や部隊が地雷原に迷い込んだらと、皆真剣に学ばざるを得なかったが、まさかそれがこういう形で役に立とうとは、テキストを作成した人物――誰だったか覚えていない――も想定していなかっただろう。

セオリー通りの間隔を開け、さらに数個の地雷をセットする。もともと広いとは言えない通りだ。ここから車輌で進入しようとすれば必ず引っ掛かるに違いない。一個でも起爆すれば、敵は心理的に車輌での進入を断念せざるを得なくなる。それこそが最大の狙いであった。

全身砂埃まみれとなってガレージに戻った梶谷は、持ち帰った携行缶からガソリンをホンダＦＴＲに移し替えた。各部の点検は済ませてある。とりあえず大きな異状や破損は見当たらなかったし、この場でできる限りの手入れも行なった。バッテリーももちろん新品と交換したが、長時間放置されていたものなので電力は当然低下している。エンジンを始動させるだけの電力がぎりぎり残っていればいいのだが、さて、どうなるか――

シートに跨《また》がって、アクセルをふかす。だがエンジンがかからない。何度やっても同じだった。

自分の整備に見落としはないはずだ。

やはりバッテリーか――

急に焦りを感じる。このバイクが使えなければ、脱出計画に支障が出るのは避けられない。エンジンの押しがけという手もあるが、地形的な問題や現在の状況を考えると実行は難しい。

「どいてみろ」

背後で不意に声がした。

由利1曹だった。路地に面した奥のドアから入ってきたのだ。

梶谷は無言でバイクから降り、やれるもんならやってみろという挑発的な思いを込めて由利を睨む。

その視線を真っ向から受け止めつつ、全身の砂を払いながらバイクに歩み寄った由利は、長い足でひらりと跨がると、おもむろにアクセルをふかし始めた。

たちまち勢いよくエンジンが始動する。己にふさわしい騎手を得て目覚めた白馬のように。

驚いたな――

まるで魔法を見ているようだと思ったが、口には出さなかった。代わりに別の言葉が出た。

「さすがは神奈川魔神連合の由利ですね」

由利は無言でエンジンを止めた。

しばしの沈黙ののち、彼は顔を伏せたまま言った。

「知っていると思ったよ」

「それだけじゃありません、知ってることは」

言うな、相手は上官だ、それ以上は言ってはならない――

「あんたは、あんた達は高塚を殺した」

確かに自衛官の自殺率は、公務員の中でも飛び抜けて高い。しかしあの高塚が、あれほど強かった男が、滅多なことで自殺などするはずはない。もし本当に自殺だったとしたら、何かよほどの事情があったはずだ。

そう考えた梶谷は、あらゆる伝手《つて》を頼って事情を調べようとした。しかし何も手掛かりが得られなかったばかりか、上司からそれとなく釘を刺された。

――おまえも隊のメシ食ってんだ、それくらい察しろよ。

――え、どういうことですか。

――だからあんまり関わるなってことさ。俺はおまえのためを思って言ってんだ。そりゃあツレをなくした気持ちは分かる。でも世の中にはどうしようもないことだってあるんだよ。さっさと忘れちまえ。

それで大体の察しはついた。だが、上司の助言通りに忘れることはできなかった。

習志野の空挺団に転属となってからも、他人に悟られないよう情報収集を続けた結果、ある退官間際の1士がこっそりと教えてくれた。

――あいつはな、木更津で内部告発をしようとしてたんだ。詳しい内容は知らないよ。どっちにしても、幹部の収賄とか、裏金作りのカラ出張とか、パワハラとかセクハラとか、まあそんなとこだろ。よくある話だ。例の特定秘密保護法以来、ただでさえ内部告発者はすぐに目を付けられるようになってる。ともかく奴はそれで霞ヶ浦の業務小隊に飛ばされた。あれこれと手を尽くして自発的に辞めるように仕向けたんだな。ところが奴は意外にしぶとくてなかなか辞めない。そこで、警務隊が盗みの濡れ衣《ぎぬ》を着せて毎日呼び出してはいびり抜いたってわけだ――

ホンダから降り立った由利が静かに言った。

「それも知っていると思ったよ」

その、いかにも腑《ふ》に落ちたと言わんばかりの顔が腹立たしかった。

元警務隊の変わり種が習志野に配属されたと聞いたとき、梶谷は嫌な予感を覚えた。その予感の通り、新たにやってきた曹の名は由利和馬――高塚が自殺した当時、霞ヶ浦の警務隊にいた当事者の一人だった。

「で、どうする」

逆に由利が尋ねてきた。依然として静かな口調。

どうもできない。どうしようもない。たとえ何かができたとしても。

よりによってこんな時に、こんな局面で。

何も答えず、顔を背けるようにして表に出た。ほとんど止みかけている風の中を、安徽商城公司に向かって歩きながら、駆け戻って由利の顔を見てやりたいと思った。大声で罵倒してやりたいとも思った。しかし、意志に反して両足は速度を増し、ガレージから離れていった。

街の中央に位置する二本の通りの交差点から、南へ一〇〇メートルほどの場所に、七階建てのビルがあった。街で最も高い建物である。

入口には英語で［CLUB TOWER］と記されていた。どういう意図やセンスに基づくネーミングなのかさっぱり分からない。おそらく命名した本人にも分かっていなかったのではないか。

エレベーターが設置されているが、電気が来ていないためもちろん止まったままである。

朝比奈とアスキラに両脇を抱えられ、津久田は一歩ずつ階段を上っていった。

取り替えたばかりの包帯——実は放置されていたカーテンの切れ端——は、すでに沁み出てきた血で濡れ始めている。

「大丈夫か」

朝比奈が心配そうに訊いてくる。

「はい」

できるだけ明るい声でそう答えるのが精一杯だった。しかし武道に通じた朝比奈1曹には、そんな痩せ我慢などとっくに見抜かれているような気がしてならなかった。見抜いていながら、あえて自分の覚悟を尊重してくれている。自分の知る朝比奈満雄とはそういう男だ。

屋上に到達したときには、風はすでに止んでいた。ハムシンは完全に去ったのだ。

見渡す限り、街は茶色い砂に覆われていた。朝比奈1曹の話では、この街に着いてから二時間と少しが経つらしい。その間に、街の光景は一変したに違いない。だがそれも、アフリカの過酷な自然の中ではごくありふれたことなのだろう。

屋上にはフェンスや落下防止柵のようなものはなく、端には三〇センチほどの出っ張りが巡らされているだけである。

「そこ……そこにお願いします」

通りの南端を見渡せる位置を指差し、そこで降ろしてもらう。SVDドラグノフ狙撃銃を構えて腹這いになり、しばらくポジショニングを確認する。

「うん、最高のポジションです。ありがとうございました」

「そうか」

朝比奈は担いでいたアーミーザックを下ろし、津久田の横に置く。

「自分達はこのビルの近くに分散してできるだけ掩護する。脱出前には必ず回収に来るから心配するな」

「無茶はしないで下さいよ」

「それはこっちの台詞《せりふ》だ」

朝比奈は苦笑して、

「ここまで来たんだ。お互い生きて帰ろうじゃないか」

「はい」

「じゃあな」

階段の方へと引き返す朝比奈とアスキラの背中を見送り、津久田はザックの中の装備を自分の周囲に並べ始めた。

7・62㎜×54R弾薬の箱形弾倉をありったけ。それにトカレフ三挺とコルト・ガバメント一挺。最後に、小型携帯無線機。ドラグノフや他の武器と同じく、村で敵兵から奪取したものだという。

腹の傷を気にしながら、左肘を機関部の下に入れ、腹這いになってPSO－1を覗く。4×24倍率の光学式スコープである。円形のサイトの中で、照準線左斜め下に延びる数字入りの線は距離計になっている。

ライフルの床尾を右肩に押しつけ、街のあちこちを見回してみる。砂に埋もれてどこもかしこも同じように見えるのが不利と言えば不利だった。偶然手に入った武器なので、当然ながら調整はまだ何も施されていない。

通りの南端までおよそ二〇〇メートル。ドラグノフは遠距離の精密狙撃能力よりも、市街地における近距離速射性を優先した構造になっているから、この状況下では最適と言えた。

実射の前に四、五回空撃ちして引き金の具合を確認する。強さも遊びの程度も手頃であった。

気象条件は曇でほぼ無風。光量は乏しいが問題はない。温度は極めて高く、乾燥している。熱せられた空気は、冷たい空気より密度が低く、抵抗も少ないので、弾はより高く飛翔する。そのため狙撃ポイントは低めに設定する必要がある。

街角の煉瓦塀にペンキで描かれた、お世辞にも上手いとは言えないピエロの壁画が見えた。大きさはほぼ等身大に近い。

エレベーション・タレットを調整し、ピエロの鼻を試し撃ちの狙点に定めた。落ち着いて狙撃時の呼吸に移行する。通常の呼吸では胸筋の拡張と収縮によって狙撃に微妙な誤差が生じるからだ。吸い込んだ息の一部を静かに吐き、そのまま息を詰めた状態で狙いをつけ、引き金を絞ると同時に残りの息を吐く。

着弾点がやはり高い。さらに何発か撃ちながら各部を調整する。徐々に勘が戻ってくる。体に染みついた訓練の通り手指がスムーズに動き、全身の細胞と精神が躍動し始める。

狙点と着弾点が一致し、ピエロの鼻に弾痕が穿たれた。

今、ドラグノフは自分の体の一部と化し、その火線は自分の闘志の延長上にある。もう何も怖れはない。

自らを制御する克己心《こっきしん》は、狙撃手にとって最も必要な資質である。自衛官である自分は、もちろん実戦の経験などないが、それでも習志野で一、二を争う射撃手であるという自負があった。しかし、それは実体のない幻想でしかなかった。真実の己は誰よりも脆く、情けなかった。自分で自分を、まるで抑えられなかった。

市ノ瀬1士。それに新開曹長。

自分がもっと早く己の心を制御できていれば、彼らを死なせずに済んだかもしれない。オアシスの村で撃たれた女の子も。あの子は自分の目の前で死んだ。あまりにも呆気なく。

優奈――

娘を抱く資格がないのは、血に濡れた手ではない。仲間の危機に対して何もできなかった臆病者の手だ。

自分は自分の責任を果たす。失った誇りを、自分は今ここで取り返す。

そして必ず日本へ帰る。妻と娘の待つ日本へ。

〈友永より各員へ。さっき避難していた中国系企業ビル一階中央の倉庫へ集合せよ〉

隊員達とアスキラの所持する小型無線機に友永から通信が入った。日本語で、しかもコードネームも何も使っていない。傍受されている可能性は大いにあったが、構っていられるような状況ではなかった。どうせ敵はこちらの位置を知っている。且つ、日本語が分かる者は一人もいないだろうという根拠のない推測に基づく、大胆とも自棄《じき》とも言える行為であった。敵連合軍に位置を知られたと分かったときから、互いに連絡を取り合う際はこれを使おうと申し合わせていたのだ。

命令に従い、安徽商城公司に再び集合した一同は、一階倉庫の中央にある四角い穴を覗き込んだ。由利が戦闘中に発見したものである。

手にしたライターのＬＥＤ光で由利が穴の中を照らす。仰向けに倒れている民兵の死体が穴の底に浮かび上がった。

深さは目測で二メートルばかりであった。ＬＥＤでさらに内部の様子を探る。四方をコンクリートに囲まれた、ただの四角い空間だった。広さは上部の倉庫の半分くらいだろうか。由利に胸を撃ち抜かれた死体の他に、中には埃を被った木製の脚立や踏み台が転がっていた。やはり何かの倉庫のようだ。

友永は中に飛び降り、脚立を開いて立て、それを上って一階に戻る。そして倉庫の周囲を見回してから言った。

「倉庫内部と、ここに至る主な通路にクレイモアを仕掛ける」

「なるほど、敵をおびき寄せて一挙に、というわけですか」

梶谷はすぐに作戦を察したらしく、顎をさすりながら、

「確かクレイモアは全部で六個でした。いけると思います。配置場所は任せて下さい。一番効果的なのを考えます」

梶谷のプランに従い、アスキラを除く一同は手分けして各所でM18A1クレイモア対人地雷の設置にかかった。電気起爆装置の回路テストを行なっている余裕はない。第一、テスト器具もコードもなかった。

下部にある二対の脚を広げ、梶谷の指示通りの角度を向くよう慎重に調整する。仕掛けたクレイモアの上に、倉庫内に捨てられていた麻袋を被せて覆い隠す。起爆装置までのコードは同じく廃品の板切れやシートで大雑把に隠し、さらにハムシンによって屋内に吹き込んだ砂をまぶしてカモフラージュする。作戦にはそれで充分だった。

すべての設置が終わったことを点検し、友永は呟いた。

「人事を尽くして天命を待つ——吉松3尉のよく言っておられた言葉だ」

そのとき、腰に下げた無線機に入電があった。

狙撃位置に就いた津久田からだった。

〈敵大部隊が全方位から接近中。予想を大幅に上回る数です〉

北側に近い六階建てのビルに駆け上がった友永達は、街を取り囲むように接近する砂埃に愕然と立ちすくんだ。

ハムシンのような天空まで貫くような壮大さはないが、まったく別種の恐怖を伴う危険の証しであった。

屋上から周囲を見回した友永は、人事などいくら尽くしても到底及ばぬ天命の悪意を思い知った。

多すぎる——

予想した南側だけでなく、北側も数多くの車輌で包囲されている。車種は様々で、軍用の装甲車もあれば、ありふれたセダンもある。それらが合わせて何人の兵を乗せているのか、想像もつかない。すべてが圧倒的だった。

クレイモアは装甲の薄い車輛に対しても有効である。街の外周に沿って設置すべきであったかと一瞬悔やんだが、すぐに思い直した。どのみち六個では話にもならない。

「どうするんですか、曹長！」「友永曹長！」

隊員達が口々に訊いてくる。

頭の中が混乱してすぐには答えられなかった。これだけの兵力なら、たとえ車輛が通れなくても、周囲の路地から歩兵がいくらでも雪崩れ込んでくる。たちまちなぶり殺しにされることは自明であった。

「アブディワリ！」

双眼鏡を覗いていたアスキラが叫んだ。

振り返った友永に、アスキラは通りの北側を指差して叫んだ。

「見て下さい。黒いバンの前です」

双眼鏡を受け取り、北口の方を見る。

通りをふさぐように停止した車輌の中に、一台の黒いバンがあった。その前に、二人の男が立っている。

「赤いベレー帽を被った男が見えますか。鼻の潰れた大男です」

「ああ」

「あれがワーズデーンのリーダーで、アブディワリという男です。私の目の前で何十人もの女性や子供を殺しました」

アスキラの声ははっきりと分かるほどに震えていた。

双眼鏡が捉えたもう一人の男は、野戦服を着込み、頭部にカーキのシュマーグ（アラブスカーフ）を巻いていた。

その顔には見覚えがあった。定期的に更新される現地情報の隊内資料に、毎回必ず写真が掲載されている男――ハサン・ダヒル・ギュバン。

二人は整列した兵達に、檄《げき》を飛ばすような勢いで何事かを命じている。シュマーグを巻いた野戦服の兵士はアル・シャバブの戦闘員で、半裸を含む様々な服装の男達はワーズデーンの民兵だろう。

「見ろ。悪魔の二人組ってところだ」

友永は部下達にも双眼鏡を回し、アブディワリとギュバンの顔を確認させた。

「なるほど、大した悪党面《ヅラ》ですな」

そう言って朝比奈は由利に、由利は梶谷に双眼鏡を渡す。

「バンの中にでかい無線機が見えます。あの黒いバンが奴らの指揮車輛のようですね」

双眼鏡を覗きながら梶谷が言う。

友永は決断した。何かを躊躇していたら死ぬ。それだけは確信できた。

「作戦変更だ。ただちに撤退する」

振り返った部下達に、決然と告げた。

「敵は包囲を完了したばかりだ。まだ街には入っていない。進入を開始した車輛が地雷を踏んだときが唯一のチャンスだ。その混乱に乗じてＲＰＧを使い、北口を強行突破。敵もまさか、自分達の指揮車輛の方へ突っ込んでくるとは思っていないだろう。その心理の隙を衝く。

「一か八か、それしかない」

ビルを駆け降りた一同は、用心して表通りには姿を晒さず、密集する建物内や路地伝いに移動した。

その途中で三手に分かれる。由利はホンダを隠してあるガレージへ、朝比奈と梶谷は津久田を回収するためクラブタワーの屋上に向かった。

ＲＰＧ-７を背負った友永はアスキラとともに、南口を遠望できるカフェの二階に陣取り、テラスの内側に身を潜めて表の様子を窺う。

すぐに進入が始まった。旧ソ連製の装甲兵員輸送車ＢＴＲ-40を先頭に、なんの統一性もない様々な車輌が大通りを進撃する。中古のセダン、軽トラック、ランドクルーザー。いずれも殺気だった兵士達を満載していた。

友永は息詰まる思いでそれを見つめる。

よし、そのままだ――そのまま行け――

先頭のＢＴＲ-40が、突如爆炎を上げ、次いで濛々《もうもう》たる黒煙に包まれた。狙い通りＭ15対戦車地雷を踏んでくれた。

後続の車輌が一斉に停止する。

「よし、今だ」

友永とアスキラはカフェの二階から階下に下り、厨房の勝手口から路地伝いに日産サニーに向かう。

曲がりくねった路地を抜けると、表通りに停車したままのサニーが見えた。

あれに飛び乗って朝比奈達を回収し、ホンダに乗った由利とともに北口を突破するのだ
——

そのとき、友永はごく低空から大気を擦りながら急速に接近してくる摩擦音を聞いたように思った。

「待て！」

アスキラを制止するのと同時に、噴射炎を曳《ひ》いてまっすぐに飛来したRPGのPG－7弾頭がサニーを直撃した。

目の前で爆発、炎上するサニー。その残骸を呆然と見つめながら、友永は思慮の浅い己の作戦が根底から覆《くつがえ》ったことを悟った。

第四章　花

14

サニーの残骸から立ち昇る炎を通して、建物伝いに接近してくる歩兵の群れが見えた。その多くがＲＰＧでこちらを狙っている。

そして複数の発射音。あまりの恐怖にそれまでの酷暑が一瞬で冷気に変わる。考えている余裕などなかった。アスキラの手を取って走り出すと同時に、背後で爆発が起こった。衝撃に足がよろめき、凄まじい爆風と熱が背中を炙る。

アスキラを連れ、地雷の仕掛けられていない通りの端を必死に走る。ＰＧ－７弾頭が次々に着弾し、建ち並ぶ店舗を片端から吹っ飛ばす。飛散した細かい破片が超高速で横殴りに吹きつける霰《あられ》のように全身を絶え間なく打った。着弾の死線に追いつかれたら確実に終わる。死神の指先はもううなじの毛先に触れんばかりの所にまで迫っていた。

銃声がした。立て続けに三発。

走りながら振り返る。ＲＰＧを構えていた敵兵が三人、血飛沫を上げて倒れるのが見えた。

狙撃――津久田だ――

クラブタワーに陣取った津久田が掩護してくれているのだ。

さらに銃声が三回。三人の射手がRPGとともに次々と絶命する。

最高、いや、神業と称すべき狙撃だった。疑いようもなく津久田は完全に復調を遂げている。

友永は内心に快哉《かいさい》を叫んだ——見たか、これが津久田宗一の、習志野第1空挺の実力だ。

追手の兵達が一斉に後退し、あちこちに身を隠す。

それでも黒煙の合間から躍り出た一人の兵が、RPG-7の引き金に指をかけた。その瞬間銃声が轟き、胸部を撃ち抜かれた兵が仰向けに倒れる。後ろ向きに地に転がったRPGから、PG-7弾頭が発射された。巨大なネズミ花火の如く地を這うように一〇メートルの距離を直進してから、ロケットブースターが点火。凄まじい速度で地表を走った弾頭はアル・シャバブの兵士達が隠れる装甲車に激突、これを破壊した。

その爆発に巻き込まれた十人以上の敵兵が物言わぬ物体となって投げ出される。

前方に向き直った友永は、路地への曲がり角を見出した。

「あそこだ」

声に出して言うまでもなかった。後に続くアスキラとともに路地へ入る。振り返ると、二発のPG-7弾頭が白い噴射炎を上げて直進するのが建物の合間に見えた。

止まらずに走る。路地の入口に当たる角の店が爆発した。その向かいの店も。

敵は次々とRPGを撃ち込んでくる。街ごと自分達を消滅させるつもりなのか。


クラブタワーの屋上から、津久田は淡々と狙撃を続ける。腹這いになった姿勢のまま、RPGを持った兵を片端から狙い撃ちにし、無力化していく。コンマ一秒の遅れも許されない。他のいかなるミスも。仕損じたら友永曹長が死ぬ。

命に代えても、仲間をこれ以上死なせはしない――

鏡のように凍《い》てついた湖をイメージする。水面は決して波立たない。ただ静寂だけが支配する世界。心を平静に保ち、極限まで集中する。これまでの訓練で積み上げてきた成果を、自分の持つ資質を、最大限に発揮するのだ。それが自分の任務である。人として、今日まで家族や仲間とともに生きてきた自分の。

静かに、そして正確なリズムで浅く息を吸う。照準器の中で、十字線が真下へ――12時から6時へとわずかに下がる。肘は正しく銃身を支えている。姿勢に狂いはない。息を止めて狙いを定め、指先と第二関節の間の一点で引き金を絞る。標的が倒れる。息を吐き、間髪を容《い》れず銃口を次の標的へ。そしてまた次へ。

友永曹長とアスキラは路地に駆け込んで見えなくなった。

だが安心はできない。無差別攻撃と言ってもいいくらい、敵はRPGを撃ちまくっている。問答無用でこちらを駆り出す――いや、殲滅《せんめつ》する気だ。

集中砲火を浴びた家屋が眼下で次々に倒壊していく。友永曹長らが巻き込まれていなければいいのだが。

仲間の身を案じつつも、手先は無駄なく冷静に動いて弾倉を交換する。

できればこちらの位置を悟られる前に視認できる範囲の敵兵だけでもすべて片付けたかったが、最早それは無理と悟った。周囲には似たようなビルが幾棟も建っているが、この場所から自力で移動できない以上、いずれ発見されることは避けられない。狙撃位置を知られればRPGの集中砲火を浴びることになるのは目に見えている。だがそれは覚悟の上である。

向こうがこちらを見つけるまでに、どれだけの敵兵を処理できるか。いずれにしても精神力の勝負だ。

脇腹の傷口が開いて出血している。照準器から目を離すことはないが、包帯代わりの布は赤く染まっていることだろう。苦痛に気を取られてはならない。頭の中で痛みの回線を遮断する。狙撃以外のすべてを頭から閉め出す。

全身はすでにドラグノフと一体化している。銃口から撃ち出される銃弾は自分の爪だ。狙った獲物をすべて引き裂く。地上のどんな獣よりも早く、正確に。

RPGの砲火に追われ、友永はアスキラとともに死にもの狂いで砂の吹き溜まった路地を駆けた。角を何度か曲がると、爆発音がようやく途絶えた。さすがに敵もこちらをロストしたのだ。

今頃敵は狙撃兵の位置を特定しようと躍起になっているはずだ。発見された瞬間に津久田の命は砲弾とともに吹き飛ぶ。

状況は一瞬で変転した。今度はなんとしてでも自分達が敵の注意を引きつけねば。そして可能な限り敵兵力を削ぎつつ、脱出を強行する。

車輌での進入を断念した敵の歩兵が、時を移さず全方位から建物伝いに雪崩れ込んでくるのは間違いない。それもこちらが逃げられないよう街の周囲を固めつつ。このままでは津久田だけでなく、全員が発見されるのは時間の問題だ。

友永は荒い息をつきながら足を止め、無線機を取り出した。

「こちら友永、サニーが爆破された。作戦を変更する。例の地下倉庫を使う。十五分後。各員の進入経路は打ち合わせの通り。繰り返す。十五分後に地下倉庫へ」

すぐに応答があった。

〈朝比奈1曹、了解。梶谷士長とともに倉庫へ移動します〉

〈由利1曹、作戦了解〉

どちらも、脱出作戦が水泡に帰したことへのショックが声に表われていた。当然の反応だ。自分自身さえ、動揺から完全に立ち直っているかどうか疑わしい。

津久田からの応答はない。傷口からの出血で再び意識を失った可能性もあるが、そうした悪い考えは努めて頭の中から振り払う。

「こちら友永。聞こえるか、津久田2曹」

応答があった。

〈こちら津久田。感度良好〉

「作戦は聞こえたな。倉庫で敵歩兵部隊を叩いたのち速やかに回収に向かう。それまでなんとか持ち堪《こた》えてくれ」

〈津久田、了解。狙撃を続行します〉

通信は切れた。津久田の声には苦痛を押し隠しているような息遣いが感じられた。やはり傷口が開いているのだろう。詳しい容態までは分からないが、一刻を争う状況であることに変わりはない。

友永はアスキラを振り返り、英語で作戦の変更を伝えた。

「あの倉庫を使うプランだ。覚えているな」

一瞬の間をおいて、アスキラは言った。

「ここで二手に分かれましょう。あのプランなら、陽動は一人でも多い方がいい」

「危険だ。ここで君に万一のことがあれば、仲間の死がまったくの無意味になる」

「分かっています」

アスキラは決然と顔を上げる。

「そのためにも言っているのです。ここで死ぬわけにはいかない。私も、あなたも。他のみんなも。だから、お願いです、私を信頼して下さい」

友永はオアシスの村で朝比奈が感嘆したというアスキラの果敢な行動を思い出した。彼女ならやれるかもしれない。それも誰よりも上手く。

「分かった。俺は北西のブロックを回る。君は南東だ」

歓喜とも覚悟とも見える微笑みを残し、アスキラは駆け去った。その後ろ姿を見送って、友永は反対方向へと走り出す。

今はただ信じよう。そんな気になれた。アスキラの笑みはそれほどまでに素朴な力を持っていた。

クラブタワーの屋上で、津久田は腹這いになった体勢のまま荒い息を吐いて無線機を置いた。

無線機は手の届く範囲に置いてあったが、狙撃に追われ、すぐに応答する余裕はなかった。再びドラグノフを構え、呼吸を整える。一旦途切れた緊張を取り戻すのは通常時でも容易ではないが、気力を振り絞って集中し、氷の世界へと舞い戻る。

遮断したつもりの神経を伝って傷の痛みがじわじわと全身に広がっている。手を伸ばして無線機を取り上げたとき、腹の下に血溜まりができているのが目に入った。だが気にしてはいられない。今は痛みに耐えて集中力を維持するだけで精一杯だった。

ＲＰＧを携行した敵。このビルに接近しようとする敵。それらを確実に仕留めていく。自分は、ここからできる限り味方を掩護するだけだ。

自分の居場所が敵に発見されるのが先か。それとも仲間が助けに来てくれるのが先か。またそれまで自分が保つかどうか。刻々と流れ出る血とともに、残る力のすべてが熱く灼《や》けたコンクリートの上に際限なく溶け広がっていくようだった。

友永曹長からの連絡を受け、朝比奈は思わず梶谷と顔を見合わせた。

最初の爆発音が地雷を踏んだ敵車輛のものであることは確認していた。しかしその次に聞こえた爆発音が、希望の光とも思えたサニーのものだったとは。ただでさえ最悪だった状況がさらに絶望的となったことを理解する。

アフリカの大地に宿る精霊は、遠い東の国からやって来た異邦人がとことん気に入らぬらしい。

「朝比奈1曹……」

こちらを見る梶谷の顔は蒼白になっていた。

「動揺するな。落ち着いて作戦を遂行するんだ」

「はい」

「手筈通り俺は南西を回っていく。梶谷、おまえは倉庫へ直行しろ」

「はっ、倉庫へ直行します」

復唱して梶谷が去る。朝比奈はその場にとどまり、PKM機関銃の残弾を確かめた。弾帯にはもうあまり弾は残っていなかった。腰にはマカロフ拳銃があるが、PKMに比べるとだいぶ心細い。

津久田と梶谷以外の全員が囮《おとり》となって敵を一か所に集める〈倉庫の作戦〉。できれば実行せずに済ませたかった危険な賭けだ。しかし最悪をはるかに通り越した現在の状況下では他に手はない。

これは時間との戦いでもある。一秒を争う戦いの意味に、変転する戦況に、気づくのが遅れた方が死ぬ。

密集した民家の一軒に入り込み、建物伝いに南口に接近する。台所から居間、居間から寝室、寝室の窓から隣の家の寝室、廊下を抜けてまた台所へ。

やがて南口に近い二階建ての家に到達した朝比奈は、階段を駆け上がり、開いていた窓の陰に身を隠して気づかれぬよう通りを見渡す。

地雷を踏んで大破した兵員輸送車の残骸が見えた。まだぶすぶすと燻《くすぶ》りながら黒煙を上げている。後続の車輛部隊は依然動けぬままであった。案の定だ。

RPGを抱えて黒煙の向こうから現われた兵が、頭上を見上げながら建物に身を寄せるようにして移動していく。突然先頭にいた兵が額に弾痕を穿たれてばたりと倒れる。その後ろにいた兵も。そしてさらにその後ろの兵も。

津久田による狙撃だ。

あれだけの傷を負いながら――

その正確さ、迅速さに朝比奈は舌を巻く。訓練時以上の腕前であった。

敵兵は口々に悲鳴を上げながら分散し、あちこちに身を隠す。放置された廃車の陰に身を隠した兵士の一人が、腰を屈めRPGの弾頭をクラブタワーの方に向けるのが見えた。狙撃位置に気づいたのだ。

すかさずＰＫＭ機関銃で撃つ。敵兵はＲＰＧの引き金を引く前に絶命した。弾の尽きたＰＫＭを放り出し、朝比奈は即座に移動する。ぐずぐずしていたら擲弾はこっちに飛んでくる。背後に敵兵達の怒鳴り声が聞こえた。それでいい。一人でも多くの敵を引きつけるのが自分達の狙いだ。

背後に着弾。轟音と爆風。飛来した無数の破片が背中を叩くが、振り返る余裕はない。


朝比奈と別れ、街の東側に向かった梶谷は、ＲＰＧの砲火で破壊し尽くされた一角に行き当たった。

瓦礫の山に沿って進んでいたが、意味不明の怒鳴り声を耳にして立ち止まった。倒壊を免れたコンクリート塀の陰に身を隠して様子を窺う。

少し離れた瓦礫の横で士官らしき男が叫んでいる。しきりとクラブタワーのある方向を指差していた。ＲＰＧを抱えた三人の兵が飛び出して一斉に狙いを定める。

まずい――

コンクリート塀から飛び出した梶谷は、夢中で積み重なった瓦礫の上に駆け上がり、日本語で叫んだ。

「おい、どこを狙ってやがる！」

振り返った三人とその上官を、ＰＫＭで掃射する。四人は鮮血にまみれて沈黙した。

だがその銃声に引き寄せられるように、別の方向から新手の兵士達が駆けつけてきた。手にしたウージー短機関銃をこちらに向けて乱射する。

周辺の瓦礫がたちまち孔だらけとなった。寸前に飛び降りた梶谷は、コンクリート塀に身を隠し全力で走る。

敵は最初、瓦礫の山に這い上がってこちらへ直行しようとしていたが、すぐに無理であると悟ったらしく引き返した。大回りして追ってくるつもりだろう。

梶谷は焦った。自分は囮役ではない。早く逃げなければ追いつかれてしまう。

瓦礫の山と化した一角の東端に到着。表通りを挟んで向かいにはまた無人の家屋が連なっている。

すぐに飛び出そうとしたが、寸前で躊躇した。今飛び出せば、視界を遮ることのない瓦礫の一角を通して自分の姿は表通りから丸見えになってしまう。かと言って、ぐずぐずしていたらさっきの新手に見つかってしまう。

迷った末、運を天に任せる思いで飛び出した。

道を横切るのに要する時間はせいぜい五秒。その五秒間だけ見つからなければいいのだ。

道の中程まで達したとき、目指す向かいの民家のドアが開いて二人の敵兵が黒い顔を出した。

体が瞬時に凝固したようだった。すべての思考が停止する。

相手も驚いたようだったが、すぐに手にしたSKSセミオート・カービンの銃口を向けてくる。こちらもPKMを構えようとしたが間に合わなかった。

眼前の二人が何事か叫んだ。ソマリ語で銃を捨てろとでも言っているらしい。

さらに、背後から別の一隊が接近してくるのが分かった。先ほどの追手だ。

俺の悪運もこの辺で弾切れか――

そんな考えが頭をよぎったとき、目の前の二人が相次いで頭部を撃ち抜かれて倒れた。

津久田だ――

同時に背後を振り返り、迫りつつあった一隊をPKMで掃射する。

顔を上げると、RPGの集中砲火で障害物のなくなった空間の向こうにクラブタワーが見えた。

さっと手を上げて津久田に礼を伝え、梶谷は民家の合間に駆け込んだ。

北東のブロックに到達した由利は民家の一室で耳を澄ませた。街のあちこちからRPGの発射音と爆発音が聞こえてくる。津久田は無事でいるだろうか。また他のみんなは。

ＡＫ－47を構えたまま、腰に下げた二個のＭＫ３攻撃手榴弾に視線を落とす。オアシスの村で敵から奪取した武器だ。得られた装備は各人がそれぞれ携行することになったが、由利は特に考えもなく手榴弾を手に取っていた。

いざというときは、こいつで――

こいつで何をする？　その先が分からない。自分で自分の考えが分からない。いや、その先を考えることを自分の中の何かが押しとどめている。

自分の中の何か。そいつの名は知っている。〈未練〉だ。

民家を出て小走りに路地を進む。複雑に入り組んだ小径《こみち》を抜けると、街の外周に面した建物が並んでいた。その中に、縦半分が破壊され、内部が剝き出しになったアパートを見つけた。倒壊せずに立っているのが不思議なくらいだった。

内部に入り込み、辛うじて原形を保っていた階段を上って三階の窓から外を見下ろす。

表通りの入口周辺では大勢の車輛が立ち往生していた。地雷のため街に進入できずにいるのだ。

そこへさらに、一台の軽トラックがやって来た。周辺に散らばっていた兵士達が一斉に集まってくる。軽トラックの荷台にはＲＰＧが積まれていた。待ちかねたように兵士達が我先にRPGへ手を伸ばす。

しめた――

絶好の機会に己の内なる〈未練〉が騒ぐ。今だ、今あれを使ってしまえと。

手榴弾を取ってピンを抜き、軽トラックの荷台に向かって放り投げる。後は見届ける必要もなかった。急いでその場から離脱する。

廊下を走り、階段へ。

爆発の轟音と衝撃にアパートが大きく揺れる。もともと半壊状態だったアパートがいちどきに崩れ始めた。階段を駆け下りている途中であった由利は、バランスを失って足を踏み外しそうになった。辛うじて踏みこたえる。最早階段を下っている余裕はない。思い切って足許の段を蹴り、できるだけ遠くへ跳んだ。地に転がった由利のすぐ間近に、倒壊したアパートの壁が落下してくる。

呻きながら立ち上がる。危ないところだった。跳躍するのが数秒遅ければ倒壊に巻き込まれていたし、それを逃れたとしても落下してきた瓦礫の下敷きになっていたことだろう。

舞い上がる粉塵の向こうから兵士達の怒号が聞こえてきた。急いで目の前にあった民家に駆け込もうとしたとき、右足首に強烈な痛みが走った。

愕然として己の足に視線を落とす。血の気が引く思いだった。捻挫か、それとも骨折か。

確認している余裕はない。右足を引きずりながら民家に転がり込み、窓際のソファの陰に身を隠す。

すぐ表の小径を兵士達が駆けていく足音が聞こえた。左手は無意識のうちに残る一個の手榴弾へと伸びていた。

〈未練〉が囁く——いざとなったら遠慮なく使ってしまえ。己自身にではなく、敵に対してそれを使え。

いいや、と由利は首を振る。今はそんなことを考えている場合ではない。与えられた任務を果たし、作戦を成功させなければ。

〈未練〉との談合は、仲間のために全力を尽くしてからでいい。

右足首の痛みは増す一方だった。こうしている間にもどんどん腫《は》れていくのが靴の上からも感じられた。

防暑靴を脱いで状態を確かめようと思ったが、やめた。一度靴を脱いでしまうと、二度と履けなくなる可能性がある。下手に応急処置をするよりもこのまま痛みを我慢している方が行動しやすい。

腕時計に視線を落とす。残り時間、あと六分。

民家を飛び出し、右足を引きずって南方向へと走り出す。

背後で敵兵の怒号。そして銃声。

そうだ、それでいい、どこまでも俺を追ってこい――たとえ片足であっても、貴様らになど追いつかれてたまるものか――


アスキラは走った。走るのには慣れている。ものごころついたときからソマリアの大地を思い切り走り回ってきた。兄や姉、弟や妹、それに従兄弟や幼馴染みの友人達と一緒に。

紛争はあの頃も常にあったはずだが、それでも幼い頃は無心に笑いさざめきながら皆と一日中走っていた。裸足で踏みしめる土漠の感触はこの上なく心地好かった。

兄は十年前に、姉は五年前に死んだ。弟と妹は三年前に。従兄弟や友人達は昨夜。

今走っているのはブッシュや岩の合間ではない。無人の街の細い小径だ。

走りながら涙が出てきた。ソマリアはなぜこんなことになってしまったのだろう。どうして昔ながらの生活でいられなかったのだろう。草で編んだ小さなテントに家族全員で暮らし、羊やラクダの群れを連れて土漠を移動する遊牧の生活で。

答えは分かっている。誰のせいでもない。皆のせいだ。人間のせいだ。時とともに世界は変わっていく。それは誰にも止められない。傷つきながら、血を流しながら、ただ前を向いて走り続けるしかないのだ。

あふれる涙が、疾走する勢いで目尻から真横に流れる。

頭の片隅を、またあのイメージがよぎった。

雪を戴く荘厳な山に温和な薄桃色の花。色褪せた日本の写真。

ソマリアとはあまりにかけ離れた、異なる国の未知の風景。自分とは無縁のものと知りながら、なぜか無性に懐かしく、際限なく心がかき乱される。

——俺と一緒に観に行かないか。日本で、富士山を……富士と桜を一緒に観よう。

ありがとう、トモナガ。今まで耳にした中で、一番嬉しい言葉だった。

あの国から来た戦士達を思う。皆アフリカ古来の戦士に勝るとも劣らぬ勇敢な戦士だ。自分は彼らを巻き込んでしまった。イチノセもシンカイも、雄々しく戦って死んだ。これ以上彼らを死なせてはならない。そして自分はなんとしても彼らの恩義に報いねばならない。

自分にできることを全力でやる。今はそれしかない。

背後でソマリ語の罵声が聞こえた。

銃声がして、横の土壁に弾痕がいくつも穿たれた。細かい破片が頬を打つが、構わず角を曲がって路地の奥に走り込む。

立ち止まってＡＫ－47を構える。狭い路地に入ってきた敵に向かい、発砲する。今日を、明日を生きるために撃つ。逃げ場のない路地で、たちまち三人の兵が倒れた。

身を翻して再び走り出す。背後に迫る追手が増えたのが分かる。狙い通りだ。

路地から路地へ、懸命に走りながら、ロンドン時代に買った液晶の腕時計を見る。あと五分。

15

安徽商城公司の建物に接近した梶谷は、隣接する民家に潜んで慎重に周囲の様子を窺う。

大丈夫だ。街全体からはひっきりなしに銃声や爆発音が聞こえてくるが、自分の近辺に敵兵の気配はない。他の面々が派手に敵を引きつけてくれたおかげだ。

すばやく民家を出て正面玄関から安徽商城公司の内部に入り込む。一度通った経路を辿り、一階中央部の倉庫へ直行する。内部にも敵の気配はなかった。思わず安堵の息を漏らす。もし誰かがすでに侵入していたら、作戦全体が台無しとなっていた。

がらんとして広い倉庫の中央に四角い口を開けている黒い穴へまっすぐに駆け寄る。穴の縁には、コンクリートを削ってクレイモアのコードが六本通るだけの隙間が作られている。

あらかじめ立てておいた脚立に足を乗せ、地下に降りる。放置されている民兵の死体の横に担いでいたＰＫＭを下ろし、腕時計を見る。あと四分。起爆装置六個の安全装置をすべて解除し、息を潜めて仲間の到着をじっと待つ。

この作戦ではタイミングが重要だ。発動時から正確に十五分後、囮役の全員が同時に到着しなければならない。一人でも遅れれば——タイミングがずれれば——作戦は失敗する。もしくは、遅れた者を見殺しにするか。いずれにしても、不確定要素の多い極めて危険な賭けである。

名も知らぬソマリ人民兵の死体とともに梶谷は待つ。あと三分。

誰かの足音が近づいてきた。念のために脚立の上でＰＫＭを抱えて待つ。北西側のドアが開き、ＲＰＧを抱えた友永曹長が駆け込んできた。弾を撃ち尽くしたのだろう、ＡＫ－47は持っていなかった。

梶谷は脚立を降りて場所を空ける。入れ違いに降りてきた友永に、

「曹長、アスキラさんは」

「まだ来てないのか」

逆に驚いたように友永が訊いてきた。

「ええ」

「彼女は南東ブロックの兵を引きつける役を志願した。ここに一番近いあたりだから先に着

いていると思ったが」

　何かあったのだろうか、不測の事態が。

いや、決して不測などではない。充分に予測できる事態だ。何が起こってもおかしくないとさえ言っていい。

　そこへ新たな足音が聞こえてきた。梶谷は友永と脚立に足を掛け、頭だけを突き出して足音の方を見る。友永は両手でマカロフを構えていた。

　足音は南西側の通路から接近している。大股で重い足音。その音と方向から人物の見当はついた。

　案の定、南西側のドアから現われたのは大兵《だいひょう》の朝比奈1曹だった。まっすぐに倉庫を横切り、地下倉庫に飛び込んでくる。武器は何も持っていない。すべて使い果たしたのだろう。

「敵はすぐにここへ押し寄せてきます。作戦通りです」

　こちらから問いかける前に早口で報告した朝比奈は、周囲を見回して驚いたように発した。

「由利1曹とアスキラさんは」

　こちらの顔色を見て答えを察したらしく、朝比奈は口をつぐんだ。

　あと一分。

　南東側の廊下を駆ける足音。とても軽い。全員が顔を輝かせる。

ドアが開いてアスキラが顔を出した。

「早くしろ」

友永が叱咤する。息を切らせて駆け寄ってきたアスキラを友永が脚立の上で抱き止める。

これで残るは――しかし、もう――

「予定の時間を過ぎました。由利は、由利はどうしますか」

朝比奈が友永に質す。

梶谷は起爆装置に掛けた手が震え出すのを自覚した。作戦予定時刻は絶対である。たとえ一秒であっても遅延は許されない。仮になんらかの突発的な事情があったにせよ、間に合わなければそれは由利自身の責任である。友永曹長としては由利を見殺しにするしかないだろう。そうでなければ作戦は失敗し、全員が死ぬ。

すでに地鳴りのような足音が全方向から接近している。梶谷は皆と同じく頭上を振り仰いだ。地下にいるからこそ、その振動がはっきりと分かった。敵は網にかかっている。それも予想以上の大漁だ。

選択の余地はない。由利が作戦中にしくじったのなら自業自得だ。なのに自分はどうしてこんなにも動揺しているのだろうか。

混乱する。わけが分からない。動悸《どうき》、そして目眩《めまい》。どうかしている。由利は高塚を死に追いやった連中の一人ではないか——

四方から迫る兵士達の足音は急激に大きくなっていく。

「梶谷！」

友永曹長がこちらに向かい、苦悩の滲む決断の目で深く頷く。梶谷は震える指をスイッチに掛けた。

「Wait !」

そのとき脚立から半身を突き出したアスキラが声を上げた。梶谷は横の踏み台に飛び乗ってアスキラの指差す方を見る。

右足を引きずりながら由利が必死に駆けてくるのが見えた。そして開け放たれた北東側のドアの向こうには、こちらへと殺到してくる敵兵の群れが。

先頭の兵士達が走りながら発砲する。激しい銃声が倉庫中に轟き、銃弾が由利をかすめた。

「急げ、由利！」「由利！」

脚立に足を乗せた友永と朝比奈が口々に叫ぶ。

北東側だけではなく、倉庫内のすべてのドアからワーズデーンとアル・シャバブの連合軍が怒濤《どとう》の勢いで雪崩れ込んできた。

「跳ぶんだ、由利！」

友永の叫びとともに由利が左足だけで踏み切り、跳躍する。

四角い穴の中に飛び込んだ由利の体を朝比奈が受け止め、友永が即座に鉄の扉を閉める。同時に梶谷は起爆装置二個のスイッチを押した。

轟音がして地下倉庫全体が激しく揺れる。振動の中で、友永達もそれぞれ残り四個の起爆装置に飛びついてスイッチを押す。

長方形をした倉庫の内部に二個。倉庫に至る各廊下に四個。仕掛けられた六個のM18A1クレイモア対人地雷が炸裂した。内部に詰められた七百個もの鋼球が前方へ広く飛散して人体を引きちぎる。その効果は絶大だ。扇形に広がる鋼球の殺傷範囲内に居合わせた者は誰も無傷ではいられない。

閉ざされた鉄扉を爆風と破片が叩く。仰角で設置されたクレイモアの破片もさすがに地下までは及ばない。だが鉄扉一枚隔てた一階部分は、恐るべき死の世界と化しているはずだ。

全員が起爆スイッチを入れ終えたその一瞬で作戦は完了した。

マカロフを構えた友永が鉄扉を開け、外に飛び出す。他の隊員達も後に続いた。最後に地下から出た梶谷は、想像した通りの光景をそこに見た。

死屍累々《ししるいるい》。酷いものは人体の形をとどめていない。自分達の仕掛けた罠であるが、全員が一瞬言葉を失う。何人死んでいるのか見当もつかなかった。

「行くぞ」

友永曹長が短く指示を下す。この場を速やかに離脱しなければ作戦の意味はない。

隊員達は友永に従い、死臭の充満する血と肉片の大海を踏み越えて南西側の通路に向かう。クラブタワーの津久田を回収するのだ。

「大丈夫か」

右足を引きずる由利に朝比奈が幅広のいかつい肩を貸す。

「ああ、少し捻っただけだ。大したことはない」

しかしその言葉に反して由利の顔色は蒼白で、異様なまでに脂汗を浮かべている。〈大したことはない〉とは梶谷には到底思えなかった。途轍もない苦痛を堪えているのは明らかだ。それだけの傷を負いながら、一定の距離を開けて敵を引きつけ、倉庫までおびき寄せた。認めたくはないが驚嘆すべき根性だ。

通路に出ると、そこも死体だらけで足の踏み場もないくらいだった。中にはまだ息のある者もいて、こちらに気づいて銃口を向けてくる。

友永はマカロフで相手にとどめを刺しながら早足で進んでいく。通路の途中で死体からウージー短機関銃と予備弾倉を奪い、マカロフを腰に収めた。他の者もそれぞれ新たに武器と弾薬を奪う。梶谷は友永と同じウージーやその他の武器を素早く選んで手に取った。

出口付近では難を逃れた兵が数人、呆然と立ち尽くしていた。ウージーで掃討し、全員で一気に駆け抜ける。

安徽商城公司の建物を出て目の前の民家に入り込み、建物伝いにクラブタワーを目指す。敵歩兵部隊に大打撃を与えたとは言え、まだ敵には圧倒的な兵力が残っている。どこで新手の部隊と遭遇するか分からなかった。

スコープの中で映像がぼやける。レンズのせいではない。自分の意識が朦朧とし始めているのだ。

津久田は頭を振って意識をはっきりさせる。視界とともに、強烈な痛みも甦った。

これでいい、痛みを感じているうちは大丈夫だ——

ともすれば乱れそうになる呼吸を苦労して整え、狙撃を続ける。

こちらに気づいてＲＰＧを向ける兵士。クラブタワーへの接近を試みる兵士。小隊の指揮を執っている士官。一度捉えた標的は即座にこれを撃ち倒す。この位置からでは北口にいるという敵連合軍司令官ギュバンとアブディワリを狙撃できないのが残念だ。

一際大きな爆発音が聞こえた。安徽商城公司の方だ。反射的に顔を上げる。〈倉庫の作戦〉は成功したのだろうか。

ドラグノフのスコープで安徽商城公司の周辺を見渡すが状況はよく分からない。街のあちこちに恐慌をきたした兵が見受けられるだけだった。少なくとも、一時的に指揮系統が分断されているのは確かなようだ。

〈友永より津久田へ〉

傍らに置いた無線機に入電。友永曹長だ。

〈作戦は成功。これより回収に向かう。あと少しだけ持ち堪えてくれ〉

急いで無線機を取り上げ、応答する。

「津久田、了解。早いとこ頼みます」

ほっと息をつき、再びドラグノフを抱えて狙撃体勢に戻る。その途端、白煙を噴いてこちらに向かって直進してくる二発のPG－7弾頭が目に入った。

ドラグノフを抱いたまま咄嗟にコンクリートの上を転がる。屋上直下に命中した弾頭が爆発し、視界のすべてが暗転した。

「あっ！」

先頭に立って路地を走っていた友永は、目指すクラブタワー屋上部での爆発をまのあたりにして足を止めた。ＲＰＧの直撃だ。それも二発。

すぐさま無線機で呼びかける。

「津久田！　無事か津久田！　状況を報告せよ！」

応答はない。アスキラや隊員達も呆然としてクラブタワーの噴煙を見上げている。

津久田はどうなった？　ＲＰＧをまともに食らっていたのならまず命はない。回収に向かうのは無駄足だ。一分一秒を争う今、命を賭《と》してクラブタワーに赴く意味はない。

だが万一、津久田がまだ生きていたら。彼を置いて逃げるわけにはいかない。

息つく間もなく厳しい決断を迫られ、友永は今にも頭が割れそうな気がした。それでも決断せねばならない。自分には指揮官としての責任がある――

「曹長！」

朝比奈がクラブタワーの屋上を指差す。言われる前に友永も確認していた。

屋上部で立て続けに銃火。狙撃手だ。

「津久田はまだ生きている。このままクラブタワーに向かうぞ」

そう指示したとき、由利が声を上げた。

「曹長、自分は予定通りバイクのあるガレージに向かいます」

彼に肩を貸している朝比奈が驚いたように、

「おまえ、そんな足でどうする気だ」

「こんな足だからこそだ。走るには辛いが、バイクに乗れば問題ない。誰よりも速く走ってみせる」

「馬鹿、ガレージまでどうやって行くんだ」

「それくらいなら大丈夫だ」

そう言うなり、由利は朝比奈を突き飛ばすようにして、斜め向かいの路地に消えた。

制止する暇さえなかった。地下倉庫を出たときから、いや、足を負傷したときからずっと考えていた行動だろう。

「自分も行きます」

突然梶谷が叫んだ。

「あの足ではガレージまで行くのに時間がかかります。脱出のタイミングを合わせるためにも自分が一緒に連れていきます。タンデムで合流すれば問題ありません」

彼の顔には、何か思いつめたような気迫が感じられた。

梶谷の言うことはもっともだ。しかし、その言葉以外の何かがきっとあるに違いない――

友永はそう察したが、あえて部下の意を汲んだ。

「よし、頼んだぞ」

「ありがとうございます」

梶谷は由利の後を追って路地を駆け去った。

朝比奈は嘆息するかのような表情で瞑目《めいもく》している。

「行くぞ」

友永は残る二人に向かって発した。これまで以上に強い口調で。


わずかながら視界に光が戻り、意識がはっきりしてきた。

津久田は呻きながら半身を起こした。コンクリートの破片が背中から転がり落ちる。さっきまで自分のいた場所はRPGの直撃を受け崩落していた。周辺に配置してあった無線機や弾薬、それにハンドガンもすべて失われている。

際どいところだった。だが安心している暇はない。

屋上の端までにじり寄り、抱えていたドラグノフのスコープを覗く。表通りを移動する兵士達が見えた。RPGを携行している兵士を見つけ、即座に狙撃する。

次の砲撃を阻止するため。そして、こちらに向かっていたはずの友軍に自分の生存を知らせるため。

無線機が失われた今、それが友軍に合図を送る最も有効な手段と思われた。自分が死んだと思われたら絶望しかない。津久田はドラグノフの引き金を絞り続ける。

腹の傷は痛みを通り越して何も感じなくなっていた。危機や窮地も度が過ぎると神経の配線がどうにかなるらしい。だがそれだけに、より危険な兆候であるとも言えた。

負けるものか——まだまだやれる——

装塡されていた弾を撃ち尽くし、腹這いの姿勢で左に横移動しながら全身の収納部に詰め込んだ弾倉を取り出す。腹の傷がこすれて激痛が甦った。

左足の先が何かに触れた。コルト・ガバメントだった。身の周りに配置していた武器弾薬はすべて失われたと思っていたが、これだけがこんな所に転がっていたとは。苦痛を堪えて拾い上げ、腰に差す。

そしてまたスコープを覗く。

集中する。氷の世界へ没入する。より深く、より静かに。

16

路地を行く由利の後ろ姿を見つけた梶谷は、足を速めて駆け寄り、黙って強引に肩を貸した。

「貴様か」

由利は特に驚いたふうでもなく、ただぽつりと呟いた。

「しょうがないでしょう。そんなペースじゃ、ガレージに着くまでに隊は全滅してる」

ぶっきらぼうに言いわけする。訊かれてもいないのに。

その恥ずかしさをごまかすように重ねて言った。

「何を考えてるんですか」

「さっき言った通りだ」

「それだけじゃないでしょう」

その問いには答えず、由利はふっと笑って無線機を取り出した。右足を引きずって歩きながら発信する。

「こちら由利、友永曹長応答願います」

すぐに応答があった。

〈こちら友永〉

「自分はこれからバイクで敵の指揮車輌に突っ込みます。指揮官を一度に失えばたとえ一時的にせよ統制が取れなくなる。ましてや寄せ集めに近い急拵えの連合軍ならなおさらだ」

〈なんだと〉

「北口に突破口を開けることにもなるし、どさくさ紛れで敵の車輛をぶんどりやすくなる。一石三鳥です」

〈待て、由利！〉

「勝手を言ってすみません。通信終わり」

〈由利――〉

一方的に通信を切り、無線機を路地の向こうに放り投げる。そして視線を逸らしたまま由利は告げた。

「聞いた通りだ。貴様はさっさと戻って曹長らと合流しろ」

すぐには答えられなかった。

しばらく歩いてから、梶谷は吐き出すような思いで言った。

「高塚は自分のツレでした。ガキの時分からの幼馴染みです」

由利は無言で聞いている。それも予想していたとでも言いそうな顔。

「あんないい奴はいなかった。まっすぐで、気がよくて、いつもみんなのことを考えていた。隊のこともだ。あいつは誰よりも自衛隊が好きだった。本気で隊や仲間のためになろうとしてたんだ。それをあんたらが……あんたらが殺した！」

長年鬱積《うっせき》していたものが爆発したようだった。分かっていながら、自分で自分を止められなかった。

「由利1曹、自分はあんたを絶対に許せない。あんた一人だけがいい格好するのもです」

由利はやはり無言のままだった。


クラブタワーを目前にした裏通りの角で、友永は無線機をしまいながら呟いた。

「由利の奴……」

わけは知らないが、後を追った梶谷も由利と同じ覚悟に違いない。

朝比奈とアスキラがこちらを見ている。

友永と同じく、朝比奈も漠然とした予感があったのだろう。武骨な面上に厳粛の色が濃く現われていた。

アスキラもまた、おおよその内容を察したのだろう、悲痛な表情で唇を嚙みしめている。

不意に銃声が轟き、着弾の衝撃で足許の砂が舞い上がった。

三人は慌ててビルの角に身を隠す。

反対方向からタワーの前にやってきた一隊がこちらに向かって銃撃していた。十数人はいる。全員シュマーグは着けておらず、服装はばらばらであった。ワーズデーンの民兵だ。友永達はそれぞれビルの陰から銃口を突き出して応戦した。

二人の敵兵が胸や腹を赤く染めて倒れる。だが残りは、通りの斜向《はすむ》かいにある民家の陰に隠れて銃撃を続けている。このままではクラブタワーに入ることはできない。

友永はそこまで後生大事に担いできたRPG‐7に手を伸ばしかけ、寸前で躊躇した。これを使えば連中を一度に排除できる。しかし予備の弾頭はない。たった一発の弾頭を使ってしまえば、北口を強行突破する手段がなくなってしまう。それでなくても穴だらけの大雑把な作戦が、さらに成功の覚束《おぼつか》ないものとなる——

二人三脚のように一体となった由利と梶谷は、ともに息を切らして曲がりくねった路地を急いだ。敵部隊に遭遇したらおしまいである。見つからないように慎重に身を隠しながら進む。

交差点に差しかかるたび、梶谷は由利に肩を貸した体勢でウージー短機関銃の銃口を四方に巡らせる。由利は空いている左手にベレッタM9を握っている。

ようやくガレージの近くまで到達した。

路地から出ようとして、慌てて身を退《ひ》く。ガレージのある裏通りには敵兵がうようよいた。揃いのシュマーグに野戦服という出で立ちから、アル・シャバブの戦闘部隊と分かる。これでは正面から近づくのは不可能だ。

「裏に回ろう」

由利が囁く。梶谷は路地に面した裏口のあったことを思い出した。

一旦引き返し、路地を左に曲がってガレージの裏に回る。

そこで二人はさらに絶望的な光景に出くわした。

「なんだこれは」

異口同音に呻く。

細い路地を挟んで裏口と向かい合った家が、ＲＰＧか迫撃砲により被弾し、粉々に破壊されていた。ガレージ側に崩れ落ちた瓦礫で裏口はほとんど埋まっている。

途方に暮れる梶谷の肩から手を離し、由利は瓦礫の山ににじり寄った。しばらくその上部を見上げていたかと思うと、両手と自由の利かない足を使って這うように登り始めた。

「どうするつもりですか」

梶谷は小声で問いかけるが、由利は答えようともせず、真剣に上部の瓦礫を取り除いている。コンクリートの破片をどけると、そこに人一人通れるくらいの隙間ができた。由利は瓦礫の上にしゃがみ込み、左足をその隙間に突っ込んでドアを蹴り始めた。

梶谷は思わず周囲を見回す。ドアを蹴りつける音が表にいる敵に聞こえたら大変だ。ウージーを構えて警戒に当たる。

のしかかった瓦礫の重みもあって、ドアはすぐに開いた。それと同時に隙間も大きくなった。由利は頭から隙間に潜り込み、ガレージの中に消えた。

梶谷も同じ要領で後に続く。

薄暗い内部に降り立つと、由利は表に面した引き戸に身を寄せ、隙間から様子を窺っているところだった。

梶谷に気づいた由利は、少し下がって場所を空けた。自分にも覗いてみろということだろう。その通りにしてみると、ガレージの向かいに位置する店舗跡で、下士官らしき男が部下達に何事か怒鳴り散らしているのが目に入った。店の前にはPKM機関銃を持った立哨もいる。

どうやら向かいはアル・シャバブの前線基地に使われているらしい。

「これじゃ飛び出した途端に集中砲火の的だ。せっかくの特攻作戦も水の泡ですね」

由利を振り返り、皮肉を込めて言う。

しかし由利は、決然とした口調で、

「もともと一か八かの作戦だ。前にも言ったな。バイクなら俺は誰よりも速い。あんなトロい奴らの弾が当たるもんか」

不敵を装う憎まれ口。だがその声は明らかに震えている。

「確かに前にも聞きました。でもその足で実力が出せるんですか。え、どうなんです」

じっとこちらを見つめていた由利は、やがて静かに口を開いた。

「貴様は俺が許せないんじゃなかったのか」

「その通りです」

「だったら俺がどうなったっていいだろう」

「あんたが失敗すると、みんなが脱出できる可能性が減る」

「分かってる。だからこそ俺はやるんだ」

踵を返してホンダＦＴＲに歩み寄った由利は、視線を逸らしたまま淡々とした口調で言った。

「今のうちに裏口から逃げろ。貴様まで巻き添えを食らう必要はない。さすがの俺も、タンデムで奴らの弾をかわす自信はないからな」

由利の言葉を聞くうちに、不思議と肚は決まっていた。

「いくら神奈川魔神連合の由利でも、できっこないですね。それより……」

挑発するように言い、相手が腰に下げたＭＫ３手榴弾を指差した。

「そいつで裏口をふさいだ瓦礫を吹っ飛ばすってのはどうです？」

はっとしたように由利が腰の手榴弾を押さえる。

「裏口から路地を抜けてって下さい。表の敵は自分が引きつけます。少なくとも馬鹿正直に表から出るよりは可能性があるでしょう」

「貴様はどうなる」

「どうなったっていいでしょう。自分はあんたを憎んでんだから」

由利がじっとこちらを見つめる。

俺の顔が見たいんなら好きなだけ見ろ——そんな思いで睨み返す。

「なるほど、確かに高塚のツレだ」

「小学生の頃から頑固者同士でしたよ」

気のせいか、由利は笑ったようだった。

あとはもう言葉は要らなかった。

二人でホンダを左側に突き出た洗面所の中まで押していく。そこならばちょうど陰になって爆風の影響は受けない。

由利はホンダのフューエルキャップを開け、古タオルをねじ込んだ。梶谷は思わず顔を上げ相手を見る。由利の眉根は固い意志で強張っているようだった。梶谷は何か言おうとしたが、あえて言葉を呑み込んだ。

次に由利は、ズボンのポケットからくしゃくしゃになったハンカチを取り出し、側に転がっていたガソリン携行缶を傾けて全体に満遍なく余滴を振りかけた。さらにそのハンカチを携行缶の口許に突っ込んで内部を拭ってから元のポケットに戻した。

腰に下げていた手榴弾を梶谷に手渡し、ホンダに跨がった由利がアクセルをふかす。

エンジンがかかった瞬間、梶谷はピンを抜いて手榴弾を裏口の前に転がした。

爆発が起こり、瓦礫が消失する。立ち込める粉塵の中、由利の乗ったバイクが発進し、裏口から路地に消える。

梶谷はすぐさま表に面した扉の前に向かい、腹這いになって隙間から外を窺う。

突然の爆発音に周囲の兵士達が騒いでいた。店舗跡から飛び出してきた下士官が、こちらに向かって走り寄りながら、手を振り回して部下に路地へ回るよう指示している。

隙間から銃口を突き出し、ウージー短機関銃で掃射する。

アル・シャバブの下士官と数人の部下がのけ反り倒れた。

PKMを持った兵士が慌ててこちらに向けて発砲してくる。

ガレージの金属扉に猛烈な勢いで次々と弾痕が開く。破砕された金属片やコンクリート片が顔を打った。

ガレージの裏口から路地に出た由利は、脇道から駆け込んでくるアル・シャバブの兵士達をはね飛ばしながらホンダで隘路《あいろ》を疾走した。

背後や左右の分岐から絶え間ない銃撃が浴びせられる。

当たってたまるか――

それでなくても舗装のされていない、起伏や凹凸《おうとつ》の多い土地だ。フットレストに乗せた右足は、道の悪さによる強い振動を受けるたび、脳天を突き抜けるような痛みをもたらした。右足を軸にしたターンは不可能だ。必ず左に回るしかない。

路地をふさぐ倒木を乗り越えたとき、息が止まりそうなほどの痛みが走った。ハムシン直後の高温下にありながら、耐え難い悪寒に全身が震える。嘔吐《おうと》感も。足首の骨が折れているか、少なくともひびが入っているのは間違いない。走りながら横を向いて苦い胃液を吐く。

だがその痛みも苦しみも、バイクという新たな足を得た歓喜の前には問題ではない。

暴走族時代の解放感が甦る。

このソマリアで、神奈川魔神連合の走りを――由利和馬最後の走りを見せてやる――

ウージーの弾薬はたちまち尽きた。弾倉の予備はまだ残っているが、これだけの数の敵をとても引きつけておけるものではない。

また由利のバイクも、これだけの追手がいてはそう簡単に敵の指揮車輛へ辿り着けるとは思えなかった。ましてや彼は、右足に看過できない傷を負っている。

敵が由利を追って分散する前に、できるだけこの場で片付けておかねば――

梶谷は手にしたウージーを放り出し、胸ポケットから鉄の塊を取り出した。

RGD-5対人破片手榴弾。中国企業の倉庫を出るときに敵兵の死体から入手した。

皮肉なものだ。手榴弾を隠し持っていた男の罠から九死に一生を得たばかりだというのに、今度は自分が手榴弾で敵を道連れにしようとしているとは。

いや、最大の皮肉は、自分が由利のためにそれを為《な》そうとしていることだ。

奴のためなんかじゃない、みんなのためだ――

自分に言い聞かせる必要などない。単なる事実だ。だがそれすらもなぜか言いわけに思えてしまう。

由利の覚悟に心動かされたなどとは、決して認めたくはない。

勘弁してくれよ、高塚――

引き戸を一気に開けて走り出す。肺の奥からありったけの魂魄《こんぱく》を絞り出すように、雄叫びとも絶叫ともつかぬ咆哮を上げながら群がる敵に向かって突っ込んだ。

目の前で銃火が一斉に閃いた。全身が文字通り引き裂かれる。

最後に一服、吸いたかったなあ――

意識が失われる寸前、RGD-5のピンを引き抜いた。

その爆発音を、ホンダに乗った由利は背中で聞いた。

振り返らずとも分かっている。

梶谷――

叫び出したくなるのを堪え、アクセルをふかす。

バカな奴だ。その上に大間抜けだ。胸ポケットの膨らみに、俺が気づかないとでも思ったか。

あいつは自分の命を捨てて俺を送り出しやがった。

やっとすべての合点が行ったと思ったのに。あいつの自分に対する視線の意味がようやく分かったというのに。

梶谷は高塚のツレだった。今までのあいつの態度から、そんなところだろうと薄々察してはいたのだが、本人から直接ぶつけられると、やはり応えた。自業自得だ。憎まれて当然だ。なのにあいつは。

ふと思った――入隊して最初に出会ったのがあいつだったら。

あいつだけではない。友永曹長、新開曹長、朝比奈1曹、津久田2曹、市ノ瀬1士。みんな最高の男達だ。霞ヶ浦駐屯地の警務隊でなく、最初にこの男達と出会っていたら、自衛隊での自分の人生はまるで違ったものになっていただろう。少なくとも、高塚を見殺しにするような最低の人間にはならなかったはずだ。

いや、と心の中で首を振る。それこそが〈未練〉だ。今のこの瞬間、悔いと思えるものは何もなかった。

この仲間達と会えてよかった。たとえソマリアの地に果てるという運命が待っていたとしても。

見ていろよ梶谷——自分は最後まで突っ走ってみせる——

ホンダFTRと一体化したように風を切る全身は、かつてない高揚に燃えていた。

17

クラブタワーを前にして、敵部隊と交戦する友永は刻々と募る焦燥にその身が削られていくような思いだった。

　こちらの銃弾は最早尽きかけようとしている。津久田の状態も気にかかった。一刻も早く津久田を回収して北口に向かわなければ、せっかくの由利の作戦が無駄になる。それに時間が経てば経つほど、敵の増援部隊がやってくる可能性が高くなる。

　むしろ街の規模と敵の人数からすると、こうしている間にも敵が増えていてもいいくらいだが、その気配もないというのは不審であった。

　同じことを、傍らの朝比奈とアスキラも考えているようだった。

「友永曹長」

　ウージーを撃ちながら朝比奈が怒鳴った。

「なんだ」

「敵の増援が来ないってのは妙じゃないですか。こっちにとっては好都合ですが」

「分からん。無線機が壊れているのかもしれん」

「全員の無線がですか。まさか」

　考えられる可能性は二つ。由利の勝手な暴走が幸いして効果的な敵の攪乱となっている可能性。もう一つは、ワーズデーンとアル・シャバブの連携がまだうまくいっていない可能性だ。

　いずれにしても、今はそれより眼前の敵にどう対処するかが問題であった。

やむを得ない——

友永は思い切って再び背中のＲＰＧ－７に手を掛けた。

そのとき、敵が動いた。

クラブタワーのすぐ前に放置されていた廃車に向かって、四人の民兵が飛び出したのだ。朝比奈とアスキラがウージーで掃射するが、四人は廃車の後ろに滑り込んだ。廃車からクラブタワーまではほんの一〇メートルほどの距離だ。

勢いづいた四人は、こちらに向けて発砲しながらクラブタワーの裏側出入口へと駆け出そうとした。

だが次の瞬間、四人のうち二人が相次いで倒れ、動かなくなった。

津久田だ。津久田が屋上から狙撃を続けているのだ。

続けて民家の陰に隠れていた一隊のうち二人が地に転がった。

その機を逃さず、身を乗り出して撃とうとした友永は、敵の一人がこちらに向けて何かを放り投げるのを見た。

「手榴弾だ！」

横にあった通用口から朝比奈、アスキラとともにビルの中へと飛び込む。

爆発が起こった。ビルの窓がすべて砕け、天井の一部が崩落する。しかしすぐ内側にあった壁のおかげで殺傷力の高い破片の被害からは免れた。

褐色の煙の立ち込める中、すぐさま立ち上がって敵襲に備える。朝比奈とアスキラも無事のようだった。

敵は突入してこない。はっとしてビルの外に走り出る。こちらを全員始末できたと思ったのか、敵の一隊がクラブタワーに走り込むのが見えた。全部で十人はいただろうか。

「急げ、敵がタワーに入った！」

朝比奈とアスキラに声をかけ、後を追って全力疾走する。津久田が危ない。なんとしても敵が屋上に行くのを阻止しなければ。

螺旋《らせん》状になった階段の下から敵に向け掃射する。背後からの銃撃に驚いた敵が分散するのが見えた。

厄介なことになった。各階の敵を手早く片付けなければならない。津久田を回収しても撤収時に階下で待ち伏せでもされたら、そこですべてが終わってしまう。

三階に上がると、廊下の奥から銃撃が浴びせられた。直後に追いついたアスキラとともに手すりの陰から応戦する。

ウージーを撃ちながら、数秒遅れて階段を駆け上がってきた朝比奈に向かって叫ぶ。

「先に行け、朝比奈！　津久田を頼む！」

「了解！」

朝比奈はそのまま上階に向かった。

三階で待ち伏せていた敵はどうやら三人。廊下の奥からＰＫＭ機関銃を乱射してくる。絶え間ない轟音に、今にも鼓膜が破れそうだった。狭い廊下には大量に排出された7・62㎜×54Ｒ弾薬の空薬莢がすでに足の踏み場もないほど散乱している。

友永はアスキラとウージーで応戦する。一人が赤黒い塊となって倒れた。残る二人は、通路の左側に消える。自分達の持つウージーはほぼ同時に弾切れとなった。友永はウージーを捨て、マカロフを抜いて二人の後を追った。


廃車の陰に隠れた敵兵二名を狙撃した津久田は、続けて敵部隊の潜む民家の方に銃口を向けた。

ドラグノフのスコープを通して見えたのは、友永曹長らの陣取るビルの方に手榴弾を投擲しようとしている民兵の姿だった。間髪を容れずに撃とうとしたが、視界が急激に暗く翳《かげ》った。ほんの一瞬、意識が途切れる。はっとしてすぐにまたスコープを覗く。しかしもう間に合わない。手榴弾はビルの手前で爆発した。

スコープから顔を上げて下を見る。立ち込める褐色の煙のまにまに、敵兵が自分のいるクラブタワーに入り込むのが見えた。ざっと十人。あるいはそれ以上。友永曹長らがビルから走り出てくる。どうやら三人とも無事らしい。

津久田は息を止め、腹這いの姿勢から一気に仰向けになる。腹の傷に激痛が走り、思わず悲鳴を上げた。血に濡れたシャツの腹部が否応なく目に入る。

屋上には身を隠す場所など何もない。後頭部を屋上の縁に巡らされた突起に預け、階段の出口にドラグノフの銃口を向ける。

気力はとっくに限界を超えている。これ以上の狙撃はもう無理だ。

ちょうどいい、待っててやるから早く来い——どうせなら俺が死ぬ前に——

ドラグノフの残弾、あと三発。


階段を駆け上がった朝比奈は、五階から六階に至る最初の段に足を掛けたとき、上層階からの銃撃を受けて咄嗟に横の廊下へと身を投げた。同時に五階廊下の奥からも銃撃。すぐ横にあった部屋に飛び込み、ウージーで掃射する。弾薬はそこで尽きた。

ウージーを捨てた朝比奈は、焦燥の目で室内を見回す。オフィス用のテナントなのだろう、この街のほとんどのビルと同じく、がらんとした何もない空き物件だ。奥に開けっ放しになったドアが見えた。隣の部屋に通じている。ためらうことなく隣室に移動した。

そこを通り抜けて奥のドアから隣の部屋に向かう。五階フロアの構造がどうなっているかは分からないが、できる限り部屋伝いに移動して敵の不意を衝く。徒手空拳で相手を倒すにはそれしかなかった。一刻を争うこのときによけいな手間となるが、敵を倒して火器を奪わねば、どのみち津久田を助けることも包囲網を突破することも不可能だ。

気配を殺してまた次の部屋に入る。物置に近いような小部屋だった。窓もなく薄暗いその部屋を急いで横切ろうとしたとき、不意に向かいのドアが開いて三人の兵士が現われた。驚いて足を止める。

敵も同じく驚愕の表情で凝固している。彼らもまた、自分と同じように相手の不意を衝こうと考えたのだ。

不覚であった。自分ともあろう者が、勝負のさなかにありながら、いつの間にか敵の思考を読むことを怠っていた。

すぐ前にいた二人が我に返ったように慌ててAK－47の銃口を向ける。

考えるより先に、全身が本能的に動いていた。発砲の隙を与えず、迅速に踏み込んで両手で二人の手首をつかむ。手ぶらであったのが幸いした。双方の前進する勢いを生かし、両手を振りかぶる。さらに前へと踏み出して両手を斬《き》り下ろし、二人のソマリ人を前方へ投げ飛ばした。合気道『二人取り』の応用である。二人は同時にドアを挟んで左右の壁に叩きつけられた。ＡＫ－47が床に落ちる。

そのままの勢いで残る一人に向かう。相手は恐怖に叫びながら小銃を突き出してきた。

危機を逆に勝機と為すのが武道の心得である。

この機に乗じて敵の銃を奪い取るのだ――

今朝も岩山でやってのけたばかりの合気道『太刀取り小手返し』。入身すると同時に当て身を入れる。傾斜のあったあの岩山と違い、ここは狭いとは言え足場の安定したビル内だ。

できる――できるはずだ――

身についた動きで左手を伸ばす。突如、前腕部に激痛が走った。

驚いて後方に跳びすさる。

敵の持つ銃の先には、折りたたみ式のスパイク型銃剣が装備されていた。

中国製の56式小銃であった。突然の遭遇、部屋の暗さ、そして己の技への過信のため、銃剣の存在に気づかなかった。

不覚の上に不覚を重ねた――

心中で己をなじりたくなったが、すぐに頭を切り換えて敵に向かう。ミスに拘泥していては絶対に負ける。それが武道における勝負の鉄則である。

敵は意味不明の絶叫を上げながら連続して激しい突きを繰り出してきた。56式のスパイク型銃剣は、刺突用に特化した細長い針のような形状をしている。急所を貫かれたらおしまいだ。

刺された左腕が激しく痛む。だが構ってはいられない。

突き出される銃剣を必死にかわしながらその動きを読む。

今だ――

敵の突きと同時に踏み出して側面へ入身し、当て身を入れる。右手で相手の手許を下から握り、左手で銃身を上から握る。そして後ろ足から一歩踏み出し、下から摺《す》り上げるように銃を振りかぶり、体の向きを変えて相手の体を投げ飛ばした。『杖取り四方投げ』である。

もぎ取った56式の銃弾を倒れた男に撃ち込む。だがそこで弾切れとなった。

その銃声で意識を取り戻したのか、先に投げ飛ばした二人が呻きながら、それぞれ床に落とした銃に手を伸ばす。

すぐに駆け寄って一人の顎を蹴り砕く。もう一人は銃を諦め、跳び退いて腰のサックからナイフを引き抜いた。

朝比奈がかつて見たこともない形状のナイフであった。両刃の刀身は異様なまでに幅広で、キングコブラの頭部のようにも見える。おそらくは北東アフリカの部族に伝わる固有の武器であろう。

前進して56式の銃剣を突き出す。だが敵は前に飛び込んでそれをかわし、下段からナイフを薙《な》ぎ上げてきた。寸前で身を退いたが、刃の先端は朝比奈の制服と表皮を裂いていた。腹に赤い線が走る。相手はすぐに起き上がって中腰の体勢で構える。ナイフを手にした途端、それまでとは比べものにならないほどの殺気を放ち始めた。黒い顔の中の白い目が、強烈な光を帯びてこちらの動きを凝視している。

朝比奈は戦慄した。得物の長さではこちらに分がある。だが相手は長身の上に手足が細長い体格だ。リーチに関してどちらが有利か、にわかには判じ難い。しかもこちらは手負いである。

またそれ以上に、この敵の圧倒的な余裕はどうだ。よほどナイフの腕に覚えがあるに違いない。

敵が瞬時に接近する。その手にある刃の動きを、朝比奈は捉えることができなかった。

階段の出口から二人の民兵が屋上へと飛び出してきた。

待ち構えていた津久田は、ドラグノフの引き金を立て続けに引いた。

二人の敵が血を撒き散らして倒れる。だがその後からさらに二人、ＡＫＭを乱射しながら駆け上がってきた。

　津久田は身を捻ってコンクリートの上を転がりながら腰のガバメントを抜き、一人を倒した。だが残る一人は横に走りつつなおもＡＫＭを撃ってくる。仰向けの姿勢のまま津久田はガバメントを連射する。何発目かが命中した。頭部を赤黒く染めた敵兵が屋上から落下していく。

　四五口径の強烈な反動が傷に響いた。出血が激しさを増したような気さえする。激痛を堪え、両手で構えたガバメントの銃口を階段出口に向けたまましばらく待つ。

　だがもう誰も上がってくる気配はなかった。津久田は初めて、手にしたガバメントがホールドオープンしていることに気がついた。四人目の敵に当たった弾が、最後の一発だったのだ。

　危ないところだった――

　ガバメントを捨てて立ち上がる。階段の方から、間断なく銃声が聞こえてくる。

　誰も来ないはずだ、敵も、味方も。ビルに入り込んだ敵のうち、残りは内部で友永曹長らと交戦中なのだ。

　津久田はふらつく足を踏みしめるようにしてゆっくりと階段に向かった。腹からの出血が足許に滴る。流れ出るほどの血がまだ残っているのが驚きだった。

階段出口の所に倒れている兵士の腰から、ベレッタM9を取り上げて装弾を確認する。アサルトライフルを手に取って操る力はもう残っていなかった。右手にベレッタを握った津久田は、壁に左手をついて体を支え、階段を一歩ずつ下っていった。

一歩、また一歩。たとえ七階下の地上まで自力で下りられたとしても、友永曹長らが全滅していれば自分はもう助からない。

敵が階段を駆け上がってくるのが先か、それとも自分が途中で力尽きるのが先か。

あまりの苦痛に脳が沸き立つようだった。もう何も考えられない。

津久田は歯を食いしばり、階段を下りていく。わずか七階分の階段は、はるか地の底まで続いているかとさえ思われた。

路地を抜けて表通りに出た由利のホンダに、アル・シャバブ兵士の掃射が浴びせられた。

そのまままっすぐに通りを横切って向かいの民家にバイクごと突っ込む。

居間を抜け、キッチンから裏庭へ。そしてまた隣の民家へ。

敵はすでに街中に展開していた。簡単に北口へ接近できるとは思っていなかったが、それにしても予想以上だ。こうなったら大回りをしながら敵の目を眩《くら》ませ、不意を衝いて飛び出すしかない。

街を駆け巡ることになる分だけ敵の標的となって撃ち倒される可能性は増大する。だが、それによって自分が敵を引きつけることになれば、友永曹長も津久田を回収しやすくなるだろう。そう考えると少しは焦りが収まった。

放置された家具を蹴散らし、ドアを破り、段差を乗り越えて進む。その絶え間ない振動で右の足首に激痛が走る。悲鳴を堪えながら由利はクラッチを操作し、アクセルをふかす。銃弾がかすめたのか、体中の何か所かに焼けつくような痛みがあったが、右足の痛みが強烈すぎて気にもならなかった。

これしきの痛みがなんだ——

この作戦とも言えない場当たり的な思いつきは絶対に成功させなければならない。そうでなければ、自分は高塚にも、そして梶谷にも、あの世で合わせる顔がない——死んでいったすべての仲間達にもだ——

目の前の男は想像以上の使い手だった。スパイク式銃剣の付属した56式小銃は長いだけに小回りが利かない。そうかと言って素手で組み合おうにも、その前にナイフで切り刻まれるだろう。

すでに朝比奈の息は上がっている。そして全身には無数の創傷が刻まれていた。どれも致命傷ではないが、中には深い傷もある。いたずらに長引けば失血死するおそれすらあった。

すぐにでも津久田を助けにいかねばならないというときに、思わぬ足止めを食らってしまった。

こちらを攪乱するように、敵は左右の手でしきりとナイフを持ち替える。右か、左か。視線は自ずとナイフを追う。

待て、それこそが攪乱だ。細部に惑わされるな。全体を見ろ。相手の狙いを読め。

この敵は得物に体重を乗せてくるタイプの使い手だ。そのためには踏み込む足と同じ側の腕の動きが連動している必要がある。

敵が動いた。ナイフは右。踏み出したのは――左足。この距離ならば、もう一歩踏み出さねばこちらの間合いには入れない。ならば、ナイフは左だ。

敵の左側に入身する動きで56式を突き出す。

先端のスパイク型銃剣は見事敵の右胸に突き立った。予測の通り、敵のナイフは右手から左手に移っている。

勝った――

そう思った瞬間、敵は右腕で56式の銃身をがっしりと抱え込んだ。

我が身を犠牲にしてこちらの武器を奪い、且つ動きを封じる。それこそが敵の狙いであったのだ。

動揺のあまり56式を手放す判断が一瞬遅れた。その一瞬の間に、敵のナイフがこちらに向かって振り下ろされた。咄嗟に両手で敵の左手首をつかむ。辛うじてナイフを止めることはできたが、幅広の刃はすでに一センチほどこちらの右肩に食い込んでいた。

いや、一センチではない、二センチ――三センチ――

敵のナイフは肩の脂肪を切り裂きながらじりじりと筋肉に食い入ってくる。

渾身の力で押し返しながら、朝比奈は徐々に手足の位置を変化させる。あとほんの少しで、合気道にいくつもある『短刀取り』の体勢に持っていくことができる。

呼吸にしてあともう一拍というとき――朝比奈は、相手の肩越しに思わぬ伏兵が存在することに気づき、愕然とした。

四人目の敵が隣室にいた。その男はなぜか今までの格闘に参加せず、自分達の戦いを観戦していたのだ。

その男。

赤いベレー帽。ひしゃげたように潰れた鼻。双眼鏡を通してはっきりと見た魁偉《かいい》な容貌と体格。間違いない。ワーズデーン小氏族の指導者アブディワリであった。

朝比奈は確信した。ワーズデーンとアル・シャバブとの関係は未だ緊密なものでは決してない。アブディワリは自分達の優位性を確保するため、アスキラと彼女を護《まも》る日本の自衛官を抹殺する直接の功績を、アル・シャバブにはどうしても渡したくないに違いない。もちろん今後の利権交渉を見据えてのことである。また部族指導者としての意地もあるだろう。だからこそ自ら前線に臨みつつも、アル・シャバブにはあえてアスキラ捕捉の連絡を行なわなかった。無線機を使えばアル・シャバブにも知られてしまうから、自軍の部下も呼べなかったのだ。それですべての合点が行く。

アブディワリは薄笑いを浮かべながらノーリンコNP22を引き抜き、こちらに向かって無造作に発砲した。

朝比奈は反射的にナイフの男を突き飛ばして床に伏せた。全身に9㎜×19弾を食らい、ナイフの男が絶命する。

全身の血が逆流するような怒りが湧き上がる。アブディワリはなんの躊躇もなく自分の部下もろとも敵を撃ち殺そうとしたのだ。

だがそんな怒りなどまるで思いも寄らないという顔で、アブディワリは薄笑いのままノーリンコを手にゆっくりと歩み寄ってくる。

床に伏せたまま、朝比奈は身動きもできなかった。

ここまでか――

ノーリンコの銃口がまっすぐに朝比奈の額に向けられ、アブディワリの指が引き金にかかる。

銃声。

アブディワリが低く呻いてノーリンコを取り落とす。その右腕からは血が滴っていた。

朝比奈は驚いて背後を振り返る。

ドアに取りすがるようにして、津久田が立っていた。その手にはベレッタM9が握られている。周囲が薄暗いために、ベレッタの銃口から立ち昇る硝煙がはっきりと見えた。

「津久田！」

思わず叫んでいた。

津久田は死人よりも蒼ざめた顔で、朝比奈に向かって力なく頷いた。口をきく力も残っていないようだった。

制服の腹とズボンは赤黒く濡れている。それほどの出血でありながら、自力で階段を下ってきたのだ。そして銃声を耳にして仲間の危機を悟り、ここまでやって来たに違いない。

万感の思いで朝比奈は仲間を見つめる。

「津久田……」

18

空薬莢に埋め尽くされた三階の通路を進んだ友永は、その先の壁際に移動する三人の民兵を発見した。すかさず両手で構えたマカロフで撃つ。ランニングシャツを着た男が背後の壁に赤い紋様を描いて倒れる。残りのポロシャツとＴシャツの二人は角を曲がって姿を消した。

死体に駆け寄ってＰＫＭを調べたが、残弾はなかった。

舌打ちして逃げた二人の後を追う。背中に担いだＲＰＧ－７の負紐が肩に食い込む。アスキラはだいぶ遅れていた。

角を曲がると、急に明るさが増した。表通りに面した壁に大きな窓が並んでいる。廊下の内側には開放的な広い部屋があった。ガラスだけで仕切られたモダンなオフィスビルらしい間取りと採光。まぶしさに目をすがめながら、友永は廊下に沿って足を運ぶ。

どこだ、どこに隠れた——

マカロフの銃口を周囲に巡らせながらゆっくりと進む。

突然、背後でアスキラの声がした。

「Look out!」

驚いて振り返ろうとしたとき、空薬莢を踏んで足が滑った。

「あっ！」

体勢を崩してぶざまに転ぶと同時に、オフィスの仕切りガラスが砕け、すぐ後ろの壁に弾痕が走った。自分が今まで立っていた位置だ。

Tシャツの男がオフィスの内側から撃ってきていた。

友永は倒れたままマカロフを連射した。相手は胸と頭部に銃弾を受けて崩れ落ちた。

ガラスの破片と空薬莢の散乱する中に横たわった友永は、なおも引き金を引こうとしたが引けなかった。我に返って手にしたマカロフを見る。ホールドオープンの状態になっていた。全弾を撃ち尽くしたのだ。

危ないところであった。

たまたま空薬莢を踏んで転ばなければ、確実に死んでいた。肌が粟立《あわだ》つ思いで壁の弾痕を眺めた友永は、マカロフを捨てて立ち上がった。

「トモナガ！」

アスキラが駆け寄ってくる。

「大丈夫だ、心配ない」

全身に被ったガラスの破片を払いながら答える。

Ｔシャツの男の持つＰＫＭにも弾は残っていなかった。死体の全身を探ってみたが、サイドアームの一つも見つからなかった。

凶悪極まりない暴力を日常的に行使しながら、彼らは正規の訓練を受けた軍人ではない。装備の不徹底がいかにも民兵らしいとも言えるが、今はそれがゆえに歯噛みする思いであった。

残るポロシャツの民兵も、自分達と同じく、弾薬を使い果たした状態であればいいのだが

――


希望的観測は禁物だと自分に言い聞かせながら、無人のオフィスに踏み込む。

周囲を見回しながら奥に進んだ。武器になりそうな物でも残っていればいいのだが、生憎《あいにく》とそんな都合のいい物は見つからなかった。

アスキラを振り返り、声をかける。

「屋上に向かおう。たとえ敵を発見しても俺達に武器はない。ＲＰＧはあるが、こんな所で使うわけにはいかないからな。それよりは――」

そこまで言いかけたとき、いきなり顔面に強烈な打撃が加えられた。

柱の陰から飛び出してきたポロシャツの男が何か鞭《むち》のような物を振り上げている。

第二撃が鼻先をかすめる。鼻血を撒き散らしながら跳び退いた。

男が振り回しているのは、ＰＫＭ機関銃の弾帯だった。先端部に空薬莢を二十個ばかり差し込んでブラックジャックのように使っている。重さはないが、金属を叩きつけられるのは充分以上に効いた。

第三撃。避《よ》け切れず頬をしたたかに打たれた。顔の肉が裂けたような感触。堪らず前のめりになったところへ相手の蹴りが入った。

息が止まる。身を折るようにして倒れ、床の上でもがき苦しむ。その弾みで肩から負紐が外れ、ＲＰＧ‐７が床に落ちる。

男は続けざまに弾帯を振り下ろしてくる。必死に床を転がってそれをかわすが、いつまでも逃れられるものではなかった。俯せになった瞬間、相手は背中に足を乗せてこちらの動きを止めた。そして輪になった弾帯を後ろからこちらの首に回し、馬の手綱を引くように絞め上げてきた。

ひとたまりもなかった。たちまち視界が暗くなる。ポロシャツの民兵は、こちらの背中に足を乗せた体勢で、腕力だけでなく全背筋で引き上げているのだ。

首に食い込む弾帯を両手で引き離そうとするが、爪先さえ入らない。いたずらに首に引っ掻き傷を作るだけだった。

男は執拗に弾帯を絞め上げる。今にも声帯が潰れ、背骨がへし折れそうだった。

視界の片隅で、自分を助けようと駆け寄ってきたアスキラが男に張り倒されるのが見えた。しかしすぐに立ち上がり、また男につかみかかる。華奢《きゃしゃ》な女の攻撃など、男には痛くも痒《かゆ》くもないようだ。うるさそうにまたも片手でアスキラを殴り飛ばす。

懲りずに何度も立ち上がっては、そのつど男に弾き飛ばされる。見る間に血だらけとなったアスキラは、泣きながら周囲を見回している。何か武器を探しているのだ。しかし到底間に合うものではない。あと一、二分で、自分の意識は失われる。

アスキラの視線が、床の一点で止まった。

その視線の先にある物は友永の位置からは見えなかったが、それがなんであるかを察し、友永は戦慄した。

まさか、ウソだろう――

大声でアスキラを制止したかったが、いかんせん声自体が出ない。

友永の推測した通り、アスキラはRPG－7を担ぎ上げ、こちらに向けて構える。

距離は約三メートル。弾頭と発射器本体は草の蔓《つる》で軽く結わえてあったので、弾頭は外れていない。

バカ、やめろ――

だがやはりどうしても声が出ない。

さらにはアスキラの背後に、後からやってきたとおぼしい二人の民兵が現われるのが見えた。二人はそれぞれ手にしたＡＫ－47をアスキラに向けるが、彼女は前部の重いＲＰＧ－7を安定させるのに夢中でまったく気づいていない。

手足をばたつかせてアスキラに合図を送るが、彼女の指はすでにトリガーにかかっていた。

自分の様子に不審を感じて横を向いたのか、ポロシャツの男が背中の上で仰天したように何事か叫んだ。

アスキラがトリガーを引くと同時に、ＲＰＧ－7の後方噴射《バックブラスト》で後ろにいた新手の二人が瞬時に焼け死ぬ。

無反動で発射された弾頭は、ポロシャツの男の頭部を跡形もなく粉砕してオフィスと外壁の窓ガラスを突き破り、ビルの外へと飛び出す。弾頭は発射後十五メートル以内では爆発しない。空中でロケットブースターが点火し、虚空を直進した弾頭は向かいのビルに当たり、爆発した。

衝撃にこちらの建物も大きく揺れ、すべてのガラスが吹っ飛ぶ。

頭部を失ったポロシャツの体が横に倒れた。急激に肺へ酸素が流れ込んでくる。友永は激しく咳き込みながら立ち上がった。背後の焼死体にはまるで気づかぬまま、ＲＰＧを放り出したアスキラが飛びついてくる。

もう何も言う気が起こらない。第一喋《しゃべ》るのも困難だった。

「早く……津久田と朝比奈を……」

しゃがれた声でそれだけ言った。


北西の路地をホンダで走っていた由利は、突然の爆発音に首だけで振り返った。クラブタワーの方向だった。

もしや、津久田が――

しかし、爆炎が上がっているのはクラブタワーではなかった。その向かいに建つビルだった。しかも三階のあたりだ。

ほっと息を吐いて前に向き直る。その途端、思わず声を上げていた。

「あっ！」

前方で待ち構えていたアル・シャバブの兵士がＡＫＭでこっちを狙っている。逃げ場のない路地だ。右にも左にも飛び込めそうなドアや窓はない。

だがもともと起伏の多い道である。敵兵の前に大きな盛り上がりがあるのを由利は一瞬で見て取った。

やれる——

肚を決めてスピードを上げ、一直線に突っ込んでいく。

敵兵が発砲すると同時に、由利のホンダは空中に大きくジャンプしていた。

銃口を前に向けていた兵士が驚愕の目でこちらを見上げる。

着地時に後輪で敵の頭蓋を砕いた由利は、そのまま振り返りもせず走り去った。


左手をドアの端に掛け、右手のベレッタを突き出した津久田は、最後の気力を振り絞るようにその狙いをアブディワリの頭部に定めた。

アブディワリは身じろぎもせず、どんよりと濁った目で津久田を見つめている。

朝比奈は息を呑んで立ち尽くした。

撃て——早く——

だが津久田は、急に目眩がしたようによろめき、体勢を崩して膝をついた。すでに限界を超えていたのだ。

銃口の逸れた一瞬の機を逃さず、駆け寄ったアブディワリが津久田のベレッタを遠くへ蹴り飛ばす。そして倒れた津久田の脇腹を、にたにたと笑いながら執拗に蹴り続けた。

意識を失ったのか、津久田は悲鳴すら上げず、蹴られるままになっている。

「やめろ！」

日本語で叫んだ。

アブディワリが振り返る。身の丈は朝比奈より優に頭一つ分高い。その口許に浮かぶ薄笑いは消えてはいない。こちらを傲岸《ごうがん》に見下ろしている。

この男が数々の非道な虐殺の首謀者なのだ――

朝比奈は全身に闘志を漲《みなぎ》らせ、敢然と足を踏み出した。

アブディワリの口許から薄笑いが消えた。自分の取り落としたノーリンコの方にちらりと視線をくれる。朝比奈はそれを牽制するようにさらに前に出る。武器を拾う隙を与えるつもりはない。

アブディワリもそれを察し、わずかに腰を落として身構える。真っ向から迎え撃つ気だ。津久田に撃たれた右手から血を流しているが、どの程度のダメージかは分からない。

こちらも左腕に銃剣で抉られた深い傷がある。それだけではない。あの幅広のナイフによってつけられた創傷は数知れず、満身創痍と言っていい。総体的にはこちらが不利だが、この男にだけは絶対に負けるわけにはいかない。

先手必勝――大きく前に出て基本の入身。だがアブディワリは咄嗟に下がった。合気道など見たこともないはずだが、本能的に何かを察知したようだ。

アブディワリは長い手足を生かし、離れた位置から蹴りを繰り出してくる。一流の格闘家にも劣らぬ速さと切れだった。その破壊力は想像もつかない。人体の骨くらい簡単に破壊できるだろう。

紙一重でその蹴りをかわしたが、アブディワリは連続して蹴りと突きを繰り出してくる。突きといっても格闘技のそれではなく、爪で相手の肉を抉ろうとする獣のような攻撃だった。道場やリングで得られる技では決してない。その爪に捉えられたら最後だ。たちまち喉笛を食い破られてしまうに違いない。

敵の連続攻撃をかわしながら、なんとか入身する隙を窺う。

相手の手首を捉えることさえできれば――

しかし敵は正面から組み合うのを徹底的に避けている。まさに動物的本能と言っていい。その意味において、アブディワリは間違いなくアフリカの戦士だった。

黒い巨漢のパワーとスタミナは、疲労困憊した朝比奈を圧倒した。

激しい攻防のさなか、アブディワリの蹴りが朝比奈の左腕をかすめた。その苦痛に思わず呻き声を漏らす。首を傾げたアブディワリが、にやりと笑った。そして執拗に左腕を狙い始めた。左腕の負傷に気づかれないよう極力注意していたが、ついに知られてしまったのだ。

こうなっては相手の体勢を崩すどころか、こちらの体勢を維持するのがやっとである。それももう限界に近い。

押されて後退した足のかかとが何かに当たった。意識を失って倒れている津久田の体だった。

早く手当てをしないと津久田の命が――

そんな焦りが頭をよぎり、集中力が一瞬途切れた。そのわずかな隙を捉えたアブディワリの突きが、左腕の傷を服の上からもろに抉った。

激痛に絶叫を上げてよろめいた。そこへさらに蹴りを食らった。習志野空挺団の中でも大柄な自分の体が、軽々と吹っ飛んで床に転がる。

息が止まった。俯せに倒れたまま、すぐに立ち上がることもできない。

駆け寄ってきたアブディワリが背骨を踏み砕こうと足を振り下ろす。横に転がって間一髪それをかわし、急いで立ち上がる。するとアブディワリが背後からこちらの両手をつかんだ。その体勢ならいいようにいたぶれると考えたのだろう。

好機――

合気道において、その呼吸力は主に『手刀《てがたな》』を通じて発揮される。手刀とは掌底部だけでなく、肘より先の部位すべてを指す。

朝比奈は両の手刀を振りかぶり、腰を引かず全身で受け身を取る要領で相手を背中に乗せるように吊り出した。そして前足を後ろに引いて相手の腕の下を潜り小手をつかむ。アブディワリはこちらが何をしようとしているのかさえ分からなかっただろう。小手を捻るように返し、肘を制しながら入身、転換して相手を俯せに押さえ込む。すかさず小手を握り変えて左の手刀で肘を制し、手首と肩関節を極《き》め、制する。

『後ろ両手首取り』――すべては一瞬のことだった。

決まった、と思った瞬間、俯せの姿勢で固められたアブディワリが咆哮を上げて弓なりに反り返り、長い右足のかかとでこちらの左腕を打った。

銃剣で抉られた傷口にその直撃を受け、思わず力が緩んだ。固め技を強引に脱したアブディワリは、激昂のあまり狂ったように蹴りつけてきた。

肉が裂け、骨が軋む。急所への直撃をかわすのが精一杯だった。

苦痛が限界を超え、意識が遠のく。

すぐ間近で爆発音が聞こえたような気がした。床も大きく揺れたように思ったが、最早それが現実なのか、幻覚なのかも定かでなかった。

思い出せ――吉松3尉の死を、処刑墓地の白骨を、オアシスの村の子供達を――

敵の乱打を浴びながら渾身の気迫で立ち上がる。

アブディワリはそれを待っていたように、こちらの喉に向けてとどめの突きを繰り出してきた。正面から受ければ間違いなく喉は突き破られる。

だがそれこそが合気道にとっての〈真の勝機〉であった。

アブディワリの動きを紙一重で見切り、側面へと深く入身する。相手の突きを斜め下に払い出し、もう一方の手で当て身を入れる。そして転換しながら敵を前方に吊り出し、前足を引いて振りかぶった手刀を斬り下ろす。これで相手の手首と後頭部は制した。

後ろ足を踏み出して、裂帛《れっぱく》の気合とともにアブディワリを投げ飛ばす。

受け身を知らないソマリ人の巨体が宙を舞い、後頭部から固い床に叩きつけられた。

もう二度と立ち上がることはない。

肩で大きく息をつきながら立ち尽くしていた朝比奈は、我に返って津久田のもとへと駆け寄った。

すぐさま呼吸と脈を確かめる。まだ息はある。意識を失っているだけだ。

「しっかりしろ。さあ、みんなと一緒に日本へ帰ろう」

聞こえていないと知りながら、明るく声をかけて津久田を肩に担ぎ上げた。そして急ぎ階段へと引き返す。

通過してきた部屋と廊下を通り抜け、階段に到達。周辺を警戒しながら駆け下りる。三階に到達したとき、横手の廊下から声がした。

「朝比奈！」

振り向くと、友永曹長とアスキラが駆けてくるのが見えた。

19

クラブタワー二階の窓から周辺を見回すと、敵の展開が最も薄いのはどうやら西側のようだった。

一階に下りた友永達は、西側の非常口から路地へと出た。そしてすぐに隣接する低層のビルに入り込み、内部を通って北側に抜けた。民家や商業施設の内部を伝ってひたすら北口を目指す。

予想と違ったのは、街中にあふれ返っていると思われた敵兵とほとんど遭遇しなかったことだ。

だが路地の所々には、ワーズデーンやアル・シャバブの兵士達の死体が転がっていた。その一つが手にしていた小型携帯無線機からは、ひっきりなしに飛び交うソマリ語の通信が漏れ聞こえた。

アスキラが足を止め、小型無線機を拾い上げて耳に当てる。そして友永と朝比奈を振り返り、英語で言った。

「バイクで北口周辺を走り回っている男がいるそうです。ギュバンが早く始末しろと怒っています」

「由利だな」

友永にはすぐに分かった。津久田を担いだ朝比奈も頷いている。

やはり由利が敵を引きつけてくれていたのだ。おかげでクラブタワーから脱出することができた。

一石三鳥じゃなかったな、由利——一石四鳥だ——

なおも無線に耳を傾けていたアスキラは、はっとしたように表情を曇らせた。

「状況はよく分かりませんが……誰か、ガレージの前で自爆した人がいるようです」

梶谷か——おまえは、やはり——

友永はあえて胸のうちを言葉にはせず、アスキラと朝比奈に短く指示を下す。

「急げ」

今最も怖れるのは、由利と梶谷の努力を無駄にしてしまうことだ。それだけはなんとしても避けなければ。

思いは皆同じのはずだ。アスキラも朝比奈も、押し黙ったまま北へ向かって足を動かす。アスキラは拾った無線機を手放さずにいる。周波数をいじらない限り、敵の交信を傍受することができるからだ。

問題は、街の東西を横断する大通りだった。中央の交差点には当然多数の兵が集結している。彼らの目に触れることなく大通りを渡るのは不可能に近い。

一行はとりあえず南北を走る大通りに面したビルに入り込み、二階の窓から密かに外の様子を窺った。

なんとかここを無事に渡る方策はないか——

懸命に頭を巡らせていると、大通りの斜向かいに当たる北東のブロックを指差して朝比奈が小声で言った。

「友永曹長、あれを」

砲火によって完全に倒壊した一角に、兵士達が集まっている。中にはＲＰＧの弾頭を向けている者もいた。

なんだろう——

友永が首を傾げたとき。

瓦礫の原の前に立つビルの窓を突き破って、ホンダのバイクが飛び出してきた。

「由利！」

友永らは目を見張った。

由利の乗ったホンダＦＴＲは、次々と着弾するＲＰＧの爆炎をかいくぐり、瓦礫の原を斜めに横切って密集した民家の合間に飛び込んだ。北口へと向かっているようだが、建物の陰になってその先は追えなかった。

「由利ーっ！」

遠くてはっきりとは見えないはずだが、友永には由利が不敵に笑っていたような気がしてならなかった。

窓に顔をくっつけるようにして由利のバイクを目で追っていた友永は、慟哭《どうこく》する己の心を強引に断ち切り、朝比奈とアスキラを叱咤する。

「ここで見物している暇はない。すぐに一階に下りて待機するんだ」


由利は路地を抜けて大通りに出た。北口の手前だ。前をふさぐように停まった二台の装甲車の合間から指揮車輛のバンも見える。アル・シャバブの兵士達が愕然としたように突っ立っている。当然だ。こんな近くに飛び出してくるとは予想もしていなかっただろう。

その場で由利は左回りにマックスターンし、北口とは反対の南側に向かって走り出す。

交差点に集結していた兵士達は、驚愕しつつも一斉に銃口を向けてくる。何発かが腹や腕に当たったような気がするが、もう何も感じない。右足首の痛みさえ、とっくにどこかで落としてきた。

道の真ん中でうろうろしていた間抜けな兵士を何人かはね飛ばし、五〇メートルほど南進した由利は、そこで再び左回りにターンして向きを変え、充分にアクセルをふかして北口に向かって全速力で走り出した。

これが最後の花道だ——

装甲車の周辺にいた兵士達が一斉に銃撃してきた。

スピードメーターの針はほぼ右端で止まっている。

走りながら片手でLEDライト付きのライターを取り出した。新開曹長の遺骸から形見として預かった物だ。

そう言や、こいつはもともと梶谷の私物だったな——

自分でも思いがけず笑みがこぼれた。

梶谷、借りっぱなしですまなかった——こいつはあの世で返してやるよ——

ライターをズボンのポケットに突っ込み、中でハンカチに点火した。乾燥し切っている上にガソリンを吸い込んだハンカチはたちまち勢いよく燃え上がった。

ズボンの腰に炎が広がる。布を焼き、皮膚を焦がし、肉を炙る。通常時なら耐えられないはずの火傷《やけど》の激痛に、かえって意識が清澄になったような気がした。

目指す正面にあるバンのドアが開き、アル・シャバブのギュバンが急いで逃げようと顔を出した。

バカめ、もう遅い――

フューエルタンクにねじ込んだ古タオルは、ガソリンを吸い上げてすでにたっぷりと濡れている。

装甲車の合間を抜けてバンに突っ込む寸前、由利は燃えるハンカチを平然と指でつかみ出し、その炎をフューエルタンクからはみ出たタオルの先端に押し付けた。

爆発の轟音は、大通りに面した民家の陰に隠れた友永達の耳にもはっきりと聞こえた。

「由利……」

朝比奈が低く呟く。

無線機を耳に当てていたアスキラが小声で報告する。

「ギュバンが死にました。指揮系統は混乱しています」

由利――

叫び出したくなるのをぐっと堪え、友永は通りに散らばった兵士達の様子を注視する。それまで呆然と立ち尽くしていた兵士達が、一人残らず北口に向かって駆け出していくのが確認できた。

「今だ」

物陰から飛び出し、急いで通りを渡る。北口の騒ぎに気を取られ、こちらに気づく者はいなかった。

路地を抜けて北側を目指す。

四方から駆けつけてくる兵士達の罵声や足音を察知するたび、物陰に身を隠してやり過ごした。

ＰＫＭ機関銃を抱えた兵士の一団が、ガチャガチャと弾帯の触れ合う音を立てながらすぐ側を走っていく。友永は途中で敵兵の死体から奪った85式短機関銃を手に、息を殺して彼らが通り過ぎるのをじっと待つ。見つかったら最後だ。心臓は今にも破裂しそうだったが、なんとか堪える。

兵士の一隊が完全に去ったのを確認してから、再び先を急ぐ。

まさに綱渡りのような移動である。集中力はとっくに限界を超えていた。

街を吹き抜ける微風は、すでに夕刻の冷気を孕《はら》んだものに変わっている。街を覆い尽くした砂が淡い橙色の風に流れざわめき、夜の迫りつつあることを告げている。

北口周辺は大騒ぎだった。炎上するバンの噴き上げる煙が渦巻く中で、ソマリ語の怒号が飛び交っている。

街の外周に沿って建つビルに入り込み、窓から外を窺う。風向きのせいで爆発による黒煙が広くたなびいており、視界ははっきりとはしなかった。それでも煙の合間に、無秩序に停められた各種の車輛が見えた。人影は確認できない。やはり皆指揮車輛の方に向かったようだ。

由利、おまえの策が当たったぞ——

音がしないように注意しながら窓を開け、そっと外に降り立った友永は、持っていた85式を肩に掛け、朝比奈とアスキラが津久田の体を差し出すのを抱きとめる。

朝比奈に替わって津久田を背負った友永は、一番手近にあったスバル・サンバートラックに走り寄った。4WDで燃料も充分、キーも差されたままで、見たところタイヤの損耗も少ない。

「よし、こいつで——」

そう言いかけたとき、煙の向こうからぬっと黒い顔が現われた。

相手は驚いて手にしたAK‐47を向けてくる。咄嗟に両手でその銃身を押さえる。津久田の体が後ろに落ちたが構ってはいられない。全力で揉み合う。

相手の腕力は相当なものだった。と言うより、こちらの体力が著しく低下していたのかもしれない。力で押し負け、銃口が次第にこちらへと向けられる。

ついに相手が引き金を引いた。銃声が轟き、左の上腕部に激痛が走った。

銃から手を放してよろめいた友永に、敵はすかさずとどめを刺そうと狙いを定める。

だが急に男は白目を剝き、声もなくその場に崩れ落ちた。

助けに駆け寄った朝比奈が、間一髪で背後から当て身を入れたのだ。

「急げ、今の銃声ですぐに敵が来るぞ」

「はっ」

朝比奈はアスキラと二人がかりで津久田をトラックの荷台に乗せてから、敵兵の持っていたＡＫ－47を拾い上げた。

右手で左腕の傷を押さえ、サンバートラックの運転席に駆け寄った友永は、愕然として朝比奈を振り返った。

「左腕が動かない。朝比奈、運転を頼む」

左手が使えなければ、日本車のシフトレバーを操作できない。外車であったとしても、ハンドルを握れない。

朝比奈もはっとしたように、

「実は自分も左腕をやられました。痺れが酷くてもう指が動きません」

互いに顔を見合わせる。

ここまで来て——

黒煙の向こうから、殺気に満ちたソマリ語の怒声が接近してくる。

早くなんとかしないと——しかし、もう——

「私が運転します」

アスキラだった。

「えっ？」

こちらの返答を待たず、アスキラが素早く運転席に乗り込む。

友永と朝比奈は即座に荷台に飛び乗った。

アスキラがすぐにサンバートラックを発進させる。思ったよりも運転に慣れているようだったが、前に停まっていたシボレーのセダンにぶつけた。焦っているのだ。それでも強引にハンドルを切り、原野を斜めに横切って北に延びる街道へ向かう。

一足遅れて駆けつけてきた兵士達が立ち止まって銃撃してくる。友永と朝比奈は激しく揺れる荷台で頭を伏せた。振動で全身の傷や打撲が強烈に痛む。滅茶苦茶に上下する視界の中で、兵士達がすぐさま他の車輌に分乗するのが見えた。

サンバートラックを原野から強引に街道へと乗り上げたアスキラは、一路北へ向かって走る。体が飛び跳ねるような激しい揺れが多少は収まった。

「曹長、腕を見せて下さい」

朝比奈に言われるまま負傷した左手を預ける。袖をめくると、腕の肉が弾に抉られているのが分かった。目を背けたくなるような生々しい傷だが、骨に影響はないらしいのが幸いとも言えた。

朝比奈は片手で自分のシャツを器用に裂き、友永の左腕の上部をきつく縛った。

津久田は意識のないまま荷台に揺られている。まだ息があるのかどうかも分からない。

「たった二〇キロだ！　アスキラ、このまま思い切り突っ走れ！」

運転席を振り返って叫ぶ。バックミラーの中に、形のいい唇を固く結んだアスキラの顔が小さく見えた。言われるまでもなく、決死の覚悟でハンドルを握っているのだ。

後ろから敵の車輌部隊が追ってきた。軍用車から廃車寸前のミニバスまで、ありとあらゆる車がぐんぐん距離を縮めてくる。

大気の上層を流れる風に雲は去り、見渡す限りの土漠は赤い残照に染まっている。夜と熱とが溶け合う地平線の彼方へと延びる一本道の街道。スバルのサンバートラックは、その赤と黒とのあわいに向かって疾走する。そして砂埃を巻き上げながら猛然と追ってくる無数の敵車輛。

アル・シャバブもワーズデーンも、ともにカリスマ的指導者を殺されたのだ。その手で自分達を処刑するまで、決して諦めはしないだろう。

窓や荷台から身を乗り出した敵兵が、様々な火器で銃撃してくる。

友永と朝比奈は、荷台に身を伏せた姿勢で応戦した。

友永は85式で、朝比奈はAK‐47で。二人とも左腕はほとんど使えない。右腕のみの射撃である。悪路を全速で逃走する軽トラックの荷台からでは、どんな名手であっても命中させることは難しい。気休めにもならない程度の牽制だ。

しかも弾薬はすぐに尽きた。

追手との距離は縮まる一方である。

「これを使って下さい！」

前を向いて運転しながら、アスキラが何かを差し出した。

RPG‐43手榴弾であった。

「クラブタワーを出るときに敵の死体から取りました。さあ、早く！」

「分かった」

それを受け取った友永は、最も間近に迫っていた軍用ジープＧＡＺ－67の進路を狙い、投擲した。

未舗装の道路を転がった手榴弾は、見事に先頭を走っていたジープの真下で炸裂した。

爆発、横転したジープに後続のトラックが突っ込む。その二台に道をふさがれ、たちまち数台が玉突き衝突を起こした。

「やった！」

友永と朝比奈が歓声を上げたのも束の間、次々と街道を逸れて原野に出た敵の車輌が、ジープとトラックの残骸を迂回《うかい》して街道に戻る。

たちまち状況は元に戻った。

「急げアスキラ！　あと少しだ！」

運転席に向かい、思わず日本語で叫ぶ。

「曹長！」

追い上げてくるバンを指差して朝比奈が叫んだ。サンルーフから身を乗り出したアル・シャバブの兵士が、ＲＰＧ－7を構えている。

全身が恐怖で凍りついた。

狙いを定めた兵士が、ＲＰＧを発射する。

ＰＧ－７弾頭が街道をこちら目がけて一直線に飛来する。

「アスキラ、右だ、右へハンドルを切れ！」

日本語で叫んでから、友永は英語で言い直す。

「Right! Turn to the right!」

アスキラが右へハンドルを切る。

命中する寸前でサンバートラックの尻をかすめた弾頭は、トラックを追い越して直進した。はるか前方で爆炎が上がる。

だが今度は喜んでいる間もなかった。敵兵はすぐに次弾の装塡にかかっている。

「Look, over there!」

アスキラが叫んだ。

濃さを増す夕闇の中で、前方に光を残した青い線が見える——海だ。

街道は緩やかに左、すなわち北西にカーブして、海岸線に沿う形で続いている。

「国境だ！」

友永は叫んだ。

地図によると、カーブを曲がり切ったらそこはもうジブチ領のはずだ。

しかし敵は追撃を止める気配はない。無数の銃弾が周辺の風を裂き、サンバートラックの荷台や屋根に弾痕を残す。

朝比奈とともに頭を抱えて伏せながら、歓声を上げてしまった自分を友永は心の中で罵った。

もともと国境を越えてアスキラを追ってきた相手なのだ。アル・シャバブも国境を越えてテロ活動を行なっている。彼らにとって国境などなんの意味もない。自分達の置かれた状況に変わりはないのだ。

国境を示す掘っ立て小屋のような検問所の横を通り過ぎる。人影はまったく見えない。係官は息を殺して隠れているのか、それとも本当に誰もいないのか、定かではなかった。

ジブチの拠点はもうすぐそこなのに――

ＲＰＧの第二弾が発射された。

「Left！ Left！」

迫り来る弾頭を睨みながら、運転席に向かって叫ぶ。

アスキラが必死にハンドルを切る。ちょうどカーブに差しかかったところだった。

弾頭は海の方に向かって飛び続け、海岸近くで爆炎が上がるのが遠望された。

サンバートラックはそのままカーブを曲がり、残照に映える海に沿って直進した。

だが敵車輛の追撃は止まない。もうそこまで迫っている。

薄れゆく光とともに、生への希望が失われていく。

敵兵が三度《みたび》RPGを発射した。

「Right!」

発射と同時に友永は叫んだ。勘である。あまりにも距離がないため弾道を見極めて回避する余裕はない。すかさず右に寄ったサンバートラックの腹を弾頭がかすめる。

幸運だった。しかしもう次はない。次はもうかわせない。

あと三キロ、いや二キロもないというのに――

装塡を終えた敵兵がRPGを構える。一人ではない。二人、三人。

RPG、そして重機関銃を備えた車輛が続々と前に出てくる。

友永はもう何度感じたか分からない絶望をまたも強烈に思った――これまでか。

そのときだった。

「友永曹長！」

朝比奈が一際大きい声を上げて頭上を振り仰いだ。

残照を遮って、爆音とともに黒い巨大な影が海から飛来する。

「P‐3Cだ！」

友永も思わず声に出していた。海上自衛隊P‐3C哨戒機《しょうかいき》。友軍だ。

進路を変えたP－3Cは、追撃してきた敵を威嚇し、追い払うようにこちらへと向かってくる。

敵車輌が次々と急停止し、方向転換して引き返していく。

友永は大声で笑い出した。

朝比奈もアスキラも、同じく大声で笑っていた。いくら笑っても皆の笑いは止まらなかった。笑いと同時に、涙と、そして言葉にできない様々なものが際限なくあふれてきた。友永は、それらすべてを笑うことでしか表わすことができなかった。

黄昏《たそがれ》の陰翳が深まる中、活動拠点へと続く道をひた走る軽トラックの上で、三人はいつまでも笑い続けた。

20

活動拠点に到着した一行は、その重傷度から拠点内の医務室ではなく、本格的な医療設備の整ったアメリカ軍キャンプ・レモニエに搬送された。

最も懸念されたのは出血の多い津久田2曹の容態であったが、緊急手術その他の処置により、危ういところで一命を取り留めた。

面会謝絶の津久田は別にしても、友永曹長、朝比奈1曹、及びアスキラ・エルミはそれぞれ別室に隔離され、治療の合間に詳細な事情聴取が行なわれた。担当官は防衛省及び米軍の制服組や私服組など様々で、中には所属や役職のはっきりしない者も多数含まれていた。またアメリカ人の中にははっきりとＣＩＡであると名乗る者もいたが、そう言明しない者もいた。

友永はそうした対応に少なからず不審を抱いたが、聴取には積極的に応じた。なにしろ任務遂行中の自衛官が現地武装集団と交戦し、多数の死傷者を出したのである。できる限り事態の経緯を明らかにし、日本国内のみならず全世界に報告する必要があると考えたからだ。

国境を過ぎた地点で現われたＰ‐３Ｃ哨戒機は、海上での哨戒任務を終え拠点に帰投する途中であったという。それがＲＰＧによるものと思われる不審な爆発に気づいた。活動拠点に近い場所であるため、念のため旋回して偵察に赴いた。そこでイスラム系武装集団に追われる軽トラックを発見、望遠カメラで確認したところ、荷台に乗っているのは陸自の制服を着た日本人であるらしいことが分かり、緊急判断で急ぎ掩護に向かったということである。

遭難ヘリ捜索隊が昨夜から消息不明となっていることは、Ｐ‐３Ｃの乗員も把握していたが、軽トラックに乗っているのがその隊員であることまでは、その時点では確認できなかったという。

友永達三人は即時の帰国を許されなかった。キャンプ・レモニエの医療体制は万全であるから、慎重を期して回復するまで現地での療養を続けるべしというのが上層部の命令であったが、マスコミ対策や情報管理の意味合いの方が大きいと友永は察していた。

しかし、上層部がそうした判断を下した理由はあえてこちらからは問わなかった。話せるものなら、まずその理由から話したはずだと考えたからである。

その代わり、ただ一つだけ訊いた。

「アスキラはどうなるのですか」

尋ねた相手は白髪のアメリカ人で、この件に関する調整のためアメリカ本土から軍用機でやってきた国務省の高官だった。

彼はベッドに横たわった友永の目をじっと覗き込んだ。何もかも見通すような、透徹した蒼い目だった。

「君は、もしや……」

英語でそう言いかけた老人は、ふっと笑って首を振り、穏やかに告げた。

「すべて彼女の願った通りになるだろう。それだけは約束する」

そう言い残し、高官は病室を後にした。

あれほど帰還を望んだ肝心の活動拠点で——自衛隊内で、自分達がどのような扱いとなっているのか、友永には知る由もなかった。事情聴取以外での他者との接触は医療関係者を除き、完全に禁じられていた。

また隊内だけでなく、遠く離れた日本国内でも、この件は相当な議論を呼び起こしているに違いない。しかしそうしたことに関する情報は一切与えられなかった。

想像を絶する過酷な戦いを潜り抜けて生還を果たした隊員に対し、正当であるとは言い難い対応であったが、どういうわけか、友永は特に不満を感じなかった。精神的な虚脱のあまり、どうでもいいという気持ちになっていたのかもしれない。

仮に今帰国できたとしても、マスコミによる好奇の視線に晒されるだけである。傷つき、疲労困憊した身には、殺到するであろう取材に応じる気力はひとかけらも残っていなかった。ここにいれば、少なくとも煩《わずら》わしい思いだけはせずに済む。友永はひたすら回復に努めることにした。

昼間は治療と検査、そして事情聴取。それ以外の時間は死んだように昏々《こんこん》と眠る。

頻繁に夢を見た。

蒼穹《そうきゆう》に向かって竹とんぼを飛ばす新開を、吉松3尉が微笑みながら眺めている。

市ノ瀬がソマリアの青い海を抜き手を切って颯爽と泳いでいる。

タンデムで走行する由利と梶谷が、バイクの上から手を振った。

それらのすべてを、強烈な砂嵐が吹き飛ばす。ハムシンだ。熱い。とてつもなく熱い砂の渦。その中からギュバンとアブディワリが、そして無数の黒い兵士が押し寄せる。

悲鳴を上げて飛び起きたことも一度や二度ではなかった。そのつど看護師が飛んできて、精神安定剤らしき薬を投与される。再び眠りに落ちる寸前、決まって涼やかな花を見たように思った。

その花の名は——


二週間が過ぎ、友永はようやくリハビリという名目で散歩を許されるくらいまでには回復した。それでも、自由行動を許可されたのはキャンプ・レモニエ内のごく限られたエリアのみである。

そこで二週間ぶりに朝比奈と出会った。ともに左腕に包帯を巻いた惨憺《さんたん》たるありさまである。互いを見て、二人は同時に笑った。

警備の米兵が時折監視の視線を投げかけてくる中、二人は数少ない木陰のベンチに腰を下ろした。

津久田のこと。アスキラのこと。そして死んでいった者達のこと。数少ない情報を交換すると、話すことはもうなかった。ただこうして、二人生きて座っていられるだけでいい。そんな心境であった。

いずれにしても、二人が最も知りたいことについては、どちらも情報を持っていなかった。すなわち、「自分達からの連絡が途絶えたとき、どうして自衛隊はすぐに動かなかったのか」ということである。

憶測はできる。しかし今の二人には意味のないことだった。また根拠を欠いた議論にエネルギーを費やせるほど、二人の体力は回復していなかった。

木陰を一歩出ると、そこは強烈な炎暑の世界である。

ほんの一瞬、ジブチには珍しい涼やかな風が吹いた。

友永と朝比奈は、ともに無言のまま風の感触を全身で味わった。

三週間が過ぎた。津久田はまだ入院中であったが、友永と朝比奈は原隊への復帰を命じられ、キャンプ・レモニエを出て活動拠点に戻った。

二人の姿を見た警衛隊員達は、誰もが一様に直立不動の姿勢で敬礼した。深い敬意の感じられる態度であり、視線であった。二人もまた無言で敬礼を返す。

到着したばかりの二人に、警衛隊隊長室への出頭命令が伝えられた。

すぐさま隊長室へと向かう。そこで二人を待っていたのは、警衛隊隊長の山野辺《やまのべ》弘文《ひろふみ》陸自1尉と、派遣海賊対処行動航空隊司令の菅原孝二朗《すがわらこうじろう》海自1佐であった。

山野辺1尉は何度かキャンプ・レモニエの病室にも事情聴取と面会に訪れていたが、ジブチ派遣部隊の最高責任者である菅原司令と顔を合わせるのは久々のことであった。

山野辺1尉に勧められるままソファに腰を下ろした二人を見つめ、菅原司令が発した。

「よく生きて帰った。君達は隊の誇りである」

真情にあふれる言葉。しかし菅原司令は続けて冷静に言い渡した。

「君達の経験したことは公式には発表されない。もちろん自衛官による戦闘行為など一切なかった。拠点内の隊員達は皆薄々は察しているようだが、厳重な箝口令《かんこうれい》を敷いてある。君達も決して他言してはならない。隊外は無論のこと、隊内であってもだ」

二人は身を固くして聞いている。

「吉松3尉をはじめ、今回の死亡者、いや戦死者はすべてヘリ墜落事故の救出作業中に起こった事故により死亡した。我々は遺体の回収を試みたが岩盤の落下によりやむを得ず断念。ご遺族とマスコミにはすでにそう伝えられている。それでも九人もの隊員が外地で死亡するという大事件だ。国内では大きな問題となって今も騒がれているが、その対処は防衛省の方でなんとかするだろう。現場は世界で最も危険な紛争地帯であり、遺体回収作業の継続も、ご遺族が足を運ぶことも不可能だ。またその現地情勢は今後も十年やそこらで変わるものではない」

予想はしていた。しかしあまりに理不尽な処遇である。

無念にも額を撃ち抜かれた吉松隊長。首を斬り落とされた原田。抵抗する間もなく射殺された戸川と佐々木。なぶり殺しにされた徳本。そして——新開、市ノ瀬、梶谷、由利。皆戦場で勇敢に戦って死んだのだ。その行為は広く讃《たた》えられるべきではないのか。少なくとも遺族にはそう伝えられるべきではないのか。

友永はまっすぐに菅原司令の目を見つめた。司令は目を逸らすことなく、その視線を受け止めた。義憤も非難も、すべて呑み込んだ目であった。

友永は黙って次の言葉を待つことにした。

「君達からの連絡が途絶えたとき、我々はすぐに対応策を練った。しかし警衛隊の人員だけでは捜索隊を出せなかった。たとえ一時的にではあっても拠点の機能を停めてしまうわけにはいかない。その事情は君達もよく知っている通りだ。そこで我々は米軍に協力を要請した。そのとき米軍もフランス軍もたまたま大規模な海賊掃討作戦の真っ最中で余裕がなかったのは確かだが、それにしても米軍の対応は鈍すぎた。我々も知らなかったのだ。米軍は、と言うよりＣＩＡは、実はワーズデーン小氏族を密かに支援していたらしい。それは上層部のかねてよりの方針で、そのため米軍も現場判断だけでは動けなかったのだ」

ソファの前のテーブルには、氷の浮かんだ冷たい緑茶が人数分だけ置かれている。しかし手をつけようとする者はいなかった。

「そうした事情を知らない我々は、米軍との交渉に取り返しのつかない時間を費やしてしまった。その間の全隊員の焦りと怒りをどうか理解してほしい」

それは友永にも容易に想像できた。自分も仲間の消息が途絶えたと知ったなら、なぜすぐ捜索に動かないのかと切歯《せっし》扼腕《やくわん》し、居ても立ってもいられなかったに違いない。

「米軍がワーズデーンを支援していたのは、同氏族が将来的に現地での最大勢力となるだろうというＣＩＡの分析があったからだ。ワーズデーンを後押しして東アフリカの安定を図ろうというプランだ」

「それに、石油、ですか」

菅原司令は頷いて、

「その時点で、油田の存在する地域はワーズデーンの領土であると報告されていた。現地は遊牧民が大半を占め、領土の境界線は極めて曖昧である。ためにワーズデーンの一方的な主張をＣＩＡが信じ込んでしまったのだ」

何か抗議するように口を開きかけた朝比奈に、

「迂闊だと言いたいのだろう。私もそう思う。アメリカ側も、担当者とそのチームへワーズデーンからの不正な金の流れがなかったか、徹底的に調査すると約束している」

友永は躊躇した。自衛官としては言うべきではない。しかし言わずにはいられなかった。

「納得できません」

憤然と立ち上がる。

菅原司令も、山野辺隊長も、無言のまま表情を変えなかった。

「すべてアメリカの都合ではないですか。死んでいった吉松3尉や新開曹長らの名誉はどうなるのですか。本官らは日本の自衛官として、与えられた職務が世界への貢献になると信じればこそ命令に従えるのです。なのに、たとえ同盟国とは言え、一国の都合で隊員の命が踏みにじられ、名誉さえ尊重されないのであれば――」

「アメリカの都合だけではない。ビヨマール・カダンの将来のためでもある」

友永は黙った。

司令の顔中に刻まれた皺の一本一本が、その苦衷《くちゅう》の内面を示しているかのようだった。

「君達が生還してくれたおかげで、ワーズデーンによる虐殺行為、そしてなにより、アル・シャバブとの関係が明らかとなった。こうなると、アル・シャバブの殲滅を目指すアメリカはワーズデーンを切らざるを得ない。アスキラさんの願いはビヨマール・カダン小氏族の復興だ。アメリカは全面的な援助を約束した。アスキラさんの要求がほぼすべて通った格好だ。だがそのためには、君達が見聞きしたことについて忘れてもらう必要がある」

「アスキラは……いえ、アスキラ嬢はそれで納得しているのですか」

自らの発する声が震えかすれるのを友永は自覚した。

菅原が瞑目する。

「彼女はこう約束している。何年かかるか分からないが、ソマリアが平和になった暁には、きっと真実を明らかにして、亡くなった隊員の墓を建てると」

「…………」

菅原司令が立ち上がり、直立不動の姿勢を取った。

「そのときには私も、必ずやご遺族に誠心誠意謝罪するつもりでいる。だから今は、君達も理解してほしい。この通りだ」

理解などできるわけがない。そんなことで、死者が納得してくれるとでも言うのか。

吉松隊長、市ノ瀬、由利、梶谷、そして新開。彼らを裏切り、冒瀆するような真似がどうして自分にできるだろう。

絶対に退くわけにはいかない。必死の気迫で眼前の菅原司令と対峙する。

直立不動のまま、菅原司令はこちらの視線を正面から受け止める。

そのとき、友永は気づいた。

峻烈な眼光、その奥で、菅原司令は泣いている――

こちらを見上げる山野辺隊長も、司令と同じ眼をしていた。

隣に座す朝比奈は静かに目を閉じたまま身じろぎもしない。しかし、ともに死線を潜り抜けた武人である朝比奈の心境は、友永にもはっきりと伝わってきた。彼もまた、己を殺して耐えているのだ。

乱れる心を懸命に抑えながら考える。

不意に新開の笑顔が浮かんだ。声を上げて笑っている。あの新開が？

どこで見たものだったろう。あれは、そうだ、オアシスの村で子供達と戯れていたときのものだ。それまで見たこともなかった素晴らしい笑顔だった。アフリカの大気のように、どこまでも果てしなく澄んでいた。

――たとえどんなに辛くても、私は生きて戦わねばなりません。死んでいった人達のためにも――

アスキラは確かにそう言っていた。

彼女の願いは、ビヨマール・カダンの再興とソマリアの平和だ。それこそが彼女の務めでもある。

またそれが果たされなければ、死んでいった新開らの戦いもまた、本当に意味を失ってしまう――

今にも迸りそうになる激情を自らのうちに封じ、友永は菅原司令に対し一礼した。

「本官は任務に戻ります。すべての人のための任務にです」

朝比奈も立ち上がってそれにならう。

そして連れ立って退出した。


友永を訪ね、活動拠点に〈面会人〉がやって来た。

どういうわけか特例で面会許可が下りたらしい。上層部の計らいのようだった。友永が首を傾げながら応接室に赴くと、そこで六歳くらいの男の子が待っていた。

その子の顔を見た途端、友永は声を失った。

オアシスの村で、新開が己の命と引き換えに救った子供の一人であった。村からここまで歩いてきたという。

立ち尽くす友永に、男の子はおずおずと手にしていた物を差し出した。

枯れ木で作った竹とんぼであった。

紛れもない。新開が村で子供達に作り方を教えたものだ。

子供がソマリ語で友永にたどたどしく何かを告げた。

同席したソマリ人の通訳が、子供の言葉を友永に伝える。

「これは、この子がシンカイに教えられた通りに自分で作ったものだそうです。他の氏族の子供達にも評判で、まだまだ上手く作れないが、そのうちもっともっと上手に作ってみせると言っています」

その言葉を、友永は何度も頷きながら聞いた。

「『タケトンボ』だけではなく、失われた村も、国も、今にきっと上手く作ってみせる。それが、自分達を救ってくれたシンカイへの感謝の証しだ。村でのことは口止めされているが、自分達は決してシンカイやあなた方のことを忘れない。それだけを伝えたくてやって来た。この子はそう言っています」

目の前に座す男の子のつぶらな瞳を見つめながら、友永は胸に込み上げてくるものを抑えることができなかった。

自分達が立ち寄ったせいで村にとんでもない災厄をもたらしたというのに、彼らはそれを責めるどころか、こうして感謝と希望を伝えに来てくれたのだ。

新開、おまえの行動は無駄ではなかった。

友永は心の中で呟いた。

おまえの命は、アフリカの未来につながったんだ――


陽光の眩しいキャンプ・レモニエの滑走路で、米軍の中型汎用輸送機C-27Jスパルタンが離陸の用意を終えて待っていた。

白いワンピースを着たアスキラが振り返る。

「ありがとう、トモナガ」

「いいさ」

そっけなく答える。気の利いた言葉など自分には無理だ。

これからアスキラはアメリカに渡る。向こうでは様々な仕事が待っているという。まず人権団体の用意した宿舎に入り、そこを拠点にアメリカ政府との交渉に入る。他にも講演や陳情、世界中に散ったソマリ人への呼びかけなど、休む暇もないほど予定が詰まっていると聞いている。それは彼女の新たな戦いの始まりでもある。

友永はその見送りにやって来たのだ。朝比奈と津久田も一緒である。

津久田はまだ車椅子の身だったが、本人の強い希望で見送りに同行した。あと一週間ほどで歩けるようになるらしいが、なんらかの後遺症が残るとも聞いている。しかし本人はさほど気にしている様子はない。

拠点内に設置されたパソコンのスカイプを通じて、津久田が妻子と楽しげに話している姿を友永も何度か見かけた。隊員が家族と通話する回数、時間は公平に定められているが、津久田は特例として他の者より頻繁に通話することが認められていた。すぐに帰国できないのを津久田の妻は不審に思っているらしいが、津久田は「こっちには仕事が多くて」などと軽く受け流しているという。

滑走路には他に米軍の士官も三人ばかり見送りに来ていた。スーツにサングラスの男はCIAだろう。

「トモナガ……」

何かを言おうとアスキラの唇が動きかけた。

その動き、表情は前にも見たことがある。あれはどこだったろうか。

そうだ——国境近くのゴーストタウンだ——

打ち捨てられたオフィスで、咲き乱れる桜の合間から遠望する富士山の写真を前にしたとき。

あのときと同じく、アスキラの唇はぎこちなく、どうしても言葉を発することができずにいる。

朝比奈と津久田がにやにやしながらこっちを見ているのが分かった。

機体からパイロットが顔を出す。苛立たしげな表情で乗客を急かしに出てきたようだが、こちらの様子を一目見るなり、肩をすくめて引っ込んだ。

「私には、仕事があります。でも、私は……私は……」

アスキラはようやくそれだけ言った。

友永はその言葉を引き取るように、

「ソマリアの海は世界一美しい。その海にふさわしい国を取り戻すのが君の仕事なんだろう？」

「はい」

「俺にも大事な仕事がある。それは、東アフリカの人々の生活を守ることにもつながるものだと信じている」

「…………」

「今はお互いの仕事に全力を尽くそう。そして……そしていつか、一緒に富士を観に行こう」

前から考えていた言葉。他に言うべきことをついに見出せなかった。それが自分の立場であり、現実だった。

最後に、友永はゆっくりと付け加えた。

「『土漠では夜明けを待つ勇気のある者だけが明日を迎える』」

アスキラが驚いたように目を見開く。その瞳は確かに潤んでいた。そして、涙混じりの笑顔でこくりと小さく頷いた。

友永も相手を見つめながら無言で頷き返す。

突然アスキラが唇を重ねてきた。友永は両手を彼女の背に回して受け止める。

米軍の士官が冷やかしの口笛を吹いた。

さっと身を翻したアスキラは、小走りにタラップを駆け上がり、C－27Jの機内に姿を消した。

プロペラが回り、輸送機が発進する。

滑走路から離陸し、飛び去っていく輸送機を、友永はぼんやりと眺めていた。

アスキラの去った空の彼方に、富士の白い山肌がうっすらと見えたように思った。

幻影であると分かっている。いや、幻影ではない。願望だ。それもまず叶うことのない儚《はかな》い想い。

踵を返し、朝比奈と津久田の待つ方に向かって歩き出す。
その足許で、桜の花びらがふわりと舞った。可憐な花の残り香だった。

謝辞

本書の執筆に当たりましては、諸事情によりお名前を記すことのできない方に多大なご協力を賜りました。

ここに深く感謝の意を表します。

［主要参考文献］

『ソマリア沖海賊問題』下山田聰明著　成山堂書店
『ソマリアの海で日本は沈没する』山崎正晴著　KKベストセラーズ
『不肖・宮嶋の「海上自衛隊ソマリア沖奮戦記」』宮嶋茂樹著　飛鳥新社
『謎の独立国家ソマリランド』高野秀行著　本の雑誌社
『ルポ資源大国アフリカ　暴力が結ぶ貧困と繁栄』白戸圭一著　東洋経済新報社
『砂漠の女ディリー』ワリス・ディリー著　武者圭子訳　草思社文庫
『悩める自衛官　自殺者急増の内幕』三宅勝久著　花伝社
『自衛隊員が泣いている――壊れゆく〝兵士〟の命と心』三宅勝久著　花伝社
『大図解　特殊部隊の装備』坂本明著　グリーンアロー出版社
『技を極める合気道』植芝守央著　ベースボール・マガジン社
『オールカラー最新軍用銃事典』床井雅美著　並木書房
月刊『軍事研究』各バックナンバー　ジャパン・ミリタリー・レビュー

解説

井家上隆幸

一九九九年五月、第一四五回通常国会で周辺事態法等の新ガイドライン関連三法が成立した。二〇〇一年一〇月二九日、自衛隊の米軍後方支援を可能にするテロ対策特別措置法などテロ対策関連三法が成立した。そして二〇一四年七月、安倍晋三内閣は歴代内閣が否定し続けてきた集団的自衛権行使を閣議決定し、一五年四月、「日米防衛協力のための指針」(ガイドライン)を再改定し、七月、集団的自衛権行使を前提とする安保関連法を強行採決した。「集団的自衛権とは自国が直接攻撃を受けていないにもかかわらず、密接な関係にある外国への武力攻撃を実力で阻止する権利のことである。アメリカ軍と自衛隊による共同対処により抑止力を強化し戦争の可能性を排除できる」というのである。

九八年、軍事評論家の前田哲男は「新ガイドラインとその関連法案の内容は、憲法の法体系との決定的乖離をもたらすばかりではなく、安保条約本文からさえ規定できない軍事行動を容認している点でも、下位法が上位法を骨抜きする法の下剋上の痕跡を歴然と示している」といったが、二〇一五年の安保関連法に置き換えてもあてはまる。

『土漠の花』は、「二〇一四年九月第一刷刊行」という日付を持つように、この「安保法」下の自衛隊員のありようを、ジブチとソマリアの国境で墜落ヘリの捜索にあたっていた、吉松3尉を隊長とする陸上自衛隊第1空挺団員一二名の生死を賭けた戦闘と逃亡のドラマに仕立て上げた活劇小説である。とはいえ彼らには、命を賭ける修羅場に出会うかもしれぬといった想像力はまずない。ましてや「国家」だの「民族」だの「愛国心」だのといった意識は皆無に近い。

月村了衛は、習志野では優秀な射撃手だったが、いざとなると「自分は人を殺すために入隊したわけじゃないし、海外派兵だって国際貢献の一環だし、娘を人殺しの子にするなんてできない」という津久田2曹と、野営地に逃げ込んできたビヨマール・カダン小氏族のスルタンの娘アスキラ・エルミを追ってきて隊員二人を射殺、残る隊員たちは武装解除し、吉松隊長も射殺したワーズデーン小氏族の民兵を、小便に行ったとき持っていった銃を乱射して倒し、「夢中で撃って何人も殺した」と震える市ノ瀬1士を両極に置き、その間にアスキラを連れて、活動拠点まで約七〇キロにわたる決死の脱出行に出る友永曹長と四人の自衛官を配して、「安保法」とはなんであるかに迫る。

生き残った七名を列記すると、

友永芳彦　曹長、三五歳。幼いころ両親と死に別れ、自衛隊を家族と思う叩き上げの准士官。

新開譲　曹長、三五歳。少年工科学校をトップに近い成績で卒業。現地語を解する。

朝比奈満雄　1曹。最年長の三七歳。合気道を嗜《たしな》む。妻と子ども二人。

由利和馬　1曹。警務隊から空挺団に移ったという経歴の持ち主。

津久田宗一　2曹。トップクラスの射撃の名手。妻と子ども一人。

梶谷伸次郎　士長。二五歳。車の運転と整備技術に秀でる。車の専門家。

市ノ瀬浩太　1士。二三歳。インターハイ出場経験もある元水泳選手。

〔娑婆《しゃば》〕で育った境遇が似通っているために反発しあっている者、育ちに僻《ひが》みのような感情を持っている者などなど、決して親密とはいえない七人が、圧倒的装備で迫ってくる敵を奇襲し、武器や弾薬、自動車を奪い、知恵をしぼってジェットコースター的戦闘シーンを展開する。その多彩さ、スピード感と、徒手空拳といってもよい七人の屈せぬ精神と肉体の強靭さもさることながら、この冒険活劇を絵空事ではないと思わせるのは、ソマリア北部に勢いを張る氏族はワーズデーン氏族ではなく、ビヨマール・カダン小氏族であることをアスキラに語らせ、なのにイスラム武装組織アル・シャバブとワーズデーンが組んで、石油埋蔵地帯を奪うべくビヨマール・カダン小氏族を鏖殺《おうさつ》しようとするのは、ワーズデーン氏族が石油の権利を持っていると誤認したＣＩＡの企みという設定である。

イラクでもアフガンでもシリアでも、ＣＩＡが同じような過ちを犯していることは周知のことだが、そういうことがわかっていても、政権や防衛省統合幕僚監部は「集団的自衛権の行使」を金科玉条として、アメリカに追随するだけである。日米の軍人同士で進められてきた防衛協力のガイドラインが、いまや憲法の制約を無視し、安保条約すら乗り越えてしまった。しかし、そんなことで日本の安全は大丈夫なのか。その不安を除くためには「愛国心」を涵養《かんよう》するしかあるまいが、さてそれだけの歴史的理論的構築はあるのだろうか。そのことに月村了衛がふれないのは、そのような風潮は日本には現れまいと見切っているからだろうか。

それにしても、この冒険活劇の舞台にソマリアを選ぶとは月村了衛、なかなかの慧眼である。コンゴやエチオピア、南アフリカやサハラ砂漠、中東アラブ世界ならばいささかの知識はあるけれど、アフリカの東端、「アフリカの角」と呼ばれる地域にあるソマリアとなると、まことに心もとない。一九九三年、国連ＰＫＯで派遣した多国籍軍が南ソマリアの首都モガディシュでアイディード将軍派と戦うが利あらず、米軍が撤退したということや、一〇年ほど前から北部アデン湾で海賊が猛威をふるい自衛隊が隣国ジブチに派遣され、海賊行為の取り締まりにあたっていることも知っているが、ソマリア、ジブチ、エチオピア、ケニアにまたがって暮らしているソマリ人が主に五つの大きな氏族に分かれ、氏族ごとに団結と分裂を繰り返し、多数の武装勢力が「ソマリランド」「プントランド」「南部ソマリア」に割拠していることもおぼろげながら知識はあるが、なにせ日本大使館はなく、在留邦人数はたった一人（二〇一三年一〇月現在）というのだから、ほとんど〝秘境〟である。

だが、たとえば「民族」ならぬ「氏族」と「氏族」の長の話し合いで事態を決するという、一筋縄ではいかぬ〝群雄割拠〟ぶりは、グローバリズムという〝世界秩序〟が音を立てて崩れていく形容も大げさではないほどがらがらと崩れている今、もしやすると新たな秩序を生み出すものになるかもしれないと思わせ、アスキラのいうソマリアの格言――「土漠では夜明けを待つ勇気のある者だけが明日を迎える」を思い出させていっそすがすがしいというものである。だから読者諸公、本書『土漠の花』を読まれたならば、絶対にまずウィキペディアでいい、「ソマリア」を〈旅〉してみられたい。そうすれば、『土漠の花』の世界は何層倍にも大きくふくれあがって、読む者の〈歴史〉を豊かなものにするだろう。

かつて、一九八一年一二月、コメディアン内藤陳が日本冒険小説協会を立ち上げ、歌舞伎町ゴールデン街に公認酒場「深夜＋1（プラスワン）」を開き、二年遅れの八三年五月、森詠・西木正明・北方謙三・大沢在昌・船戸与一・志水辰夫らが日本冒険作家クラブを旗揚げして全盛期を迎えた冒険小説の世界は、〈時代〉とがっぷり四つに組み合った世界だった。

あれからざっと三〇年、二〇一〇年冒険作家クラブは解散し、一一年一二月に内藤陳死して冒険小説協会は解散。大沢在昌『新宿鮫』を牽引車として、髙村薫「合田雄一郎シリーズ」、横山秀夫『陰の季節』他、今野敏「安積班シリーズ」、堂場瞬一「刑事鳴沢了シリーズ」などなど警察小説の全盛期となった。

ああ、わが〈冒険小説〉との〝道行〟も終わったかと観念したが、北アイルランド過激派IRFの元テロリストのライザ・ラードナーが、警視庁特捜部の近接戦闘兵器〈龍機兵〉搭乗員となるという『機龍警察　自爆条項』に出くわし、SFを思わせる〝至近未来〟にいささか腰が引けながらも、しかしかのジャック・ヒギンズ的元テロリストに魅かれ、続いて読んだ、チェチェン紛争で家族を失った女だけのテロ組織「黒い未亡人」が、日本に潜入して自爆作戦を展開し、ライザら龍機兵に敗れていく女たちの哀しさ（『機龍警察　未亡旅団』）に、ああ、これは日本冒険小説の再興を告げる狼煙《のろし》的作品ではないかと思ったことだった。

期待にたがわず、『土漠の花』は第六八回日本推理作家協会賞を受賞した。『コルトM1851残月』は第一七回大藪春彦賞を受賞した。他にも『黒警』や『機龍警察　火宅』『槐《エンジュ》』

『影の中の影』『ガンルージュ』と、月村了衛は実に世界をみつめる旺盛な好奇心と筆力の持ち主である。その旺盛な好奇心は、読者の〔世界地図〕をさらに大きなものにしていくだろう。わたしは、海外へ行く友人には現地の小学生が使っている世界地図を手に入れてくれるようにたのむことにしている。それぞれの国が中心にある世界地図は、自分がどこにいるかをあらためて考えさせてくれるからだ。月村了衛の冒険小説が、そういうものになることをわたしは疑わない。

——文芸評論家

この作品は二〇一四年九月小社より刊行されたものです。

土漠《どばく》の花《はな》

月村了衛《つきむらりょうえ》

平成28年8月5日　初版発行

発行人――石原正康
編集人――袖山満一子
発行所――株式会社幻冬舎
〒151-0051東京都渋谷区千駄ヶ谷4-9-7
電話　03(5411)6222(営業)
03(5411)6211(編集)
振替00120-8-767643
印刷・製本―中央精版印刷株式会社
装丁者――高橋雅之

幻冬舎文庫

ISBN978-4-344-42512-5　C0193　つ-10-1

幻冬舎ホームページアドレス　http://www.gentosha.co.jp/
この本に関するご意見・ご感想をメールでお寄せいただく場合は、
comment@gentosha.co.jpまで。